Ridill & Gusion

◆

《落花王子的婚禮》

落花王子的婚禮
Presented by
Yoichi Ogami with yoco
尾上与一
illustrator yoco

目次

一片純白，大理石的世界。

粗大的柱子有如水流從天而降，在接近天花板處，以神話為題材的鏤空雕刻勾勒出內含清澈無比光線的半球體。

「——是，我很樂意這麼做！」

利迪爾王子在王座前單膝跪地，將手放在胸前爽朗地做出答覆。

迎接人生第十七次春天的利迪爾正是如同春芽般的王子，無論是帶著一抹淡紅的雙頰，還是如同抿著花瓣的唇，都充滿著豐沛的生命力。

豐厚的金色髮髮束在腦後。明晰的雙眸有著宛若寶石的翠綠色虹膜。

「可是，利迪爾。」

王座上的纖瘦國王，在有著高椅背的金製座椅上苦惱不已。利迪爾帶著彷彿想要激勵國王的開朗表情，挺身向前。

「請您放心。我一定會找理由說明清楚的。」

「可是——可是……可是！」

「父王原本就抱著希望對方至少能放過國民的念頭，盡全力道歉過了。還請您別在意我。我的一生能獲得如此重要的任務，真的是我的榮幸。」

「喔喔……」

發出這聲呻吟後，國王便再也說不出話，將臉埋入雙掌之間。

國王弓起了背啜泣著。側近們從腋下扶持著他的身體，送上能讓他打起精神的酒，輕撫著他的腿。

利迪爾仰望著看來沒辦法繼續談下去的國王，很是擔心時，其中一位側近給了他一個「暫時沒辦法了」的眼神。

儘管利迪爾端正的臉上浮現出哀痛的表情，他仍規矩地行禮，離開了王座前。

等在「謁見廳」入口處待命，利迪爾的年輕隨從也正用手掌掩著嘴在哭。

「伊多，擦掉你的眼淚吧。平常老是在生氣的你哭了，大家會嚇到的。」

「我沒有老是在生氣。我一直都是在為了利迪爾殿下著想——！」

「嗯。我知道。你一直……一直都在為我著想呢。」

利迪爾踏出「謁見廳」，朝石砌迴廊走去。

耀眼的白色陽光溫暖了冰冷的石頭。另一側則是光輝燦爛的綠意。

時值夏季。埃維司特姆王國是春夏較長的國家，在夏季的這個時期，無論何處都充滿了綠意。今年是花開得特別美的一年，山坡有如彩虹灑落，走在圍牆旁，花兒便會從頭頂上伸出藤蔓，對人低語。無時無刻都會從某處飄來甘甜的花香。

利迪爾靜靜地佇立於迴廊中間。

小鳥聚集的噴水池在陽光的照耀下，彷彿噴起了閃閃發光的寶石碎片。「親睦之泉」——憑藉這些靠大地之魂的力量湧上的泉水，不僅此處，王城內所有的泉水不管多久沒有降雨都不會乾涸。

他回想起幼時經常和伊多或侍女們泡在水裡玩，同時再度邁步前進，這次目光則是停在了石柱的傷痕上。

這是他小時候偷拿老侯爵的大劍，奮力揮舞時所留下的痕跡。他後來被狠狠念了一頓，說還好沒因為劍反彈而受傷。而後每當有人通過這條迴廊，都會提起「這是利迪爾殿下七歲的時候，擅自拿了羅西斯侯爵的劍」這件事。羅西斯侯爵的劍上有著出色的裝飾，看起來有如勇者之劍，但是這也讓他落得往後十年在聽到這段往事時，總是後悔不已的下場。

他繼續往前走，遇到了正從室內走出迴廊，名為瑪爾的侍女。身材豐腴且看起來很有活力的瑪爾有三個孩子。孩子們還小的時候經常會來城裡，在這個院子裡跑來跑去。聽說現在也都已經長大不少了。

「這不是利迪爾殿下嗎？望您今日也能有美好的心情。我馬上就要去烤樹果製的點心了。敬請期待。」

「謝謝。能幫我多淋點蜂蜜嗎？」

「當然好。丹洛普也開花了。今年的花瓣也很豐厚，非常香甜美味。我再一併送去給您。」

丹洛普是一種可食用的花。花瓣厚實且呈現鮮豔的桃紅色，有著爽脆口感以及彷彿流出蜜汁的甜味，吃下後甚至會讓身體有段時間散發出甜美的美妙香氣。也是淋上蜂蜜後十分美味的一品。

她和藹地行禮後，看到走在後頭的伊多雙眼泛紅到彷彿會噴出血來地哭著，露出驚訝的表情。

伊多急忙別過頭去的樣子太可笑了，讓利迪爾好不容易才忍著沒笑出聲來。他又靜靜地繼續走在石砌迴廊上。

花甚至被風吹到了這裡來。

小片的橘色花瓣。淡粉色的花瓣來自米內恩樹。侍女們經常會送他用線穿過花瓣製成的項鍊。

這裡是他出生成長的王城。不論何處都會溢出各種細微的回憶。

儘管他自認已經做好覺悟，想到必須永遠和這些事物分開還是很難受。

庭院裡抽出新芽的柔軟草葉、在枝頭歌唱的鳥鳴聲、從遠處傳來女性們所唱的洗衣之歌。在他感到現在理所當然存在的這一切，突然變得十分眩目而垂下眼時，身後傳來微小的抽泣聲。

老實說他沒想到伊多會哭成這樣。

比他大六歲的伊多和他是由同一個奶媽帶大，先擔任了他的指導人，而後成為他的側近。那認真過頭的個性連國王都讚譽有加，要是自己能留在城裡，伊多想必會作為王族的側近飛黃騰達吧。

他打算找個時機讓伊多回城裡來。伊多應該不管侍奉誰都會有很好的表現吧。

「你想想該依序告訴誰這件事吧，伊多。用大家最不會傷心的順序。」

「沒有那種順序。」

「拜託你別說這麼沒骨氣的話。比方說瑪爾。直接跟瑪爾說，她應該會哭，所以跟雅策爺說怎麼樣？這樣一來，他一定能委婉的告訴瑪爾，還有瑪爾的家人這件事。再來嘛，透過倉庫守衛告訴那些活潑的裁縫吧。叫她們準備布料的時候順便說。對了，就命她們準備大量的布料吧。這樣應該多少能轉移注意力。」

每當做好新衣服，就會開心地拿來給他看的裁縫三姊妹。她們從還是學徒時就總是一起行動，又擅長唱歌，老是吵吵鬧鬧的。三姊妹都有著溫柔的心，只要利迪爾哭了，就會喊著「我去幫你解決那傢伙！」並拿起掃把衝出去。如果直接告訴她們，她們說不定會帶著利迪爾逃到山裡去。由總是和她們吵架，不好相處的倉庫守衛來告知比較好吧。

「雅尼卡那邊就由你告訴她吧。盡量說得委婉點。」

「告訴她這種事情，我妹妹會暈倒的！」

「不會有事的。雅尼卡很堅強，我想她應該不會哭成你這個樣子。」

「您不了解雅尼卡。」

「沒事的。然後再多幫我跟雅尼卡說一句『伊多就拜託妳了』。再來是赫羅查老師，該怎麼辦呢？雖然他應該知道有這個約定在……」

話說到這裡時，利迪爾發現腳步聲沒跟上來。他回頭看向身後。

只見伊多褐色的鬈髮顫抖著，直直地站在原處瞪著他。

「伊多？」

「沒有人能夠心平氣和聽這消息的！您是要去送死耶！」

「……我知道。」

「這還不是您的錯，全要怪國王！」

「你太大聲了。而且你這話並非事實。國王在那時候用極為出色的智慧與勇氣，為國民爭取了時間。若不是這樣，我國早就滅亡了。」

他如此回答後，伊多啞口無言，肩膀劇烈地顫抖著，將臉埋入雙手之中。

伊多在啜泣聲之間低聲說著「我知道、我都知道」的模樣，也不禁勾起了他悲傷的情緒。

「我要回房去了。我也需要一些時間冷靜。」

「那是當然。」

利迪爾再度在迴廊上邁開步伐。

汗水、鼻水、淚水，臉上滴下了各種液體的伊多抬起哭花的面孔，跟在利迪爾的身後。

無論從天空還是房間，都傾瀉出熟悉的王城氣息和吵雜聲，令他瞇細了翡翠色的雙眼。自己臨終的瞬間，一定會回想起這片景色和氣味吧。利迪爾沒來由地這麼想。

利迪爾的房間在王城的二樓。

那是供王子在成年前生活起居的豪華房間，不過因為他不是王太子，所以只有四間房。不過無論是哪位客人來都會這麼說，以魔法和藥物為本的這個國家非常富裕，而且女人都很開朗明快，有大量的布料。五顏六色的抱枕。有著布書封的書。

產量豐富，到了採收時期看起來簡直像一片雪原的棉花，也是這個國家的特產之一，來自其他國家的人幾乎都會對於這裡的床鋪之柔軟而大吃一驚。

利迪爾一屁股坐進柔軟到彷彿會讓人陷入其中的沙發中。在他眼前，比國王年輕些的大臣，體格福態的奧萊・薩夫面色蒼白地低著頭。他的眼睛也是紅的。

「國王殿下因利迪爾殿下崇高且耀眼的決心而心痛不已，正躺在床上休養。」

「父王是位溫柔的父親。你好好安慰他，別讓他又失控了。」

魔法王國埃維司特姆的國民幾乎所有人都擁有魔力，但王族與眾不同。若是國王情緒不穩定，便會導致草木枯萎、大地震動，儘管是夏季卻下起冰雹等天災。他從女官口中聽說母親過世時便是如此。五天六夜間大雨不停、河川氾濫，狂風夾雜著雨雪，吹破了國裡家家戶戶的屋頂。父親深愛著前任王妃——利迪爾亡故的親生母親。就連在他這個兒子眼裡，國王都是個溫柔且內心纖細的人。

奧萊大臣面色凝重地點頭後，畢恭畢敬地跪在利迪爾面前。

「出閣的相關事宜請交給我吧。我會完美無缺地處理好的，利迪爾殿下。」

「謝謝你，我相信你能辦好這件事。」

奧萊是伊多十分敬重的國王側近。他做事一絲不苟且勤奮向學，是個眾人都說只要有奧萊在，無論要接待哪位國賓都沒問題，精通外交之術的男人。

帶著僵硬表情更深地彎身行禮的奧萊聲音突然顫抖起來。

「——若是真正的出閣，我將會多麼樂意地主動說要準備啊。」

在奧萊嘴唇微微顫抖著吐出這句話的同時，地上也落下了好幾滴淚水。他沒想到奧萊會在人前落淚。

利迪爾藏起內心的些許動搖，開口對他說道。

「是啊。不過正因為是假的，才更需要好好準備。因為我是去道歉的。這是比婚禮更重要的事。」

他將嫁入名為伊爾·迦納的國家。

他將作為王妃嫁入該國——儘管有著男兒身——城外的人想必完全想像不到事情究竟是怎麼會發展成這樣的吧。

這個世界是由魔法國與武力強盛的武強國構成。實際上仰賴農業或商業繁盛起來的國家，大多都被武強國給併吞了。

在他出生之前，父親——年輕時的父王和武強國伊爾·迦納約定，未來會將大公主嫁入該國。這是在前前任國王任內就已經談定的事。

屬於魔法國的埃維司特姆唯有魔力供給量勝過世上的任何一處，然而他們也就只有龐大的魔力，沒有能力將魔力轉變為武力。

呼喚大地之魂讓地下水無止境地不斷湧出；將魔力分給原本只能開出一朵花的樹

木，開出滿樹的花朵；運用水之魂使泥水化為淨水；借風之魂的力量拂去穀物的疾患，治癒傷病。祛除惡靈，保持國內的清淨。

魔力是能夠聚集自然之魂，使之成為助力的東西。而能自由精製、操控魔力的人被稱為魔法師。

埃維司特姆是魔法師之國。國民們接受魂的恩惠，王族則是聚集並操控著自然之魂。

在周遭國家的眼裡看來，他們似乎是奇蹟之國。沒有像埃維司特姆這般富饒又和平的國家，未曾受過瘟疫侵擾，也不知饑饉為何物。儘管是個國力受到上天恩寵的國家，代價卻是沒有任何武力。

若是放任不管，他們便是個物資豐富但弱小，容易遭諸國瓜分的國家，不過他們靠著提供其他國家魔力，受到了各國的庇護。

具體來說就是結婚。

將擁有魔力的公主（魔法師）嫁入武強國，提供魔力給能夠將魔力轉換為武力作戰的王室。

王妃的力量僅能維持兩代。能獲得魔力的只有國王及其子，力量不會反應在孫輩上。

武強國無法靠自國增加魔力，若是不在王妃死後的兩代內，再從這個國家迎娶新的王妃，便無法維持魔法武力。

所以武強國就算要輪流排隊等候，也要從埃維司特姆迎娶王妃。伴隨著若是不交出公主，就要摧毀這國家的威脅——

然而又發生了另一起事件。

原本這場婚禮是說好要由大公主嫁過去的。但是更為強大的北方武強國．愛迪斯帝國攻入埃維司特姆，國王幾乎等於是求饒般地交出了大公主，並以伊爾．迦納的王太子年紀尚輕為藉口，約好下次一定會將二公主嫁過去，乞求他們千萬不要發動侵略戰爭。

可是接下來出生的二公主身體孱弱，別說王城了，就連要踏出室外都有困難，長大後身體也沒有變得比較健康。實在承受不住出閣過程中的舟車勞頓。但若是毀約，這次對方想必會攻打過來吧。

更糟的是嫁入愛迪斯帝國的大公主獲得了大魔法師的稱號。大魔法師指的是擁有難得一見出色魔力，得以接觸世界的紀錄（阿卡西紀錄）的魔法師。據說大魔法師比賢者更為博識，比幼兒更善於學習。

這對原本應該能得到大公主的伊爾．迦納來說，想必是令人氣憤不已的消息。

愛迪斯帝國理應要保護有可能遭到侵略的埃維司特姆，然而愛迪斯卻陷入了戰亂，還把西方大國們也牽扯了進來，沒有餘力保護埃維司特姆。身為王妃的大公主進入漫長的守護祈禱，已經好幾年沒見過任何人了。他們無法期待能得到任何人的協助——

接下來出生的孩子便是利迪爾。是王子。沒辦法成為王妃。

每個人都期盼著能再有一位公主誕生，這樣就能讓那位公主代嫁了，但是在利迪爾的母親過世後，國王再迎娶的第二位王妃所生下的也是王子。

所以只能讓利迪爾嫁過去了。

他們籌劃讓利迪爾去伊爾·迦納道歉的計畫——已經是三年前的事了。

就算嫁過去，只要看到他的身體，馬上就會發現他是男兒身。即使想在婚禮前把情況告訴對方，取消這場婚事，對方也已經從超過十年前就開始籌備這場婚事了，不可能對此一笑置之。伊爾·迦納會變成二度受埃維司特姆欺騙的愚蠢國家，無論是在國民還是周遭諸國的面前都抬不起頭來。這次他們一定會帶著滿身怒氣和恨意毀滅這個國家。

我國無論如何都必須求得伊爾·迦納的原諒。儘管觸及王的逆鱗一事已是在所難免，但也不能再讓對方蒙羞了。

結果他們得出的結論是，到時候讓利迪爾前去伊爾·迦納舉辦婚禮，成婚後，在新婚之夜僅有他和王兩人共處一室時，再將事實全盤托出並自我了斷，將會是最好的賠罪方式。

公主在出閣的路途中搞壞了身體，或是遭到山賊襲擊而喪命也不是什麼奇怪的事。

埃維司特姆的公主在出閣途中因病亡故，或是婚禮後突然身亡。伊爾·迦納對外應當會如此公布吧。而埃維司特姆也會默默地附和他們的說詞。這樣一來就能裝作兩國是遭逢了突如其來的悲劇，藉此保住雙方的顏面。

然後埃維司特姆再私下送出最大限度的財物當賠禮。這對伊爾．迦納而言也不是壞事。

利迪爾實在不覺得自己有機會活著回來。他只希望對方能將自國送上王子視為是誠意的表現，憐憫他年紀輕輕就喪命，願意為此網開一面。若是連這樣做都行不通，那我國這次就真的會亡於伊爾．迦納之手了。

利迪爾打算懇求對方，拜託他至少放過國民，別奪走任何一人的性命。然後可以的話，也希望能饒過父王一命。利迪爾已經做好了要受他千刀萬剮的覺悟。

出閣的準備工作不用一個月就完成了。

畢竟婚事在利迪爾出生前便已談定，而具體來說要讓利迪爾代嫁的事情，雙方大臣們也早就從三年前便開始互相連繫，討論好所有細節了。

利迪爾將要出閣的事情，在奧萊大臣的安排下靜靜地傳了開來。聽說沒有人不為此落淚，不過這反而讓利迪爾覺得真的做了很對不起大家的事。

國王也搞壞了身體，臥病在床。而且還有一件事讓利迪爾很擔心。那就是他的二姊終日以淚洗面這件事。

姊姊真的相當體弱多病，從未離開過房裡以荊棘編成，宛如蛋形的巨大籠子裡。無論是床、澡盆，還是休息的地方，全都放入了繭狀的籠中，她就在這之中生活著。一旦離開籠中，她便會立刻衰弱致死。

「都怪我的身體這個樣子，利迪爾……利迪爾才要……！」

不僅身體，姊姊的心靈也很脆弱，只要操心就會發燒。有在意的事情便食不下咽，轉眼間就瘦得只剩皮包骨。她是個宛如開在岩石暗處的柔弱花朵般的人。承受不了對我們而言感覺十分舒適的陽光。

利迪爾跪在籠前。他很想為姊姊拭去淚水，但光是有多餘的人踏入籠中，就足以令姊姊變得虛弱。

「沒關係的，姊姊。妳哭成這樣會傷身的。」

「利迪爾……！」

姊姊有如滑落似地下了床，從籠中伸出纖瘦蒼白的手。

利迪爾緊緊握住她的手，望著她美麗的菫紫色眼睛低聲說道。

「我一定會保護這個國家。請姊姊放心，多保重身體。」

這是他最後一次和姊姊見面了。他吩咐守護姊姊的騎士，說「姊姊就拜託你了」，也依依不捨地與騎士相擁道別。

出發的日子是明天。用具和馬車都已經準備好了。

晚餐後利迪爾就開始梳妝打扮，他將隨著天色亮起，帶著約五十位隨從出發。

洗淨身體，編好頭髮。將香油塗在皮膚上，用紅色染料在額頭畫上能袪除途中邪氣的圖樣。

有很多事情要準備，不知道趕不趕得上在天亮時出發，令他很是焦急，可是到了夜裡，仍沒有任何人離開王宮。

女官們在哭泣。年輕的馬夫也依依不捨地前來道別。

裁縫也是，圖書管理員也是，大家接連不斷地來到他的房間，哭著向他道別。

「利迪爾殿下。」

不僅哭腫了眼睛，整張臉都哭紅了的侍女發出嘶啞的啜泣聲，利迪爾輕輕撫摸她的背。

「過去很謝謝妳，我過得很幸福喔。」

從小就在身邊照顧他生活起居的男性也一聲不吭，咬緊牙關忍耐著張開雙臂，像小時候那樣擁抱他。

「請你別怨恨任何人。我在那邊可以見到母后，她一定會很高興的。」

「好了，大家也差不多該走了，會妨礙到利迪爾殿下的。動作不快一點，就要聽到早上的鳥鳴了！」

伊多趕走了泣不成聲的家臣們。

房裡只剩下一位女官。

那是位將紅色長髮編成兩條長辮的女官。她深深彎腰屈膝，維持表達敬意的姿勢顫抖著。

「——雅尼卡。謝謝妳願意隨行。雖然讓維納家有兩人必須擔負這般危險的職務，我也很過意不去，不過知道這件事的人還是越少越好。我一定會在安全的地方讓妳逃走。我保證。」

近侍其實有伊多就夠了。可是有人提出了出閣途中的近侍是男性，或許會引來不必要的嫌疑這樣的意見。

所以才會安排雅尼卡作為女官，隨侍在利迪爾身旁。要是拜託不同家族的兩個人擔任近侍，就會有兩個家族知道利迪爾的祕密。不過若是拜託兄妹，那就只有一個家族會知道了。雅尼卡雖然年輕，但做事機靈又俐落，很有勇氣。也很懂得如何臨機應變。就算發生什麼事，她也能毫不畏懼地採取當下最佳的行動吧。她和伊多有著兄妹才有的羈絆，溝通無礙這點也令人感激不盡。

雅尼卡抬起頭。她的臉上有擦傷。據說是伊多告訴她這件事時，真的暈倒了。

雅尼卡用泛紅溼潤的雙眼，強烈地凝視著利迪爾，然後臉上用力擠出笑容。

「被您選上是我的榮幸。我會比哥哥更派得上用場，協助利迪爾殿下的。」

「嗯，拜託妳了。」

利迪爾在看到雅尼卡堅強的樣子，內心感到更過意不去的同時，離開寬敞的大房間。

這樣就和大家都道別完了。他帶著彷彿卸下某種重擔的心情，在添加香油的浴池中洗淨身體後，來到放衣服的房間。

寬敞的房內滿是結婚禮服和路途上供他更換的衣物。

那些是本國代代相傳的民族服飾。用紅色或藍色，這些不靠魔法熬煮就無法製作出來的鮮豔染料染製而成，不辱織品之國名號的豪華服飾。邊緣加上金色或銀色的刺繡，並以閃閃發光的細小珠粒縫成羽毛或花朵等精緻的圖案。

他走到衣服前，用手掬起方便穿著而攤開的衣料。

「來幫幫我吧，伊多。我一個人沒辦法穿。」

儘管背後有著這樣的緣由，他在外出時必須假扮成女性，也很習慣穿女裝了，但結婚禮服畢竟還是與一般衣服不同。

伊多一邊看著試圖穿上禮服的他，一邊用力地搖頭。

「我才不要幫您穿上這種衣服。」

「這衣服不是很美嗎？這可是梅亞莉耗費兩年時光織出的布。而且你看，雅培崔的做工如此精細，修托里祭司還花了一個月幫這件禮服祈禱。」

「因為這是您要穿去送死的衣服啊！」

伊多大吼，表情也變了。這幾天停下的淚水又滴滴答答地不斷溢出。

「我不懂……我不懂。您為什麼還能像那樣笑著呢？」

「伊多。」

「您要是哭了，那我還多少能得到些慰藉。」

伊多說完又抽抽噎噎地哭了起來。

「……我還是留下你吧。要是你不在，城裡的生活事務會停滯的。而且我過去持續進行的研究也會變成沒用的紙片。」

最清楚利迪爾城內生活的就是伊多了。無論是收有重要文件的地方，還是他珍惜的東西，若是伊多不在就只是無用的廢物，利迪爾的魔法學研究成果說不定會被當成紙屑丟棄。

面對利迪爾的安撫，伊多拚命搖頭，簡直快把頭給搖斷了。

「我不要！誰會把這份職務讓給別人啊！」

「嗯，可是……」

「而且我要回來，把您的模樣仔細地敘述給大家聽。告訴大家您是多麼的出色、不畏艱難、品格高尚——！」

伊多說著又跪坐在地，嗚咽不止。

「要是你能這麼做那就好了。」

利迪爾苦笑著回應道。

他根本想像不出會發生什麼事。包含在他招出真相時，王會露出怎樣的表情，還有自己會怎麼樣喪命。

利迪爾憐憫著將臉埋在雙手掌心中低聲啜泣的伊多，同時重新拾起沉重的衣料。試著將禮服穿上已褪下右半身衣服的身體。

這時衣料突然變輕了。

「伊多。」

「我可不能讓利迪爾殿下穿得亂七八糟的出城。」

「嗯，辛苦你了，幫我穿得漂漂亮亮的吧。」

利迪爾故意不看用顫抖的手抓著衣領處的伊多，轉身背向他。

他聽著伊多的啜泣聲，褪下左半身的衣物。輕輕抬起左手腕，等著伊多把要穿的衣料披到身上，卻遲遲沒感覺到衣料。

身後傳來彷彿硬擠出的微弱低語聲。

「擁有如此美麗魔法圓的殿下，居然得遭受如此殘酷的對待。」

「沒關係，伊多。不管是多麼美麗的紋樣，我的魔法圓就跟畫作一樣。我就是理應走上這條路，才會迎來今天這個日子的吧。」

王族生來背上就帶著魔法紋樣。利迪爾的紋樣是「治癒之紋」，從出生時就被眾人評判為非常美麗的紋樣，還有許多魔法師特地前來欣賞。

「利迪爾殿下……」

「動作快點，伊多。天要亮了。」

伊多在利迪爾抵達伊爾．迦納王城之後，將會在婚禮準備結束的同時逃出城外。

儘管利迪爾認為自己充分思考過，並做好覺悟了，還是沒能完全消除心中的恐懼，不免有些擔心到時能否保持冷靜。

一早，準備前往伊爾．迦納的婚禮隊伍已經在王城前整齊列隊。共有騎兵隊二十人，十五輛載貨馬車，三輛馬車，十位步兵。

其中知道利迪爾是男兒身的只有騎兵隊幹部，以及與他一同搭乘馬車的奧萊大臣、伊多和雅尼卡，還有負責協助他更衣的侍女們。他們當然在事前就被嚴格叮嚀過不能洩露這個事實，甚至連哭都不允許。

身穿一襲出閣禮服的利迪爾走出王宮的大玄關處，聚集在門前，希望能一睹芳容的民眾們便吵鬧起來。

利迪爾從未以王子的身分出現在民眾面前過。

他雖然有假裝是在王宮裡工作的侍從的孩子，以少年利多的名義偷溜出城玩，但今天早上的利迪爾頭上披著用滿是金色刺繡的白色絹布製成的頭紗，深深地遮住了頭臉，就連知道他長相的市場老闆娘，或是水果店的老闆看到，想必也認不出是他吧。

他讓大臣牽著手，搭上了馬車。利迪爾小聲地對打算跟在後頭上車的大臣說了句「你別上來」。

「只要到下一個休息地點就好，能讓我獨處一下嗎？我不會逃走的。」

「遵命。利迪爾公主殿下。」

如果要逃，這是最佳也是最後的機會。大臣明知如此仍毫不懷疑地輕易讓步，是因為他背負的責任實在太重大了。

他不用想也知道，要是自己逃離了這裡將會發生什麼事。

對方是武強國伊爾・迦納。王家自然逃不掉，國民也全都會在受盡凌辱後，一個也不剩地慘遭屠殺吧。

伊爾・迦納是擁有過去曾將敗戰國的王家及家臣約四百多人全數斬首，將斬下的頭串起來，架在城裡的高牆上之後放火，再放任鳥類啄食未燒盡的人頭，這等凶殘傳聞的國家。他害怕送命而逃走，就表示這個國家將化為地獄。

有人關上馬車的窗戶，並從外面上了鎖。

在晨霧中令人不禁想揉眼細看的繁花，以驚人的音量吹響了喇叭。綿密響起的太鼓聲炒熱了唯有王宮有值得慶賀的事情時，才會奏響的開場樂。

其中一位軍人高聲宣言。

「二公主，利迪爾殿下要出發了！」

「出發！」

隊伍前的騎士出聲呼應，隊伍開始要動了起來。

車輪發出聲響，位在隊伍正中央處，利迪爾搭乘的馬車靜靜地動了。

永別了。父王、王妃、姊姊、大家。還有懷念的房間、美味的麵包香氣、帶著甜美香味飄來的亞利姆花瓣、閃耀著綠意和水光的耀眼庭院。

聽說伊爾．迦納是個有很多砂塵的國家。

許多山脈的土壤或岩石地表暴露在外，地面乾硬只會開出小小的花朵。鎮上滿是塵埃，水果也都很小——

腹部深處突然湧上一股痙攣感，讓利迪爾縮了縮身子。

「——！」

利迪爾咬住拿在手上的扇子，忍著不發出哭聲。

他的胸口好痛。不是出於害怕，而是寂寥和悲傷。

他很清楚自己的立場。也知道這任務只有自己能勝任，無法交給其他人。

然而他還是感到空虛。自己是為了什麼而活到今天。自己原本在往後的人生又應該能獲得些什麼。

他知道花的香味。也知道水的冷冽，和春天的萌芽同時激動的心。

他咬扇子咬得太過用力，血從劃破的嘴唇滴了下來。

「——嗯，唔……」

陣陣的刺痛，流下的血熾熱、鮮紅。

利迪爾祈禱著無法完全壓抑下來的嗚咽聲，能被馬車的聲音給掩蓋過去，流下了淚水。他的身體顫抖，幾個月下來一直忍耐著的擔憂與不安一口氣爆發開來。

流過臉頰的淚水很溫暖。從咬著扇子的齒縫間「呼、呼」地，逸出火熱的氣息。

他明明就像這樣還活得好好的，卻非得要死才行嗎？

會到利迪爾的馬車與他共乘的人主要是雅尼卡，奧萊大臣和伊多則是會輪流搭乘。現在只有伊多在。

坐在他對面的伊多把地圖攤開在兩人的腿上，指著森林的記號。

「我們現在在這附近。隊伍的行進狀況很順利，說不定會比原先預定的早兩天抵達。」

老天爺賞臉，馬匹的狀況很好。沒有碰到需要休息的坡道，也沒有人生病，或是發生車軸故障等問題，也順利補充了所需的水。

旅程到第三天，眾人累積了不少疲勞，做事的態度卻相反地變得沉穩許多。就算沒有水，也能不慌不忙地向魂祈禱，以魔法喚來水，讓水順著藤蔓滴落。利用風之魂的力量，更快地升起火堆。

利迪爾一開始還很擔心臉和眼睛都哭得紅腫起來，讓人忍不住想說「你這樣人家一看就知道我們在說謊了」的伊多，但是他似乎也冷靜下來了。

伊多像平常一樣，總是先打點好各種事項，做好準備。到了要休息的時候，也會率先跳下馬車，指示其他人在休息處搭起帳幕，讓利迪爾抵達後可以立刻入內休息。

他和雅尼卡之間也是合作無間。

「提前抵達也沒好事，所以我會和奧萊大臣商量，是否再多增加一次休息時間。早上的出發時間也可以稍微往後延。」

「那不錯，這樣我早上就不用被雅尼卡打醒了。」

「看來我妹妹有好好工作呢。就算離開了城裡，貪睡也太不像樣了，這可不行。不過讓伊爾・迦納那種國家多等一下倒是不錯。自從對方成為新王後，就一直催我國盡快舉辦婚禮，最後甚至還說出要給多少錢你們才能早點交出公主這種話。沒品又厚臉皮也該有個限度吧。」

「畢竟我們讓人家等了超過十年，這也沒辦法啊。站在對方的國家立場，他們巴不得早一刻獲得魔力吧。」

利迪爾的國家，埃維司特姆是魔法國，伊爾・迦納則是武強國。兩國相加才能夠成為「魔法武裝國」。這正是伊爾・迦納迫切需要來自埃維司特姆的王妃的原因。

伊爾・迦納的周遭滿是武強國，據說國境一帶總是在交戰。不過伊爾・迦納這個大國沒那麼容易滅亡，嫁過去也不需要為此擔心。

「……然而嫁去的人卻是我，真是遺憾啊。」

「哪有什麼好遺憾的！若是不要，還真想叫他們還給我。把利迪爾殿下……」

「抱歉。我是開玩笑的。我會去賠罪。畢竟是我國有錯在先，所以這也是無可奈何的事。」

和之前一樣，彷彿被小鳥的爪子一抓就會裂開的薄膜包覆著伊多的淚水。

伊多在名義上是他的護衛，但除此之外還有一個任務在身。

如果利迪爾是男兒身的事在婚禮的路途中就曝光，陷入求死不得的狀況時，伊多將會負責了斷他的生命。這對溫柔的伊多來說是非常痛苦的任務。

利迪爾為了轉移他的注意力而開口說道。

「在哪個地方讓馬車繞去森林旁停一下吧。時間還很充裕的話，我想稍微走走。只要能伸展一下身體就好。因為一直待在馬車裡，我的身體各處都很痠痛呢。」

「遵命，我請人幫您準備帳幕吧。」

「在森林裡沒關係，沒人會看到的。」

「可是……」

「一下下就好，我會好好披著頭紗出去的。」

「既然您這麼說……」

伊多看著地圖思索了一下，打開馬車的門探出身體。

「停下隊伍！公主殿下好像暈車了。」

他大聲說完，馬車的傳令便朝著前方，而位在後側的馬夫則朝著後方高聲喊著「停下隊伍」。

大臣從後頭的馬車探頭出來，一臉疑惑地看著這邊。

伊多又繼續大聲說下去。

「由於公主殿下身體不適，讓馬車繞到最近的森林去，稍事休息！」

隊伍正好經過森林旁。在森林中凹陷，恰好可以藏身的地方停下了馬車。

騎兵隊的領頭成員折返回來，負責警戒。隨行的侍從們也警戒著散布在森林周遭的盜賊。

估算好準備完成的時機，伊多打開了馬車的門伸出手。

「來，請您小心。我有帶著麵包和葡萄汁。也有風乾後的起司。」

「好耶。」

要牽著伊多的手下馬車讓他有些不自在，但利迪爾還是幾乎用頭紗裹住整個身體，跳下了馬車。

這森林是樹木生長得很好，相當富饒的森林。樹蔭濃密，藤蔓不多，又有許多落葉。

「——啊啊，是很棒的森林呢！」

利迪爾手心朝上，往前伸出手，釋放出魔力後，葉片像是在呼應他的動作，輕輕搖晃著。新芽從落葉下方悄悄地冒出頭來，彷彿在歡迎利迪爾的到來。埃維司特姆的魔法師本來就很適合待在森林裡。

利迪爾隨著「沙沙」的腳步聲踏著樹葉，走入森林深處，同時深吸了一口氣。有如低語般的樹葉摩擦聲。可以聞到潮溼的落葉和長在木頭上的青苔氣息。他的肌膚水嫩得像是吸收了樹木的精氣。唇瓣因露水而變得甘甜，森林裡充滿著美妙的香氣。

他心情舒暢許多之後，掌心便出現了輕柔的獨特觸感。柔滑水潤，香氣先飄了出來。

他的手裡出現了花。淺綠色的纖細花朵彷彿囤積在手掌的凹陷處，可能有多達二十幾朵吧。

這是以利迪爾的魔力創造出的花。他可以隨著當天的心情創造出各種不同的花，這些花沒有名字。他今天似乎希望能度過一段安穩平靜的時光，才創造出了這些可愛又芬芳的花朵。

「別走太遠，就待在這附近吧。」

被伊多阻止的利迪爾嘆了口氣，不過就算在這裡，也比待在馬車裡好上很多倍。

利迪爾捻起一朵手中的花，將其他花朵撒落在地，環視整座森林。

穿過枝葉灑下的陽光輕柔地撫過落葉，是座溫和舒適的森林。雖然有些陰暗，不過也因此長有不少苔蘚及蕈類。

侍女過來將布鋪在落葉上。端來麵包，以及事先經過風乾或燻製處理，方便在旅途中攜帶的食物。

「既然還有時間，就拜託你不時安排一下這種休息了。雖然睡懶覺也不錯，不過果然還是森林好。」

「若是碰巧有經過森林的話，就這麼辦吧。」

「伊多你一定會幫我找到森林的。」

「……我努力。」

伊多儘管有些生氣地這樣說，還是立刻攤開了地圖。正當利迪爾探身過去，想看看今天前進到哪裡的時候，從頭頂上傳來了喧鬧的鳴叫聲。

「嘎啊、嘎啊」的嘶啞鳴叫聲，以及感覺很害怕的「啾啾」聲。頭上傳出「啪沙啪沙」的聲音。有什麼東西在森林接近天空的頂端處來回飛舞著。

「有鳥被攻擊了！」

他在一瞬間看到了穿過枝葉稀疏處的黑影。是巨大的黑鳥和小型鳥。

伊多撿起地上的石頭，往森林的高處丟去。石頭雖然沒有擊中鳥，但敲中樹幹後發出了「匡」的奇妙響聲。像是那塊石頭彈回來一樣，有個黑黑的東西朝他們飛了過來。

「利迪爾殿下！」

伊多挺身擋在利迪爾眼前。落葉飛揚，從天上落下的那個東西猛烈地掉在利迪爾左側的地面上。

「鳥——果然是鳥啊！」

利迪爾跑過去的同時弄掉了頭紗，只見有著茶色及黑色斑紋的鳥兒翅膀往奇怪的方向張開，在地上掙扎著。

「牠看起來好可憐，是被剛剛的大鳥攻擊了吧。」

「別這樣，利迪爾殿下。那是猛禽，說不定會咬傷您！」

「沒事的，牠還小，是個乖孩子。」

這麼說完後，利迪爾把手伸向以悽慘模樣墜落下來，趴伏在地的鳥兒，輕輕捧起了牠。

「沒事、沒事。很痛吧。真可憐。」

利迪爾在懷裡細心地幫鳥兒收攏翅膀，仔細觀察。

「翅膀沒折斷，不過牠受傷了。」

他雖然想用頭紗把鳥兒包起來，但頭紗掉在身後。

回頭一看，撿起頭紗的伊多正朝他走來。

「是星眼鴞啊，真難得會在這種時間出現。」

眼睛大到彷彿會掉出來的鴞鳥。漆黑的眼睛連深處都撒滿了金銀色的粉，簡直像是在窺視夜晚的星空。

伊多從利迪爾手中接過鴞鳥，舉向天空試著讓牠飛起來。可是鴞鳥卻只是搖搖晃晃，左右不平衡地揮了揮翅膀，險些從伊多的手上摔下去，更別說飛起來了。

「我稍微幫牠用點治癒的魔法吧。把牠給我。」

「在區區野鳥身上使用魔法，太浪費了。」

「沒關係，我想做能做到的事情……在我還活著的時候。」

「利迪爾殿下。」

「為這麼小的孩子使用魔力，也不會少一塊肉。」

「可是我們在長途旅行的途中。要是您的身體有個什麼萬一……」

「無所謂，沒關係的。因為我只要能活著抵達目的地就好了。」

就算身體狀況差了點，只要能撐到辦完婚禮就行了。去想之後的健康問題也沒有意義。反正這條命是留不住了。要是莫名健壯一直死不了，感覺反而痛苦。

「今晚就在這裡紮營吧。我想盡量讓這孩子安靜休養。」

太陽也下沉了不少。雖說原本預定還要再往前走一段路，不過以提前搭營來說，還在可以接受的範圍吧。

「……時間上應該沒問題吧。我去找大臣商量。來人啊！」

伊多細心地把頭紗重新披回抱著鴞鳥坐在地上的利迪爾頭上，朝士兵舉起了手。

伊多命那些士兵保護利迪爾，自己前往大臣搭乘的馬車去商量。

沒多久，士兵們便把支柱和布搬了過來。

今晚就決定在這座森林裡紮營了。

太陽完全下山，帳幕周遭是一片野營景象。

騎士們會輪流就寢，徹夜守著營火。在火堆旁讓馬兒們喝水，分配明天的糧食。

利迪爾在帳幕裡，把身體靠在靠枕上。

懷裡抱著鴞鳥，視線低垂，集中精神。

指尖在陰暗的帳幕中，微微亮起綠色的光芒。

他吸收森林之魂，讓魂在懷裡循環。想像著鳥的血液在這循環之中變得清淨，撕裂的傷口兩側的肉正互相伸出手，渴望癒合的景象。他安撫著在鴞鳥體內流動的熾熱血液，治療牠扭傷腫脹的翅膀，靠力量的循環洗去痛楚，讓大氣之魂在這宿有魔力的身體中運行，包覆住鴞鳥，在魂的流動中帶走疼痛。

被撿起時仍驚慌失措，猛甩著頭的鴞鳥也冷靜多了，用如同其名，有如嵌入星空般美麗的大眼睛環視周遭，很是稀奇地左顧右盼著。

利迪爾一邊撫摸著鴞鳥光滑的身體，一邊喃喃說了句「太好了」。看來這隻鴞鳥沒有生命危險。

這是個平靜的夜晚。

油燈的火焰在柱子上搖晃，幽幽地在帳幕布面上映出他的身影。身旁有葡萄汁、烘烤樹果製成的點心、煙燻起司。利迪爾不時吃點東西，邊幫鴞鳥療傷，度過了一段安穩的時光。

鴞鳥開始啄起掉在他膝上的魔法花朵。

「肚子餓了？要吃是沒關係，但那是魔力構成的花，填不飽肚子喔？」

這或許是他最後一次體驗這樣的時光了。

接下來一路都是山路，沒辦法像現在這樣輕鬆前進。必須要提防山賊，途中又得經過河川。就算時間還很充裕，也沒辦法像這樣在太陽下山前離開馬車，悠哉地消磨時間，也沒有機會再自由享受被森林擁抱的感覺了吧。

利迪爾抱著受傷的林中鴞鳥，慢慢治療牠的傷勢。他凝視著從指尖冒出的綠色治癒光點。那是一段平淡無奇——正因如此，更顯重要的時光。

自己將會在婚禮的夜晚死去。思及此，這些微不足道的瞬間，火光搖曳的剎那，都令他覺得是萬分寶貴的機會。

利迪爾用指尖撫摸鴞鳥光滑的頭部。他一摸，鴞鳥頭上像耳朵般豎起的毛便會隨之抖動，十分可愛。

鴞鳥彷彿看出了利迪爾的悲傷，用閃爍著星空的眼睛凝視著他。

「謝謝你。你看穿了我的心思嗎？」

這隻鳥是發現他心裡繃緊到快要斷開，被眼淚濡溼的那條細線，才會墜落到自己面前的吧。

傷口似乎已經癒合了。從魔力的循環中，已經感受不到那種受傷特有的刺痛感。不過撞擊帶來的皮肉痛似乎很嚴重，要是立刻放鴞鳥自由，又會被那隻黑鳥攻擊吧。

「只有你自己來這裡嗎？沒有伙伴嗎？」

從森林的暗處傳來像是鴞鳥的叫聲，可是這隻鴞鳥沒有要回去的樣子。是被黑鳥追趕途中和伙伴們走散了嗎？還是住在其他的森林裡呢？

當他在整理腦中模糊的思緒時，雅尼卡掀開帳幕的布幕，走了進來。

「我來為您添水和油了。那隻鳥還好嗎？」

「血已經止住了，不過身體受到不少衝擊。只是牠的腳還是很冰涼。」

「還請您視情況停手，好好休息。」

「我會的。」

他回答後，雅尼卡靜靜地為油燈添油，換上新的水壺，離開了帳幕。雅尼卡做起事來比哥哥更一板一眼，也難怪自少女時期就常被人調侃，說她是「最年輕的女官長」。

害怕雅尼卡的鴞鳥把頭塞進了利迪爾的腋下，想要躲起來。

「沒事的，雅尼卡沒做任何事。過來。我再幫你治療一下。」

利迪爾從腋下抱出鴞鳥，再度把鳥放在腿上，詠唱治癒的咒文。

「深邃的地脈啊，傾注而下的綠之魂啊，讓我等加入偉大的洪流之中，土歸土，水歸水，請引導我等進入健康的搖籃。」

他深吸一口氣，集中精神後，指尖又靜靜地亮起治癒之色的光芒。他用那隻手輕輕撫過鴞鳥的羽毛。鴞鳥感覺很舒服地把身體任他擺布。有時還會瞇細眼睛，像是要睡著的模樣，實在可愛。

「看來能夠趕在天亮前治好，太好了。」

儘管只是一隻受傷的小鳥，靠利迪爾的魔力，到天亮前能不能治好都還是未知數。

懷裡的小小毛球很溫暖，隨著急促的呼吸反覆鼓起身體。有時也會用頭蹭蹭他，像是把他當成了母鳥。

利迪爾因為鳥兒的舉動笑了，也有些睏了起來。

他已經有幾天沒有睡意了呢？自從婚禮的事拍板定案後，他就很難入睡。儘管很疲倦，心卻像是要被壓扁似地覺得好痛，閉上眼睛便想哀號出聲，讓他怕得無法入眠。

抱著鳥熟睡的利迪爾，因為懷裡的鴞鳥動起身體而醒了過來。帳幕外透著微光。

他抱著鴞鳥窺看帳幕外，發現現在是太陽都還沒完全升起的早晨，森林裡布滿了朝霧。

利迪爾謹慎地踏出帳幕後，再度確認鴞鳥的狀況。

鴞鳥身上的傷沒了，被血弄髒的羽毛也已經用浸溼的布擦乾淨了。抓著利迪爾的手臂也站得很穩，沐浴在早晨的氣息下抖動著身體，伸展羽翼。

「你已經能飛了吧？要回去伙伴的身邊了嗎？」

就算利迪爾試著把鴞鳥送上天空，牠也不太願意飛走。牠已經和利迪爾變得十分親暱，伸長脖子用亮晶晶的黑色眼睛看著利迪爾。用指尖搔搔牠的臉頰，牠便會垂下有如薄膜的眼瞼，開心地瞇起眼睛。

「好了，你該走了。不過要記得我喔。你要記得我今天曾出現在這裡的事。」

抵達伊爾．迦納國後，他便會死在那裡。

不知道他真實身分的人，憐憫他的側近們。連在伊多面前都不曾訴苦過，軟弱的他所度過的一晚，只要能殘留在什麼都不會說的鳥兒的記憶當中，對他來說就是莫大的救贖了。

朝陽從枝葉間灑落。

抬頭望著朝陽的鴞鳥輕輕張開羽翼。「啪沙啪沙」地揮動翅膀，蹬著利迪爾的手臂飛上了天空。

太好了。

利迪爾鬆了一口氣，同時追在鴞鳥身後跑了幾步。鳥兒的身影轉眼間便被茂密枝葉給吞沒。

「要記得我喔——！」

他對著鳥兒的背影喊出的願望，也沒入了森林裡搖曳的枝葉中。

這趟出閣的行程預計要花上十四天。

途中要繞過河流，越過在山脈另一側的國境，在中立地帶的草原把公主交給對方前來迎接的隊伍。接下來還要再歷經七天的旅程。不過本國的士兵會在這裡就折返，公主只能帶著幾位側近，在伊爾．迦納的士兵保護下繼續這趟旅程。

利迪爾今天也待在馬車裡。

在馬車裡連續待上五天，也沒什麼話題可說了。說起城裡的回憶伊多會哭。雅尼卡雖然會咬牙忍下，有時又會茫然若失地望著車窗外。沒有事情可做，在搖搖晃晃的馬車裡也沒辦法看書。他又沒心情彈奏豎琴。就算試著從指尖創造出花朵，空虛的心也只能創造出乾枯褪色，沒有任何香氣，轉眼便無力凋零的花。

太陽不能早點下山嗎——

儘管那就表示又更接近自己的死亡一步了，但現在也幾乎跟死了沒兩樣。

他披著頭紗，肩膀和頭靠在馬車車身上，閉上了眼。好想吃丹洛普花。赫茲豆用鹽水燙過趁熱吃的話，會連裡面吃起來都很鬆軟，非常美味。

已經不想再吃風乾的攜帶糧食了。就算是用鍋子燉煮出來的食物，調味也和在城裡吃的不一樣——

利迪爾閉上眼睛，想試試看能不能入睡，卻在這時從某處傳來了「噹噹噹噹」的手鈴聲。這是我方用來通知緊急狀況時的鈴聲。

立刻做出反應的伊多打開馬車車窗。坐在前一輛馬車的奧萊大臣也探出了身子。

「偵察兵通報！伊爾．迦納的隊伍正等在前方！」

「這是怎麼回事？快停下隊伍！停下隊伍！」

馬車停下後，大臣和伊多跳下馬車。

傳令兵甚至沒攤開地圖，指著前方說「在那邊的河岸」。

「伊爾．迦納的隊伍正等在那裡。隊伍中也有面熟的大臣。而且從隊伍的狀況、裝備來看，那毫無疑問是伊爾．迦納前來迎接公主的隊伍！」

「這裡不是還在我國境內嗎！」

大臣氣得變了張臉。一直到這座山的另一頭，都還屬於埃維司特姆的領地。儘管兩國王家有國交，仍明文規定禁止帶兵入侵。就算是婚禮的迎娶隊伍，若是照既有的規矩，對方想必也帶了保護迎娶隊伍的軍隊，嚴重違反了條約。

大臣滿臉通紅地怒吼。

「把他們趕回去！我們不會讓利迪爾公主殿下嫁給公然做出這種蠻橫行為的傢伙！接下來分明要履行再為重要不過的約定了啊！去叫他們退到約好的地點，遵守禮節等我們抵達！」

「可是……」

「要是他們不肯退，我們就在這裡折返回國！不管武強國是怎樣，但無禮也該有個限度！難道他們認為我們會逃走嗎！」

雅尼卡壓低聲音，敏銳地低聲說道。

「隊伍似乎無法前進。應該是在觀察對方的動向吧。請利迪爾殿下先做好可以迅速逃脫的準備。我們或許能以對方行為蠻橫為由，折返回國。到時候請您騎上騎兵的馬，直奔回城。」

這是個意外的機會。因為對方無禮而悔婚也是無可非議的事。

然而傳令兵臉色蒼白地開口。

「對方實在不像是我們可以趕回去的樣子。因為王——王親自到場了——！」

「什麼……！」

本應在城裡等候的王，卻跟著迎接公主隊伍一起來了。要是把對方趕回去，有可能會引發戰爭。

可是大臣像是要鼓起勇氣，重重地抖了下身體，挺直背脊怒吼道。

「不管是王還是誰都一樣！不管是誰，這都違背了兩國當初所定下的約定。把對方趕回去！告訴他們，不回去的話我們就在這裡折返回國！」

這命令對一個士兵來說簡直是天方夜譚，然而也是千載難逢的好機會。要是對方願意退回去就沒事，要是不肯退回，他們就能回城裡去了。畢竟眼下是對方先打破約定的。

「——來，請換上輕裝吧。利迪爾殿下。」

利迪爾點頭回應雅尼卡的耳語，前往放有換洗衣物的奧萊的馬車。伊多迅速地將他們兩人擋在身後，避人耳目。

馬車裡也準備了有什麼萬一時用來偽裝的衣服。在裙子下穿著褲子，在袖子寬鬆的女裝底下，穿著合身的襯衫。要逃跑時只要脫掉外頭的衣服就行了。可是在利迪爾要搭上馬車時，又傳來了鈴聲。

「噹啷、噹啷、噹啷」地從遠處傳來的聲音。和埃維司特姆的鈴聲不同。是伊爾·迦納的鈴聲。

騎馬過來的兩人戴著頭盔，身穿伊爾·迦納特有的，有許多刺繡的服裝。黑色衣服配上黃土色的刺繡。是士兵。

「傳令，傳令！我等乃伊爾．迦納國，國王的使者。有事欲向埃維司特姆國二公主，利迪爾公主殿下稟報！」

兩位士兵讓馬兒在隊伍前來回走動，反覆說了兩次這段話。

伊多把利迪爾和雅尼卡推進馬車裡。

利迪爾從馬車後方的小窗窺看著外頭。

大臣高聲回應。

「把那兩人抓起來！他們是非法越境之徒！」

「請殿下准許！請殿下准許！為求貴國隊伍安全無虞，雖知此舉失禮，我等仍欲前來護送公主！請殿下准許！請殿下准許！」

其中一位傳令兵下馬，跑到大字站著的大臣面前跪了下來。

「恕敝國失禮。前方山路險峻，又有許多盜賊出沒，為保公主殿下安全，敝國才會前來迎接。若無貴國許可，我軍不會再往前踏出一步。故還請原諒我軍擅越國境一事，交由我軍護衛公主殿下。」

「不成、不成！」

面對低頭說明來意的士兵，大臣揮舞著手上的手杖怒吼道。但是士兵未因此退縮。

「若您無法接受敝國的誠意，那將由王來親自到此向您說明。就算如此，您仍不願答應嗎？」

王要過來這裡，就表示王會領著帶來的所有軍隊進軍。將會踏過河川，讓馬蹄踐踏牧草地，大軍的沙橇和貨運馬車會將此處踏得面目全非。

「太無禮了！這不是在威脅我們嗎！」

「不，這是敝國為了迎接重要的公主殿下，所能表現出的最大體貼與誠意。您才是，若是公主在接下來的路程中遭山賊俘虜，要如何負起這個責任？」

「什……什麼！」

「敝國要迎接的是吾王未來的王妃。也就是敝國的王妃。」

男人又提高了音量。

「請殿下准許！請二公主殿下准許！敝國準備了金華蓋與銀轎前來迎接公主殿下。還請公主殿下賞光。敝國也準備了豐富的美酒、甜點、花、熱水。還請殿下准許！」

「雅尼卡……」

利迪爾反射性地湊近雅尼卡，但就算是雅尼卡也不知該如何是好。伊多則是站在馬車門旁握著劍保護他們，只能看見他神色緊繃的側臉。

要堅持先前的主張，埋下戰爭的火種。還是忍受對方的無禮，把自己交出去——

這事要大臣做出決定，實在太過沉重了。儘管如此，他們也沒時間回去城裡，請父王下決定。

利迪爾深吸了一口氣。

他從馬車裡呼喚伊多。

「……我去。我是為了阻止戰爭而來的。要是因我而引發了戰爭，那就本末倒置了。」

「利迪爾殿下。」

「幫我告訴大臣。我願意接受他們在此迎接，但條件是路途中必須遵守原先約好的事。」

面對如此宣言的利迪爾，伊多無力地放下劍，用微微顫抖的手遮住了臉。深呼吸好幾次之後，才走向奧萊大臣。

過了一會兒，伊多回到馬車。

他一臉消沉地報告討論後的結果。

「伊爾・迦納的……迎娶隊伍似乎會在河流對岸等待。我們會在抵達前做好準備，將利迪爾殿下交給對方。不過在抵達約定的地點前，馬車會繼續載著我、大臣、雅尼卡，及負責管理行李的一位侍從，讓我們四位負責照料殿下的人隨行。」

「我明白了。幫我向對方的侍從說聲請多關照。然後也幫我跟一路隨行的大家說一聲。」

「太遺憾了，對方做出如此蠻橫的舉動，我們竟也只能默默接受……！」

「我說過希望你別怨恨任何人了。別擔心，我一定會完成我的任務。」

利迪爾安慰眼淚撲簌流下，很是懊悔的伊多，開始做起準備。

將公主移交給對方迎娶隊伍後的行李原本就有分開擺放，收在別輛馬車上。只要改變一下隊伍的順序，就算是做好準備了。

利迪爾也得做好公主該有的打扮才行。

他在前面的旅途中也都穿著女裝，不過移交時要換上禮服。

繡有王家家紋的內裡與上衣，金色的穆勒鞋。輕薄的面紗及垂著金色流蘇的頭紗。解開束在衣領的頭髮，讓波浪般的金髮披在肩上。

在出發前，我國的騎兵隊隊長前來向他道別。利迪爾也必須盡量不讓隨行的隨從或士兵們看到臉，所以把頭紗戴得低低的，行了個禮做回應。

幾乎所有人都哭了。不管是少數知道真相，還是真的以為是公主要嫁去鄰國的人，大家看到利迪爾最後的身影，都落下了眼淚。

公主打扮的利迪爾深深一鞠躬，向眾人道別。

他搭上馬車，盡量緩慢地朝著河川的方向前進。

換上禮服的大臣和伊多搭上了馬車。

到這時候，利迪爾說出了心中的疑問。他在出城時就莫名地感到有什麼地方不對勁，然而現在彷彿突然看到了那股異樣感的輪廓。

「我說啊，奧萊大臣。伊爾·迦納是不是出了什麼事？」

「您的什麼事是指什麼？」

「這跟我聽說的狀況差很多。」

這是他們最後談話的機會了。利迪爾想釐清心中所有的疑慮。

「為什麼王會這麼急著來接人？就算急著趕到，婚禮也已經決定要在下次的朔月之日舉辦了啊。」

據說在滿月時舉辦婚禮，會有邪惡之物混在來賓當中。這世上有被稱為「天體之月」與「二之月」，一大一小的兩個月亮，婚禮通常都會選擇在滿月的那兩天以外的時間舉辦。

他們已經事先請魔法學家計算過，並決定最適合舉辦婚禮的日子是下次的朔月——也就是十天後。就算提前把自己迎接回去，在婚禮前也得分開生活，結果根本沒有什麼能提前執行的事。

而且王在幾年前開始突然頻繁派遣使者過來，催促他們舉辦婚禮。而他們畢竟有隱情在身，盡可能地拖延後還是訂下了婚禮的日程，照著約定前來了。然而對方卻一副連這樣都太慢的態度，違反條約越過國境，提前兩天來接人。

「他一定是聽到了公主殿下非常可愛的傳聞！真可惜這裡沒有大鏡子。若您不是男人，不管從哪個角度來看，都是值得我國自豪的公主殿下，這是不爭的事實！」

「哥哥你先別說話。」

「大臣你是怎麼想的？」

「我也不知道。國王還很年輕，先王逝世，現任國王戴冠即位時，還被人稱為『少年王』，現年應為二十五、六歲，年輕點的話也有可能在二十二歲上下。不是需要急著留下子嗣的年紀。」

「除此之外呢？」

「伊爾·迦納四方都是同為武強國的國家，國境一帶情勢不穩定。可是那也不是現在才開始的事了，而且伊爾·迦納在新王即位後，武強國的名號更是與日俱增。照目前得到的情報看來，沒有明顯衰敗或是亡國的徵兆。」

鄰近諸國之間都有互相放出密探。對伊爾·迦納也不例外，已經潛入幾十年的密探會將該國的實際狀況詳細稟報回國。他們確實想要魔力吧，可是就算沒有魔力，伊爾·迦納也擁有足夠的武力。

「聽說王是歷代屈指的魔術王。所以會想要公主殿下……失禮，會想要利迪爾殿下的魔力也不奇怪，可是在戰爭中並未居於劣勢，有需要如此急著得到魔力輔助嗎？」

大臣和利迪爾得出了同樣的結論。

「我看他真的只是想看漂亮的公主吧！」

伊多看來是放棄思考了，仰望著狹窄的馬車車頂口出惡言。雅尼卡狠狠踩了一下他的腳趾。

利迪爾心裡果然還是有股揮之不去的異樣感，可是光靠現有情報顯然無法釐清原因。

有匹馬從前面退了過來，騎在馬上的騎兵敲了敲車窗。

「隊伍已經要抵達河川了。若要停下腳步，現在是最後機會。」

「沒關係，辛苦你了。」

大臣看了利迪爾一眼，如此答覆。

馬車繼續前進。

沒過多久就響起「停下隊伍」的呼喊聲。

在隊伍停下的同時，整個隊伍都傳出明顯的騷動聲。

利迪爾一邊想著是發生了什麼事，一邊下馬車，踏進張設在馬車前的帳幕裡。布幕從巨大的天棚上方垂下，他走進去後發現布幕緊閉著，便稍微撩開側面的布幕。

展現在眼前的景色令利迪爾也不禁屏息。

那是足以填滿整個河岸邊的大軍。五百——不，至少有七百名士兵吧。

在大軍後方有著設有華蓋的金色轎子。

位於前方銀轎由八人扛著過了河。這條河原本就淺，但他們填起了淺灘，讓河水最深頂多也只到人的腰部，方便通行。這是為了讓公主渡河所做的工事。他們本來是打算繞道過橋的。

率先渡河的男人開口說道。

「請隨侍的各位也搭轎子過河吧。行李也由我們來搬就好。在對岸備有新的馬車，各位無須擔心。」

感覺所有東西都會被對方給帶走有些可怕，可是又該怎麼拒絕這提議呢。

放在地上的轎子是精心打磨後的銀色，附有華蓋，布簾低垂。接連有人渡河過來，在注意不弄溼行李的情況下，將他們的行李搬放到木製的轎子上。

旗幟在對岸飄揚著。閃閃發亮的不知是劍還是頭盔。

在金色轎子的兩旁，有兩頭他只在畫中見過的大象。大象的皮膚上也用顏料繪上了圖樣，裝飾著金色和紅色的飾繩，美得令人眼睛一亮。

正是武強國才拿得出這麼大陣仗的排場前來迎接。若是被這樣的大軍追趕，他們不可能逃得掉。遑論是與之交戰了。

利迪爾忽然覺得這是在下馬威。

這行為等於是在宣告「我們已經照你們的要求等到現在了。你們仔細看好，背叛我們會是什麼下場，回去轉達給埃維司特姆王吧」。

他們只能震懾於對方的氣勢。也完全不會想要反抗。就算硬是想爭一口氣，被人壓扁在牆上的老鼠又能做些什麼呢？

利迪爾用顫抖的手握緊頭紗，順著引導彎身上了轎子。

轎子隨著吆喝聲被人抬起，與「嘩啦嘩啦」的水聲一同渡過河流。

一股具體的恐懼感突然湧上心頭，利迪爾抱住自己的身體。他根本沒有任何逃跑的可能性。這裡連讓一隻螞蟻溜走的空隙都沒有。

要是被這麼一大群人痛毆，豈不是注定屍骨無存嗎——

在他因為恐懼而顫抖時，轎子靜靜地被放了下來。

我會被殺——！

在利迪爾緊握轎柱，屏息並僵住不動時，看到有個人影走到了布簾前。

「歡迎，埃維司特姆國二公主，利迪爾公主。我是伊爾·迦納國王，古辛·拉毘·佐哈爾·亞雷古埃達斯。」

聲音很年輕。強而有力、清晰的低音。

「還請原諒跨越國境的無禮之舉。這附近有許多山賊出沒，若公主只帶著少數隨從同行，我無法安心，才會特地前來迎接。」

利迪爾找不到話來回答。他顫抖著，王又讓語氣變得溫和了些，繼續說下去。

「公主是第一次看到大象嗎？還是被這些粗獷的士兵給嚇到了？抱歉，我本想用最有誠意的方式前來迎接，不過好像嚇著妳了。需要提振精神的藥嗎？」

該怎麼回答才好？利迪爾不覺得自己可以順利發出女人般尖細的嗓音。

「公主，妳該不會是暈過去了吧？——來人啊。」

王命人過來掀開布簾後，有人靠了過來。

他不能讓人看到他的臉。雖然用布遮著臉，頭上也披著頭紗，可是在驚慌失措的情況下，他沒自信能瞞過對方。

利迪爾急忙抓緊布簾，在此同時伊多也高喊出聲打斷。

「請您自重，別做出如此失禮的舉動！您與公主殿下可還未舉行婚禮！」

「我知道。只是想確認她是否平安。」

「女官會負責確認。公主個性文靜怕生。讓陌生人去看她只會造成反效果！」

「……是嗎？」

王似乎苦笑著接受了伊多臨時胡謅出來的理由。然而王又隔著布簾向利迪爾搭話。

「若公主願意掀開布簾，現在說也還不遲。儘管路途不長，但可以的話，本王還是希望能與妳共度這段時光。」

「萬萬不可！」

「還真是嚴格啊。不過我們是這樣約定的沒錯。到原本的會合地點前，就照約定行事吧。」

利迪爾感覺到站在布簾另一側的王離開了。

布簾側面傳來雅尼卡壓低的聲音。

「利迪爾殿下，您沒事吧？」

「啊⋯⋯嗯。」

他幾乎是用氣音回答完之後，雙腿一軟癱坐在地。他睜大了眼睛，大口大口喘著氣時，雅尼卡開口問他：「馬車已經準備好了。請公主移駕。您站得起來嗎？」

「嗯。」他回應後，布簾被輕輕掀了開來，雅尼卡探頭進來。

「別擔心，您有好好披著頭紗。」

利迪爾把頭紗壓得很低，在胸前緊握著頭紗。轎子外頭準備有布簾，他配合著布幕移動的速度前進。等到布幕再度拉開時，眼前已經是另一輛馬車的車門。

大臣已經早一步坐在裡頭了。

利迪爾坐上馬車後，雅尼卡和伊多也跟著上了馬車。

「……雅尼卡，妳沒事吧？」

雅尼卡的表情看來雖然冷靜，卻從剛剛開始就連眼睛都沒眨一下。

「伊多，你的臉色好蒼白。」

利迪爾自己也還在發抖，可是伊多神色恍惚，臉上完全失去血色，顯得十分蒼白。

「我沒事……只是軍隊陣仗實在……太驚人了。」

在河川對岸看到便會顫抖的景象，若是近看自然會嚇到差點暈過去吧。

「出發！」

外頭有人高聲呼喊。地面傳來沉重的響聲。大軍一口氣邁步前進，腳下大地也隨之搖晃。這是利迪爾未曾體驗過的大規模軍隊的日常生活。

馬車靜靜地開始移動。這輛馬車比他們搭來的馬車更重，是一輛建造得相當牢固，不太會晃動的馬車。

「王……比想像中更人模人樣，嚇了我一跳。」

仍有些茫然若失的伊多喃喃說道。大臣也點頭同意他的話。

「王是個怎樣的人？」

那是將會殺掉自己的人。他體格健壯嗎？是有如岩石般的壯漢嗎？臉看起來很呆嗎？還是體格瘦弱，感覺很神經質的男人？又或者是過著奢華生活，有著肥滿身軀的男人？

伊多跟雅尼卡稍微交換了個眼神後，低下頭。

「王有著一頭黑色長髮，光滑到彷彿會發光的淺黑色肌膚。體格看起來經過徹底鍛鍊，甚至會讓人誤以為是戰士。盯著我的雙眸漆黑，眼裡像是嵌入了黑曜石，視線顯得聰慧過人。」

也就是說耍小聰明是沒辦法矇混過關的。

「王非常適合伊爾．迦納的服裝。配戴著金耳環和寶石戒指。從宛若年輕猛獸的凜然英姿來看，年齡應該如同預期，約二十四、五歲吧——要是……不，沒什麼。」

「說吧，我想多了解對方一點。」

「不。」

「說。」

「……要是您真的是公主，我想這或許會是一樁不錯的婚事。」

伊多的感想比起說對方是多麼醜陋，或是宛如野獸般的男人，更強烈地刺痛了利迪爾的心中。

能讓嚴苛的伊多如此評價的男人，不僅苦等了十年以上，還特地費心前來迎接，他卻要背叛對方的期待，讓對方為此所費的國家資金及時間全都白費。

「非常抱歉，我失言了。不管是多麼出色，我都不可能不憎恨將要奪走您性命的人。」

「沒關係。畢竟是我們不對。」

緊張和不斷累積的罪惡感令他頭暈目眩。

這時忽然覺得自己連同椅子一起往下沉。在他睜大眼睛，心想「難道是椅子沒固定好嗎？」的時候，手臂上傳來一陣痛楚。

「利迪爾殿下！」

是伊多抓住了他的手臂。他似乎差點往前倒下了。

「我沒事……只是有點暈。」

只有緊張的話不至於這樣。是罪惡感以及目睹對方的大軍，壓垮了他的心。他必須一個人騙過那強悍的大軍。他只是無法接受正在執行等同於違背神的教誨這等惡行的自己。

雅尼卡探身過來，輕撫著他的背。

「到下個休息地點前就先這樣吧。請您靠著哥哥小睡片刻。」

聽雅尼卡低聲這麼說，他點頭闔眼，可是完全沒有睡意。他感到反胃。心跳聲好快，掌心裡都是冷汗。眼窩深處天旋地轉，同時有股噁心的感覺襲來，讓他明明是清醒的，身體卻像是麻痺了無法動彈。

那孩子是否平安無事呢——

他閉著眼睛無力地靠著馬車，回憶起那隻小小鴉鳥在懷裡留下的溫暖。

牠的傷都治好了嗎？沒有再被大鳥追著跑了吧？如果牠沒事，願意再來這裡一趟的話，應該就能睡得著了——

所謂的戰爭就是這麼一回事吧。利迪爾這麼想。

下達停下隊伍的號令後，號令有如波浪般在廣大隊列中傳開，士兵分別在崗位上散開，各司其職。他們的動作俐落，怎麼看都經過充分訓練。相較之下，他們自己帶來的不像樣隊伍根本就像在「扮家家酒」。

埃維司特姆已經近百年沒與其他國家交戰過。利迪爾也沒有看過戰場。

他們一路靠著讓公主聯姻，或是將王子送到他國當養子來得到武強國的保護，才得以延續至今。而且由於讓魔法師輩出的王族血脈斷絕也並非上策，所以在這個諸國爭奪領地的戰亂之世，只有埃維司特姆能幾乎被排除在外，免於戰禍。他們甚至靠著父王的謊言這個計策，平安度過愛迪斯帝國發動侵略，逼迫他們交出公主這個最大的危機。

究竟是帶了多少物資過來呢。伊爾．迦納準備的休息非常豪華，內容豐富到像是把整座城都帶了出來。

隊伍就算進入山區，行進速度也沒有減緩，到上坡路段便會安排更多匹馬來拉動馬車。一切行動都經過縝密計算，這些富有機動性的行動不用問也知道，都是為了作戰而訓練出來的。

行進過程非常舒適，規律的準備工作也未有絲毫延宕。

到了委身於伊爾．迦納軍的第三天，當初的緊張感也減輕不少。

眾人都遠遠圍著利迪爾他們，也從未有人窺看過他們所在的帳幕。在指定時間會送上餐點，並不時送上水果、酒、香甜的烘焙點心。

然而從昨天起發生相當困擾的事——王前來見他了。

「請讓我見見公主。」

那能夠清楚穿過林木間的嘹亮嗓音，讓原本正用手隨意吃著水果的利迪爾嚇得不敢出聲，放下原本綁起的頭髮。

他披上頭紗，將面紗掛到耳上。急急忙忙地爬進簾幕的最深處，**裝出**自己一直在裡面的樣子，跳進有椅背的精緻木椅中坐下。

「——妳好，利迪爾公主。」

利迪爾這個名字男女都通用。證據就是在王室的祖先當中，有男的利迪爾也有女的利迪爾。

「點心還夠嗎？布呢？晚上會冷嗎？」

每當王一來，周遭就像是撒滿了黃金，頓時蓬蓽生輝。

王現在都會在休息時造訪利迪爾他們的帳幕。

最初那兩天都用還未到原先預計會合的地點為由拒絕，可是經過會合地點後，也只能遵守約定。

在友善的範圍內保護公主的安全。

王都親自實踐這點了，他們又如何能拒絕呢。

他們說公主極為怕生，情緒動盪便會身體不適，所以不願與王會面後，王卻說很擔心，所以會再三前來確認公主是否平安無事，他們只好立刻改口說沒這回事。

若是拒絕王的來訪，可能會在這大軍的包圍下惹得王心情不悅。利迪爾必須要想辦法在婚禮前隱瞞身分，順利度過這一關才行。

他們與王約法三章，請他絕不能做出公主不情願的事，才答應讓王踏進帳幕。

雙方約好要讓雅尼卡介於利迪爾和王之間，而且王絕對不能靠近公主，還加上公主不會直接回話，由雅尼卡觀察公主的反應後再行回應的條件。

單膝跪地的雅尼卡光明正大地應答。

「多虧王的盡心招待，公主過得相當安穩舒適。很感謝王昨晚送來的卡片，公主也深感興趣，看得很是開心。」

「這樣，那真是太好了。要是覺得無聊，就派吟遊詩人過來吧。或是找雜耍的人來呢？可以做出同時拋十顆球在空中的表演。」

「非常感謝王的好意，但不勞費心了。公主原本在眾多陌生人包圍下生活，就已經相當不安了。還請別讓任何人接近帳幕。」

她真的很堅強。就算身邊有伊多這個護衛在，面對一國之君卻能做出如此禮貌又明確的回答。

「公主還真是怕生啊。」

王邊說邊朝這邊走近幾步。利迪爾僵著身體，用力別開臉。

「女官也不行嗎？要是公主願意到我的帳幕來，就能準備更大的家具給公主了。用餐時也會熱鬧些，有會唱歌的歌手在。很有趣喔？」

「不，我們很感謝王的這分心意，但還是請別這麼做。」

「怎麼樣?利迪爾公主。」

「……」

「不能讓我看妳的臉一眼嗎?一句話也好,我想聽聽妳的聲音。這樣我就能說更多有趣的事情給妳聽了。我也無須懷疑這女官的回答究竟是真是假。」

看來王似乎不太滿意所有問題都由雅尼卡來回答。可是雅尼卡的回答完全說出了利迪爾的心聲。

他在頭紗底下搖搖頭後,王嘆了口氣。

「跟我說句話吧,拜託妳,利迪爾公主。」

「兩國已經約好在婚禮前不會讓王見到公主的面貌了。聲音也是一樣的。」

「聽說公主很美,可是我知道,傳聞這種東西就是會在流傳過程中不斷被誇大吧。」

「公主是真的很美!」

「臉上有傷也沒關係。」

「公主臉上沒有那種東西!」

「不管怎樣都不能讓我看嗎?」

「請您自重。在婚禮前,還請再忍耐一下。」

等那天到來,別說臉了,連身體、血液和內臟都會展露在王的面前吧。

「我知道了。今天就不勉強公主了。」

事情就發生在聽到王打算放棄，利迪爾正鬆了一口氣的時候。

身材高大的王越過雅尼卡的肩頭，把手伸向利迪爾。

他雖然想逃，卻動不了。

他被震懾住了。那充滿自然美的感官刺激以及男性氣息，令利迪爾不禁屏息，無法動彈。

王用指尖撩起從他隨意披上的頭紗中落下的髮絲，唇瓣抵上了他的髮梢。

「至少讓我有這個榮幸，吻上妳這美麗的髮梢吧。」

「您太亂來了，請住手！」

伊多慘叫著闖入他們之間。雅尼卡也張開雙手擋在他面前。

「……我這也是相當忍耐了。若是可以亂來的對象，那還真想這麼做。」

王似乎受不了兩人如此拚命的樣子，沒多加堅持，輕易地退後了。

「妳在發抖嗎？真是貞懿賢淑啊。別擔心。看妳怕成這樣，我也做不出無禮之舉。」

伊多用宛如下一秒便會拔劍的緊迫氣勢，發出低沉的威嚇聲。

「王啊，請您諒解。再下去會影響到公主的身體狀況的。」

「好好好，我知道了。稍後差人再送些水果來，為我的無禮道歉。妳喜歡山莓嗎？」

利迪爾在頭紗下點頭。一半是覺得怎樣都好，只希望他快點離開，一半則是因為那種他過去未曾看過，有如紅寶石的紅色水果酸酸甜甜的驚人美味。

「太好了。那麼下次再會。」

王說完後走出了帳幕。

位於入口處的護衛兵敲響長槍恭送他離去。

帳幕的門簾靜靜地闔上。

看完這一連串的動作，三人同時鬆了一口氣。

「利迪爾殿下，您沒事吧？」

雅尼卡轉過身來。

「嗯，我沒事。你們呢？」

「不要緊。」

「竟敢對利迪爾殿下做出那種行為——」

伊多咬牙切齒地瞪著帳幕的入口處。

「不，我得感激他的厚意。他一再容許我的任性，相信我文靜怕生的藉口。已經通過原定的會合地點了。就算不情願，若是被他抓住，憑我根本無法抵抗，卻守住了不看我長相的約定。」

「這……是這樣沒錯，可是……」

王雖然有著凜然強悍的外表，個性卻非常溫柔爽朗。

泰然自若的表情，微鬈的黑髮宛如黑豹般充滿光澤而且很長，用奢華的髮飾束在衣領旁，髮尾垂至膝窩處。嘴很大，笑起來略顯稚氣。如伊多所言，他很適合那身在黑底上繡滿金色刺繡圖樣的長版上衣。

「我是不是在做一件比想像中更對不起王的事呢？」

利迪爾沒想到會如此受到重視。也沒想到王會是這麼出色——溫柔的人。一想到他得知真相時的驚訝與悲傷，儘管為時已晚，仍感到非常痛心。

雅尼卡帶著傷心的面容探身過來。

「這不是利迪爾殿下的錯。這是無可奈何的事。利迪爾殿下不正是為了補償對方，才會來到這裡嗎？」

「我知道。我打算包含這點在內一併向王道歉，可是就算不是我的錯——還是有種光是獻上我的人頭，仍無法彌補他的感覺。」

「請您別說那麼可怕的話！」

伊多雖然馬上跳起來回話，卻又立刻無力地垂下肩膀低著頭。

「或許是這樣吧……」

利迪爾在頭紗裡靜靜地用手遮著臉，嘆了口氣。雅尼卡用難以置信的表情看著哥哥。

一想到這分已經快不知道該如何清償的深重罪過，他就覺得眼前一暗，快要失去意識。

——可是利迪爾就是下定了決心，就算自己成為悽慘的屍體，只要能拯救國民就好，才會假扮公主到現在。

回話這件事很難應付。

明知自己不能回話，一被問話卻又差點忍不住開口。看王手上拿著有明顯香料味的點心，問「妳喜歡這種還是甜的？」的時候，他好想回答兩種都喜歡。

伊爾．迦納的點心有讓小孩子吃的甜點，和吃下後口中會充滿豐富香料味的辣味點心。這種點心烤過或蒸過，再搭配溫熱的山羊奶交互品嘗，是會讓人覺得就算吃上一輩子也不會膩的魅惑食物。

聽到王叫自己的名字或是問問題都不能回應，也不能表達意見，讓他渾身不對勁。噤聲不語真是件難事。就連一句話，回是或否都不行也令人焦躁不已。掌心裡不斷冒出被揉亂的黃色花朵。

身體已經染上回話的習慣。如果是真心憎惡的對象，他應該會反射性咬牙切齒，內心強烈抗拒做出回應吧。可是古辛王這個人意外的孩子氣，個性率直又好親近。不僅喜歡跟人聊天，還有豐富的話題，也很善於對應。王說他曾經造訪諸國，所以知道很多國家的事，向利迪爾說了諸如有趣的舞蹈、奇怪的習俗、未曾見過的屋頂樣式、奇特的食物、身體有如大蛇般細長的河魚等等趣事。

這些話題全都讓利迪爾很感興趣，途中雖然很想發問，可是一出聲身分就會曝光。儘管如此，他還是有忍不住做出簡短的回應，還好雅尼卡有做好防範工作，補上了一句「利迪爾殿下似乎有些感冒，喉嚨不適」。

利迪爾僅僅裹著頭紗，坐在帳幕一隅的地毯上。他來不及搬出椅子，只能坐在軟墊上。

王就在他身旁。王盤腿坐著，很放鬆的樣子。豐沛的黑髮柔軟地垂落在地，在地面上形成美麗的圖案。

「公主有看過雪嗎？我聽說埃維司特姆不會下雪。我國雖然會下雪，可是只會在空中飛舞，無法落到地面上。要是越過北邊的山脈，就會積起厚厚的積雪。雪的模樣也不同，會有像純白棉花那樣柔軟的雪從天而降，只要一晚便能覆蓋大地。讓外面變成看不見土壤的一片銀白世界。」

——那種時候人們的家會變得怎麼樣呢？

雖然想問，卻不能出聲。他為此感到失落時，甚至懷疑起王是不是算準這點，才會在敘述過程中刻意不提最有趣的部分。

「在那裡騎馬也很有趣。簡直就像奔跑在紛飛的落花中。雖然現在治安不太好，不過等稍微穩定下來之後，我帶公主去看看吧。妳一定會喜歡的。或是等春天再去也不錯。那邊是以飛花聞名的地區，帶著種子的花會不停地旋轉飛舞在空中。」

光是想像就覺得好美。

王所說的事情前所未聞的有趣。他說的不全是些稀奇的事情，可是和利迪爾看待事物的觀點很接近。換成是伊多，一定會覺得積那麼多雪不但冷，還妨礙驢子行進影響商業，露出厭惡的表情吧。如果是大臣，一定會說有花飛在天空煩人得受不了，要是飛進耳朵裡就麻煩了。

很美、很有趣、很漂亮。王說這些話的時候看起來是真心這樣想，想嘗試的事情也往往和他一樣。在王說「真不可思議」的時候，利迪爾也幾乎都有同樣想法，想要開口說「或許是這樣」，陳述自己的推測。

如果對方不是王。如果自己不是正在欺騙他的他國王子。利迪爾現在就想甩開這層頭紗，與王暢談。利迪爾想說出自己所知的事情，想在王的提案加入自己的提案。想跟王一起去看他覺得不可思議的事物。想讀看看王喜歡的書。

然而那終究是無法實現的夢。七天後，王便會親手殺害他。

抬頭望著天空的王忽然喃喃說道。

「——我聽說利迪爾公主非常勤勉向學，是真的嗎？」

是誰說這種話的？利迪爾一邊這麼想一邊抓著頭紗，搖了搖頭。

「我聽說公主有很深的魔法學造詣，是令埃維司特姆的學者敬佩不已的秀才。真是可靠啊。聽說妳除了治癒外，也擁有能夠解讀並解除詛咒的高超技術？」

不。利迪爾搖頭否認。

只要是埃維司特姆國出身的人，都多少會治癒魔法。只是王室成員可以發揮更強的治癒效果罷了。而這點在利迪爾身上也不適用。

而且利迪爾過去研究的東西，就算告訴他們也沒有意義。自己抵達後沒多久便會喪命，擁有的知識也無法幫上他們的忙，解讀、解除詛咒不過是他的興趣。生在王家，按照家族傳統就是得學習。只是魔法學的思考邏輯碰巧和利迪爾比較契合，所以多少懂一些，但並沒有什麼特別的能力。

王有些遺憾地嘆了口氣。不過比起讓王對他有所期待，這時候讓王失望感覺還比較輕鬆。

「……」

忽然有道影子出現在眼前。王的手放上利迪爾的肩頭。

等到他眨眼，已經是在嘴唇被堵住之後的事了。

隔著薄布製成的頭紗，王厚實的唇瓣與他的交疊。隔著布傳來的體溫。王呼出的氣息所含帶的溼氣在布的內側輕柔地擴散開來，比兩人的接觸慢一拍撫過利迪爾的唇瓣。

他驚訝地用手抵住王的胸膛。在離開利迪爾的唇時，王小聲地說了句「原諒我」。

「隔著布。這不算是接吻。如果嚇到妳了，我道歉……我馬上差人送花過來，還有水果。」

利迪爾別過頭去，扭著身體背對王，手抓著地毯。王的聲音從愕然的利迪爾頭上傳來。

「真希望婚禮早日到來啊。」

寂寞地留下這句話後，王便離開了。

太絕望了。想要立刻脫下頭紗追上他，向他道歉的心情簡直快要漲破利迪爾的胸口。

要是他不是這麼好的人。要是他──不是如此耀眼，又令人喜愛的人就好了──

昨天做野營準備時，負責統領護衛這個婚禮隊伍的伊爾·迦納軍的男人，名叫維漢的將軍過來，向奧萊大臣做了說明。

維漢是個年輕，有著雄獅體格的壯碩男人。胸前穿著高格調但具有實用性，上頭留有無數傷痕的皮鎧。

他保有家臣的風範，就連對奧萊也是隔著一段距離說話，但他的嗓門實在太大了。他一出聲，就彷彿劃破了空氣。

「接下來會經過丘陵地帶。反覆經過好幾座平緩的丘陵後，馬上就會進入伊爾·迦納的領地了，不過這一帶畢竟是與鄰國的交界處，我是希望能盡快通過。為此會減少明天的休息次數，根據偵察兵的回報狀況，可能會趁著時間還早，途中一次也不休息地靠著更換馬匹，專注於快速穿越危險地帶一事上。還望能夠得到公主與各位的理解與體諒。」

天亮之前，於馬車裡存放一天份的食物，在預設或許不會停下來休息的情況下出發了。

平常不管是哪個國家，都不會踏入這個國境錯綜複雜的地帶。可是繞道的話，要多花八天以上的時間。他們為了迎接利迪爾，是做好最大限度的防範與準備才到這裡來的。迎接隊伍也是因此才會變成一支大軍。若是埃維司特姆那種扮家家酒的隊伍，在山賊或來路不明的遠征軍眼裡簡直就是送上門的肥羊。

他們期望得到自己，甚至不惜做到這種程度一事更添增了利迪爾心中的恐懼。然而他還是得先躲過眼前的危險。

出發前，前來觀察狀況的維漢將軍從馬車外問他。將軍身上穿著比昨天更為正式的鎧甲。

「王想請問利迪爾公主殿下是否會騎馬。」

對於王這個公主會不會騎馬的問題，利迪爾不小心點了頭。

王笑著說「明明怕生又文靜卻會騎馬啊」之後，又接著說了「這還真是聽到了個好消息。等生活穩定下來後，我會差人為妳準備一匹馬。我知道一片很棒的草原，到時候我們兩個再一起騎馬去吧」這段話。

利迪爾在馬車深處又點了點頭。將軍帶著感佩的表情接著說道。

「我會安排腳程快的馬跟在馬車旁。遇上危險時請您騎著那匹馬逃走。馬有經過訓練，會自行回國。只要順著馬的意思跑，就能再度與我軍會合。」

這話的言外之意是，如果我軍沒受到嚴重襲擊的話。

「了解。我們會留意的。」

伊多點頭回應。利迪爾拉拉他的袖子，戴著頭紗的頭湊到伊多的耳邊。

——幫我問若是出事了，王會待在隊伍的哪個位置。

王平常搭乘在他們的馬車前方，位於中間偏前方位置的馬車。前面有騎兵隊和步兵嚴格保護著，兩側則是有兩頭大象防衛。

伊多原封不動問出他的問題後，將軍露出夾雜著驕傲與苦澀的神情。

「王幾乎都會位於隊伍的最前方。我們的王是國王，同時也是最強大的魔術王。當然我們也會拚命避免王受到傷害。因為先王也是這樣在戰爭中喪命的……啊，失禮了。明明是迎娶的隊伍，我卻說了這麼不吉利的話。」

利迪爾又拉了拉伊多的袖子。不用利迪爾開口，伊多也想問同樣的問題。

「先王真的是在戰爭中喪命的對吧？」

他們聽到的消息當然是如此，也有派使者參加先王的葬禮。不過「國王戰死了」這個說法經常是用來掩飾遭到暗殺，或是在王宮內被殺害的理由。

「是啊，先王是實力極為高強的武人。將我國國土幾乎拓展了將近兩倍也是先王的偉業。也多虧古辛王能夠守住這分功績。」

將軍用有如兄長的表情說道。

「利迪爾公主殿下。您能來這個國家真是太好了。在先王逝世後，王還是第一次露出那種開朗的表情。」

就連這分喜悅都像是給了他一記沉重的打擊，利迪爾在馬車深處繃緊了身體。

馬車隨著號令，像平常一樣跑了起來。

儘管事前說了那些話，出發後的旅途相當平順，要說有什麼不同的地方，就只有馬車移動速度相當快吧。

車夫發出「喝啊！」吆喝聲，揮舞著馬鞭。

從埃維司特姆國抵達伊爾．迦納前，必須通過鄰接國之間特別通融開放的一條通道。

也就是說必須走過一條與他國之間的國境線，才能踏入伊爾．迦納的領地。就算這在外交上不成問題，說起來就是發生什麼事，各國也會暗中默許的地區。想必有不少企圖在這個容易把事情藏在檯面下的紛爭地帶，趁機奪下武強國伊爾．迦納國王項上人頭的不法之徒。

利迪爾搭乘的馬車在兩側有騎兵紮實包圍著的情況下前進。要是沒發生意外的話，應該只要半天就能穿過國境地帶了。

大臣和伊多都沒開口說話。雅尼卡也十指交扣，閉著眼睛。大家都沉默地忍耐著這分緊張感。途中雖然有請利迪爾用餐，他卻食不下咽。

就這樣到日落前都平安無事就好了。

如此祈禱著的利迪爾不禁苦笑。要是自己在這裡命喪於敵兵之手，那是最好的發展了。沒有任何人怠忽職守，只有自己不幸身亡，在突如其來的悲劇與哀傷中，兩國將會找回原有的和平。

明知如此他還是不想死。可以的話想死在王的手裡。但若是為了國民著想，他個人的願望根本沒有摻入其中的餘地——

利迪爾用交握的手指抵著額頭，同時用力閉上雙眼後，開始不知道該祈禱些什麼了。

這時候左前方響起笛聲。是聲音嘹亮的角笛。

「繼續前進！就這樣穿過國境！別停下來！繼續跑！」

來自前方的命令傳給了隊伍中的馬車。

「能夠甩開敵軍嗎？」

「如果是這輛馬車，應該可以。」

大臣點頭回應伊多的疑問。

「要是沒在那時換乘馬車，想必無法甩開敵軍吧。」

他們從城裡搭來的馬車以這種速度奔馳的話，很有可能會因為地面起伏而上下彈跳，在空中解體。而且真要說起來，他們的馬也沒辦法跑得這麼快。

王早就料到這種狀況了嗎？

儘管敬佩於王的準備周到，馬車的速度仍絲毫未減。

外頭頻繁傳來車夫的吆喝聲，以及揮動馬鞭的聲音。

各處都吹響了角笛，鈴聲響起後，原先跑在馬車旁的馬兒離開隊伍，一起朝著傳出鈴聲的方向跑過去。

「從方向來看，似乎是拉琉爾國。」

大臣皺起眉頭低聲哀嘆。

伊爾．迦納雖是軍事大國，但鄰接的所有國家也都是軍事大國。總是在企圖擴張自國國境、爭奪領地、簽訂後破壞協定、趁隙攻入他國、暗殺王族。

「那是！」

伊多衝向窗邊。

任身上的斗篷隨風飄揚，離開隊伍的人正是古辛王。

王戴著頭盔，身穿染成黑色的鋼製胸甲，騎著馬奔向眾人移動的方向。

王是真的打算要作戰吧。

利迪爾驚訝地看著窗外時，前面又有一匹馬退後過來。伊多將利迪爾連著頭紗一起推進馬車深處。

騎著馬退到馬車旁的是位年輕男性。

雖然體格纖瘦，他身上仍穿著僅有胸甲的鎧甲，腰上佩著劍。

「我是古辛王的側近，名叫卡爾卡．歐托馬。各位的馬車接下來將離開軍隊，與女官們的馬車會合並繼續前進。還請放心。」

伊多挺身而出。

「我是利迪爾公主的側近，伊多．維納。請問王打算怎麼做？」

「——請看那邊。」

他用視線示意，要他們看向王策馬奔離的方向。

人逐漸聚集到那裡。兩軍似乎是在那邊碰上了。

在他這麼想的時候，傳來了「咚！」的沉重聲音。

那是非常低沉厚重，像是火藥炸裂的聲音。在利迪爾想著那是什麼聲音，在頭紗底下揉了揉眼睛想看清楚時，又傳來「咚」的一聲。

他看到如火花般在地面上迸裂開來，宛如雷電的閃光。

本來呈一橫排，像一道牆那樣攻來的成群敵軍「哇啊」地四散開來，以那裡為中心凹陷進去。

「王也多少有些魔力。我們的王真的很強。」

又一道細細的閃光從天而降，緊接著響起「咚」一聲，有如地鳴的悶聲。

王的劍上似乎宿有雷電。

因為天氣晴朗不容易辨識，不過似乎具有不小的威力。劍隨著閃光斬斷敵軍，彷彿神的三叉戟，在地面上開出洞來。

古辛王有魔力也不是什麼不可思議的事。

伊爾．迦納國幾代以前的王妃是從埃維司特姆嫁去的公主。雖說魔力通常不會殘留超過兩代，但也有隔幾代後子孫身上或多或少重新出現魔力的案例。不過那應該頂多只能作為輔助才對。

我方的士兵從宛如劍尖般撕裂敵陣的國王兩側進攻。訓練有素的士兵們一邊守護王，一邊在不妨礙王的情況下作戰。

在前方打頭陣的王非常強。一揮劍便能掃倒好幾人，連在後方的敵兵也會因為雷電的力量而站不起來。

不過那頂多也就是王的劍術實力，稱不上是武裝魔法。雷電不過是增強了劍的威力。

王果敢地在如海浪般襲來的敵軍中殺出一條路。然而其他的士兵卻只能應付同等，或是人數更少的敵軍。一看就知道若是沒有王在場，便會被敵軍攻勢給壓制住。

這就是伊爾·迦納國的日常嗎？

與埃維司特姆國之間過大的差距，令利迪爾感到頭暈目眩。利迪爾下意識抬起左手，隔著肩膀撫上自己的魔法圓。

既然這樣，他們一定很想要來自埃維司特姆的王妃（利迪爾）。

就算王再強，沒有魔法師的輔助，這依然是一場硬仗。

又有其他傳令兵的馬退到馬車旁。傳令兵用自稱卡爾卡的側近以及馬車兩側都能聽到的音量開口說道。

「敵軍數量比想像中多，幾乎所有的士兵都前去應戰了。護衛數量減少後可能會有危險，還請各位前往森林裡避難。還請卡爾卡閣下前去協助王。」

「知道了。」

卡爾卡的馬像是要斜斜地橫越草原，奔向王所在的位置。

傳令兵指著前方。

「往那邊的森林！請盡量躲進森林深處。千萬不要離開馬車喔？」

「知道了！」

在回應的伊多身後，利迪爾和大臣也點了點頭。

馬車進入的是地勢較低的蓊鬱森林。

他們利用壺狀森林來守住馬車周遭，讓士兵們防守壺口的位置。這樣一來就能將所需的士兵人數控制在最底限，而且在森林裡的話，真有危險時可以拋下馬車，騎馬往任何方向逃跑。

森林中間的空地寬闊到足以讓馬車迴轉。

為了確保馬車隨時都能衝出去，他們讓馬車車頭朝向森林的入口處停了下來，隱藏氣息。士兵們守著森林的入口處。

四輛馬車上載著女官和大臣們，和他們一同躲進森林裡的三輛載貨馬車上，則是載著廚師或無法參與戰鬥的僕役。

有人策馬衝入森林前方。

「前方兵力不足！請求支援！」

「維漢閣下呢！」

「閣下在王的身旁守著先鋒，可是照這人數來看……！」

「可是這裡也是，要是人手再少就守不住了！」

士兵們大聲交談的聲音傳了過來。

光從遠處來看，兩軍人數似乎有著巨大差距。就算王再怎麼善用雷劍，又真能縮短這之間的差距嗎？

就在利迪爾這樣想的時候，森林入口處的士兵們突然騷動起來。士兵們舉起劍，一瞬間過後現場便亂成一片。是敵軍！

「利迪爾殿下！」

王要他遇到襲擊就騎馬逃走。

他穿上褲子，脫下袖子寬鬆的上衣，穿上襯衫。利迪爾披著繡有豐富刺繡的上衣站了起來。

「伊多，給我劍。」

「利迪爾殿下？」

利迪爾將閃閃發光披在肩上的頭髮在腦後束成一束，把手伸向伊多擺在一旁，倚靠著馬車車壁垂直立著的劍。

「利迪爾殿下！」

「接下來要成為我丈夫的人正在作戰，我怎能坐視不管！」

「利迪爾殿下。」

利迪爾跳下馬車。

他謹慎地換了衣服的做法是對的。這下就算被其他人看到臉也沒問題。在這裡也只要用少年利多的身分參戰就好了。

「！」

有幾個敵軍躲過入口處的士兵，闖進森林裡。女官們驚聲尖叫，廚師們拿起菜刀和鍋蓋跳下馬車，打算挺身抵抗。

利迪爾格開了襲向載貨馬車的男人揮下的劍。

「鏘」的一聲，或許是大意了吧，敵兵的劍脫手落地。體格健壯的廚師們立刻撲上去制伏他。

利迪爾接著和從旁衝過來的敵軍交戰。

一下、兩下。柔弱無力的利迪爾所使的不是靠力氣勝過對手的劍法，而是左右格開對手攻勢，趁虛而入的劍。

他好歹也是王子。從小便累積了相當的劍術實力。

他仔細地看準劍尖的中央，格開對手的攻擊。

「！」

趁著對手的手肘上揚時，筆直地往前突刺。

「唔哇啊啊！」

憑利迪爾的臂力無法貫穿鎧甲殺掉敵人，不過還是可以劃傷對方的皮膚，造成痛楚。

「壓下他！」

僕役們上前壓制住正按著側腹痛苦呻吟的敵兵，拿水桶罩住敵兵的頭，用繩子捆住。

就在利迪爾鬆了一口氣的時候，背後傳來腳步聲。他猛然回神，抬頭只見一把劍正從頭頂上揮下。

「！」

他倒抽一口氣，把劍打橫接下了這一擊。柔弱的利迪爾的劍「鏘！」地一聲，輕輕被彈開來。雖說幸好劍沒有因此脫手，但來不及再次擋下攻擊了。

就在他想著到此為止了，緊緊閉上雙眼時，眼前傳出劍刃交鋒的尖銳聲音。

「利迪爾殿下！」

是不知道從哪裡搶來一把代用的劍趕來的伊多。

伊多華麗地打倒襲來士兵一人又一人，抓著利迪爾的手臂，帶著他跑回馬車旁。

「您這是在做什麼啊！接下來請交給我吧！就算您睡著了，我也不會讓拉琉爾人碰到您一根指頭的！」

利迪爾聽說伊多的劍術非常出色。他曾經問過自己的劍術老師「我跟伊多誰比較強」，老師雖然回答他「利迪爾殿下很強」，卻從未說過他比伊多還強。

伊多救下遭到敵軍襲擊的廚師，斬殺攀上女官馬車的敵軍。

就在他想著要是敵軍再增加，伊多也無能為力了的時候，一部分的騎兵隊從森林外頭回來了。

他們騎著馬繞了森林一圈，接連用槍刺殺闖入的敵兵。

有些人逃到森林外，也有些人倒臥在地。

「利迪爾殿下，快進馬車裡。」

「啊……嗯。」

更重要的是王還好嗎？利迪爾如此心想時，看到有個黑色團塊從樹叢上朝他飛了過來。

「哇！」

猛然飛進懷裡的是——

「是……是你？」

那是前天治好的鴞鳥。

「你……該不會是追著我來的吧？」

「利迪爾殿下！動作快！」

被伊多推進馬車的時候，他將鴞鳥緊緊抱在懷裡。

這次他急忙換上公主的打扮。雅尼卡臉色蒼白。

「您這是在做什麼啊！要是身體的事在這種地方曝光了，您打算怎麼辦？而且要是受傷了……」

「我有拿到第三課程的修業證書喔。」

修習完第一課程後可以上戰場，到第二課程能被交付任務。第三課程則是可以得到劍士的稱號。不過比起其他稱號，王子這個稱號更強，因此他才沒掛在嘴邊而已，所以第三課程的劍士指的是他的實力。順帶一提，伊多修習到了第五課程，也就是具有可以指導士兵劍術的水準。

「這我知道，但拿劍就有可能受傷。還請您別亂來。」

「嗯，我會祈禱不要再發生這種事了。」

利迪爾一邊撫摸著在懷裡左顧右盼的鴞鳥，一邊觀察馬車外的狀況，只見廚師們開心地舉起鍋子或拳頭。看來是返回的騎兵們解決了森林裡的敵軍。

「喂！敵軍都撤退了喔！」

遠處傳來了我軍如此大喊的聲音，還湧現人們喜悅的歡呼聲。利迪爾帶著明朗的表情與伊多互相看了看彼此。

馬車謹慎地出了森林。

從戰場上退下的士兵們也回到隊伍裡。

「王應該沒事吧？」

「是啊。回來的士兵們心情看起來都很開朗，不像是王出了什麼事情的樣子。不過您還真是在意王的狀況呢。」

「啊……不是，這是當然。畢竟是要道歉的對象，又這樣保護了我們，會為他平安無事感到高興也是很合理的吧。」

利迪爾拚命忍著不用手指去觸碰自己的嘴唇，這麼說完之後，伊多的臉上露出了扭曲的笑意。

「我其實希望王要是出了什麼事就好了。那樣您就不用送命了。」

「……嗯，是啊——不過啊，伊多。在和王有所交流前，我或許也會如此期望吧。可是現在已經不會希望他死了。我一心只想著要向想必會很失望且生氣的王說多少道歉的話。要傷害他這件事情讓我非常難受。」

「在我看來，古辛王也是相當溫柔的人。可是他是將來會殺了您的人。」

「我很遺憾。可是我很慶幸能親自向他道歉。」

這時候從遠方傳來如波濤般的歡呼聲。

是王回到隊伍裡了。

這些士兵們表現出的狂熱與喜悅，可見他是深受愛戴的王。想必擁有足夠的器量，能讓國民看見未來吧。

方才的側近策馬來到馬車旁。

「王平安歸來了。隊伍將繼續前進。還差一點路就能抵達國境。隊伍會維持先前的行進速度，還請各位小心別咬到舌頭了。」

利迪爾為了藏住鴞鳥，把頭紗拉低坐在馬車深處。

他是真心感到慶幸。

打扮得很隨性的利迪爾坐在帳幕裡的地毯上。

在那場戰鬥的幾小時後，他們進入伊爾・迦納國的國境內。雖然國境一帶有盜賊出沒，治安不佳，但也不至於有人敢襲擊王帶領的隊伍。

危機算是告一段落了。加上前來迎接隊伍，為白天戰鬥中受傷的人治療的援軍，隊伍變得非常熱鬧。新的士兵換下疲憊的士兵。也送來了物資。

晚餐非常豪華。援軍帶了新的酒來，還有許多伊爾・迦納特有的水果跟新鮮蔬菜。

利迪爾所在的帳幕周遭也很熱鬧。不管到了幾點外頭都沒熄燈，有人來來往往的氣息。

「來，再一次。」

利迪爾讓鴞鳥站在手掌上，手一往上抬，鳥兒就會揮動翅膀飛到帳頂附近，再輕飄飄地降下來。再往上抬，又會揮動翅膀上去，輕飄飄地落回掌心裡。

在抬手同時撒出花朵的話，鴞鳥就會追著花朵旋轉，轉啊轉地回到掌心裡。

「你做得真好。鴞鳥都會做這種事嗎？」

「利迪爾殿下，您該休息了。雖然您的心情似乎很好，但明天也要早起喔。」

坐在帳幕入口處的雅尼卡這麼說。

「我知道。好了，你也休息吧。要睡在我身邊嗎？」

利迪爾雖然掀開被子，鴞鳥卻咕溜溜地轉著頭，不肯進去。

「過來。」

他呼喚鴞鳥，鴞鳥卻隨性地走到帳幕的入口處，鑽過布簾去了外頭。

利迪爾問從入口處探頭進來的伊多。

「那孩子是睡不著嗎？」

「因為是鴞鳥，所以是在晚上進食。應該是肚子餓了吧。不過真虧牠這麼親近您呢。」

「嗯。我知道應該要放牠走，可是既然回來了那也沒辦法。」

要是被馬車撞飛也很危險，要是再繼續遠離原先的地方，說不定會回不去原本居住的森林。在婚禮時如果被民眾驅趕，也有可能會受傷。萬一王在盛怒之下連牠一併殺了，那就真的太可憐了。

「靠近王都後人也會變多。那隻鴞鳥也會怕得不敢靠近吧。」

「如果是這樣就好了。」

「我要熄燈了喔？晚安。」

伊多負責守夜。雖然白天會在馬車補眠，可是得坐著，而且要是發生今天那樣的狀況，根本沒辦法睡。

王派來的士兵也保護著帳幕周遭。可是「真要說起來他們也都很可疑」，抱持強烈戒心且忠誠不二的伊多是這樣說的。雅尼卡和利迪爾一樣睡在帳幕裡。胸前抱著一把短劍，由於是女性，她用一塊大薄布裹著身體，睡在入口旁邊。

他們兩個也都累積不少疲勞在身吧。利迪爾擔心地看著伊多進來熄燈，走出帳幕的背影時，伊多一邊放下布簾一邊說道。

「——今天大家都平安無事，真是太好了。」

利迪爾也是這樣想的。

伊爾．迦納國非常廣大，要花上三天才能抵達王都。

在那之後的旅途一路都很平順，隨著接近王都，路面的鋪裝工程就做得越完善，馬車跑起來也輕快多了。隊伍的緊張感也減輕不少，大家像是捨不得旅途即將結束，休息時也是一片和樂。

「來，牽著我的手。小心點。」

利迪爾在王的協助下下馬。他握緊為了避免被風吹走，戴得非常低，幾乎看不到前面的頭紗，踩到地面上。

「去準備讓我倆休息的地方。我想和公主聊聊，把人都趕開。」

王如此命令騎馬跟來護衛的側近們後，他們都笑了。

「看來王非常中意公主呢。」

「那當然，我要讓公主喜歡上這個國家才行。得先從這點開始。」

「感覺會是場不錯的婚禮啊。兩位的身高也恰到好處。」

利迪爾雖然體格瘦小，還是比女官們來得高。可是伊爾．迦納的人平均身高很高，王更是比大家又再高上一個頭，顯得利迪爾非常纖細嬌小。

「王啊，您再怎麼高興，也別在婚禮中鬧出笑話喔？畢竟會有來自鄰國的嘉賓。」

「我可沒傻到那種程度，是吧？公主。」

王開口尋求利迪爾的同意，又讓側近們愉快地笑了。

側近們感覺都很好相處，而且可以感受得到都非常喜歡王。

在年輕側近們帶著溫暖笑意的眼神目送之下，王帶他來到可以清楚看見花的岩地，岩地上已經鋪好了毯子。

一旁備有水果和酒，兩人一起賞著花。

大多都是王單方面在說話。利迪爾還是一樣忍著不發出聲音，只會點頭。

「我國和埃維司特姆相比，春季較短。夏天也還在仔細感受天氣是否很熱的時候，便立刻變得略帶涼意。埃維司特姆的春天真棒啊。我在年輕時也曾去過繁花盛開的埃維司特姆國。景色真的很美。妳一直都是在那樣的地方長大吧。」

利迪爾點頭。花卉繁多、春季悠長、夏季繽紛，那是他自豪的祖國。其中尤以王宮的花最為出色，是被譽為「花之城」的美麗王城。

「我在冬天期間也會盡量找花來，避免妳因此感到寂寞。」

看著對自己微笑的王，利迪爾別開臉，低下頭。

指尖傳來輕柔的暖意。

他明明不想，手裡卻溢出了花。是小小的藍色花朵。帶著寂寞顏色的花膽怯不安地零零散散冒出，從指縫間滑落。

「……這行為還真奇妙。身為魔法師的公主都是這樣嗎？」

王雖然試著用手接住花，但是碰到的瞬間，花便像雪一般消融散去。原本就是用魔法創造出來的花，過一段時間後便會溶在空氣中，回歸到自然之魂。從利迪爾淡淡的悲傷中所誕生的花，是剎那間便會融解消逝而去的東西。

好傷心，好難受。

王屢次造訪利迪爾的帳幕，會和他閒聊，給他吃好吃的東西，或是像這樣帶他來賞花。

和王結婚的公主一定很幸福吧——

他簡直想捏碎正在破壞這分幸福的自己，每當王對他微笑，心臟便會揪緊，感到難以呼吸。

「怎麼了？不舒服嗎？」

王擔心地問別過頭，不肯面向王的利迪爾。在遠處看著他們的伊多介入對話。

「公主累了。畢竟也經歷漫長的旅途。」

「這樣啊，說的也是。不過就快到了，再忍耐一下吧。我有差人準備，讓妳到城裡能好好休息。」

利迪爾點點頭後，王用掌心撫過他的頭紗。

王用指尖掬起垂落在他胸口的金色髮梢，恭敬地落下一吻。

王的項鍊發出「鏘啷」的金屬碰撞聲。利迪爾忍耐著胸中那股絞痛感時，王的唇隔著布抵上他的唇。

王彷彿在確認彈性般，反覆吻上他的唇好幾次。王溫暖的氣息隔著布透過來。帶著異國香水的香氣。

「……真想早點做更進一步的事。」

如此說完後，王從當成椅子坐著的岩石上起身。

「回去吧。開始準備出發了。」

一旁散發出祝福氣息的隨從們立刻奔向負責的區域。

王再度讓利迪爾騎上馬。

「我不會騎太快，妳放心吧。」

王溫柔地在他耳邊呢喃，握住馬的轠繩。

王察覺到利迪爾的身體在馬背上僵住了，不過好像認為利迪爾是怕他騎得太快。

利迪爾身體前傾，抱著馬的脖子。

他害怕的不是王騎得太快，而是被王發現他的性別。

雖說體格嬌小，但身體沒有半點曲線。萬一王的手碰到他的胸部，那故事就到此結束了。為求保險起見是有在貼身衣物裡頭塞棉花，可是他不覺得這種一摸就會破功的粗糙偽裝有辦法騙過王。

然而王非常誠實，遵守著約定，對利迪爾沒有做任何多餘的身體接觸。

雖然利迪爾覺得好像有什麼東西頂著他的腰——不過要說那是生理反應，也還在可以接受的範圍內。

王帶著伊多，回到利迪爾的帳幕旁，讓利迪爾下馬。一臉擔心地等待著的雅尼卡跑了過來。

「那麼我先走了。明天就能看見城下的市鎮。再忍耐一下吧。」

王說完後回到了自己的帳幕。

——那個幾天後，就是自己迎接死亡的日子。

利迪爾茫然地目送王的背影離去後，牽著馬的伊多走到他身旁。

「看來王真的被我們給騙了呢。雖然不免覺得事情發展得太順利了……」

伊多的表情也很苦澀。王那充滿慈愛的親切感似乎也讓他很是頭痛。

森林裡吵鬧起來。人們在遠處忙碌工作的聲音混在其中。

他覺得彷彿身處在夢中。連想要尖叫醒來都辦不到的安逸惡夢。

這是一場夢——或是深信自己是王子的公主的白日夢——遲早會被送去另一個奇妙的

世界，還是會在平常睡的床上醒來苦笑著呢——不管怎樣，這對利迪爾而言，都是一個他無法憑自己的力量醒來的夢境。

如果這是現實的話，對象是那位王真是太好了。利迪爾不禁這麼想。

還有五天。他每天屈指倒數著將悽慘喪命的那天到來，然而就算是虛假的也好，他很慶幸最後能度過這麼奢侈又溫柔的日子。利迪爾打從心底認為，要賭上性命誠心道歉的對象，是那位美麗又有著一頭漂亮黑髮，體貼的王，實在是太好了。

如同王所言，隔天早上出發越過丘陵後，馬上就看到了王都。

雖然他們也是從遠處眺望著像是城鎮的地方一路移動過來，不過到了王城附近，建築物密度和高度都不同。有鋪設好的石板路，設有警鐘的瞭望臺。市場的遮雨棚綿延相連，異國打扮的旅人走在路上，驢子拖著的貨車載滿了貨物。

連絡用的快馬在這景象中來來往往。

向王報告城裡的狀況，把王的狀況傳回城裡。

為了慶祝王歸來，他們會舉辦晚餐會吧。在伊爾・迦納，王回來後會啟用大浴場，泡在漂滿花瓣的浴池中享受一番似乎已是慣例。

快馬如同溪流中的魚，反覆帶著喜悅前來，又踏上歸途。隨著快馬出現的頻率上升，讓他們感覺隊伍越來越接近王城了。

隊伍很快就進入王都。

王都非常廣大，前來觀賞王的隊伍的人們紛紛跑到大街上，發出歡呼聲。

他從馬車裡無從得知王是如何回應的。利迪爾搭乘的馬車車窗拉上了簾子，讓人從外頭無法窺見車內。

隊伍又繼續前進一段路之後，車輪發出行走在堅硬地面上的「叩咚叩咚」聲。是一座很長的橋。

馬車減緩了速度。這是進入王城的橋吧。

過橋之後傳來宏亮的喇叭聲，隊伍通過喇叭的前方，繼續往裡頭前進。

馬車停了下來。

民眾歡呼，音樂響起。向眾人宣告王歸來之後，歡呼聲又變得更為盛大。在歡呼聲中，利迪爾搭乘的馬車車門被人打了開來。

「恭迎埃維司特姆國二公主，利迪爾公主殿下！」

氣派的開場樂隨著號令響起。

利迪爾讓大臣牽著他的手，走下馬車後，在現場深深一鞠躬行禮。無論是從地面或城牆上都發出了驚人的歡呼聲。簡直像這座城本身在大聲吶喊著。

王走到他身邊。

「公主，妳沒事吧？」

他點頭。

王牽起利迪爾的手，用旁人聽不見的音量低聲說道。

「今天是最後一次能像這樣見妳，下次見面就是在婚禮上了。妳累了吧。好好休息——我很期待。」

王從他眼前離去後，立刻有幾名女官湊上來。

「利迪爾殿下，請用熱水。容我為您清洗秀髮吧。」

「我們準備了豐富的香油。」

「容我為您更衣。已經為您準備好有花香的房間了。」

「請各位等一下。利迪爾公主很疲憊，請各位先帶領我們到房裡。公主想要休息。有需要時會再請妳們過來。」

雅尼卡打斷她們之後，女官們不知所措地肩靠著肩湊在一起。伊多和大臣夾在利迪爾和她們之間，往裡頭走去。

房間似乎在二樓。他們在女官們帶領下走上樓梯，走進鋪有紅色地毯的城內。

雖然他因為戴著頭紗而看不見周遭，不過這裡感覺是座相當大且堅固的石造城堡。大到搞不好會在城裡迷路的程度。他們在走廊上轉了好幾次彎。

「房間在這裡。那麼我們稍後再聽公主吩咐。真的連茶水都不用準備嗎？」

「嗯，感謝妳們的好意。」

大臣婉拒她們，並趁隙讓利迪爾走進房間，關上了房門。

「……呼。」

眾人一同嘆了氣。

伊多和雅尼卡迅速地巡視整個房間，雅尼卡在隔壁的房間發現了浴池。

「總之先要熱水來清潔身體吧。我會去看衣服。如果對方準備的衣服比較好，就收下帶回來。」

伊多對雅尼卡點了點頭。

「用餐也先在這房裡。大臣等下要去討論接下來的生活需求對吧？」

大臣要和王的側近，也就是那位自稱是卡爾卡的男人會談，決定利迪爾在婚禮前的生活大小事。

「是啊，沒有變動的話，利迪爾殿下會在這裡做婚禮前的準備，生活到婚禮前一刻為止吧。」

大臣這樣說完後皺起面容。

「——接下來就只剩下完成任務了。」

「嗯。」

終於走到了這一步。

他必須練習公主應有的行為舉止，學習兩國的歷史，老實地向王陳述他們遭到愛迪斯攻入時的困境，獻上自己的性命，乞求王饒過埃維司特姆的國民。

若是那位王——不，正因為是那位王，他絕不會原諒自己。

利迪爾知道他有多麼誠實，多麼受到國民們愛戴。也知道他是多麼為國民著想，多拚命地想讓國家繁榮起來。

利迪爾會讓那位王顏面掃地，浪費無謂的時間和功夫。讓恐怕想要孩子得不得了的王，又得再從零開始籌備他的婚禮。

無論是咬著扇子哭泣的事、身體裡的每一根骨頭都因為馬車搖晃而疼痛不已的事、王的手帶來的溫暖、低沉嗓音中蘊含的溫柔、未曾看過的草原、大象的鳴叫聲、與敵軍兵刃相向的事、和王隔著布相吻的事——全是不到半個月旅程間發生的。可是利迪爾心中充滿了濃厚的回憶，簡直像是重新走過一段人生。

從馬車裡看見的景色，在帳幕裡的生活。

自從他踏出埃維司特姆國的城門之後，彷彿已經經過了漫長的歲月。

用有些燙的熱水清潔身體，塗抹大量香油在頭髮和肌膚上。

雖然這裡的人為他準備了不少家居服，不過他從本國這個棉花的名產地帶來的布料觸感更為舒適，所以他還是穿上原本帶來的衣服。

久違在正式的桌子上吃了飯，躺在柔軟的床鋪上。

香油的香氣。乾淨的布料。就這樣入睡的話，真的會讓他有種醒來後便會回到出發前的早晨那樣的幸福與安祥感。

大臣從明天早上開始就得去討論婚禮最後階段的相關事宜，去了其他房間。

利迪爾沒什麼事情要忙，每天就是泡澡來放鬆長時間搭乘馬車後僵硬的身體，倒在軟綿綿的沙發上睡睡醒醒，不斷重複這些行為。

餐點相當豐盛，可是吃不習慣的口味仍讓他有些不知所措。伊爾．迦納有豐富多樣的香料，不僅魚肉，連飲品中都加入了大量香料。

唯有水果非常美味。雖然不管哪種跟埃維司特姆的相比都小了點，但果肉滋味豐富，香氣濃郁。就連平常總會叨念他「光吃水果是長不大的喔？」的伊多也無可挑剔。

入夜後，利迪爾打開通往陽臺的門。

和昨晚一樣，那隻星眼鶡就停在扶手上。亮晶晶的眼睛閃閃發光。

利迪爾走出陽臺，把手伸向扶手，用雙手的手掌捧起鶡鳥。

「你回去原本的森林吧。後天這裡就會變得吵鬧起來，我也很快就會不在了。」

就算鶡鳥再到這陽臺邊來等他，這扇門也不會再打開了。如果真有誰走出陽臺，那也不會是自己。

如果那個人討厭鳥，說不定會把鶡鳥抓起來，或是拿棍棒打牠。

他試著在掌心裡創造出白色的花後，鶡鳥開心地啄起花瓣。那是淺藍色，有著淚水顏色的花。

「還好有你在。」

利迪爾珍惜地將鶡鳥抱在懷裡，伸手放牠回到天空。

「你要長大，成為一隻出色的鶡。再見。希望你別再被大鳥攻擊了。」

他說完這段話，又再把手伸往夜空後，鶡鳥才不情願地展開雙翼，蹬散他掌中的花朵，飛向星空。

鳥的身影轉眼間便融入夜色之中。

再見了。可愛的孩子。

利迪爾光腳站在花瓣散落一地的冰冷石地上，目送鴞鳥離去。

希望你能過得好好的，然後用那宛如夜空般美麗的眼睛，代替我看向天空、看向未來。

婚禮用的衣服裝滿了三個箱子。

金銀絲線填滿以白絹製成的上衣，描繪出莊嚴的花或藤蔓圖樣。裡頭穿著的是鈷藍色的立領內搭。髮飾則是將色彩繽紛的寶石和金粒編入頭髮中，一動就會發出「唰啦」的響聲。

雅尼卡幫坐在椅子上的利迪爾綁著頭髮，伊多則是幫他戴上女性用的頭冠，再配戴上垂掛在身體兩側的金飾。

儘管心想著明明要去送死，卻連口紅都塗上了，豈不是很滑稽嗎，利迪爾依然順從地讓唇筆畫過唇瓣，閉上眼忍住垂在額前太陽墜飾帶來的冰涼感。

利迪爾看著加上刺繡的長長衣袖，想著自己打扮得也還滿像樣的。

編好頭髮，配戴上豪華髮飾。腰上繫著雪白腰帶，披著厚重外衣。長度幾乎及地的衣服，讓旁人連他的腳踝都無法窺見。施加了祈求幸福儀式的七枚戒指，會發出「唰啦啦」響聲的沉重耳環。脖子也戴上好幾條項鍊，手環也重得像是手銬。

幾乎可說這身衣服才是主體了。看到這模樣，想必沒人能一眼看穿他是男兒身吧。

「……利迪爾殿下，完成了。」

為了這天事先學過該怎麼為他梳妝打扮的維納兄妹所做的準備無可挑剔。雅尼卡恭敬地奉上附有耳掛的白布。

只要掛到左右耳上，就成了一條面紗。

最後伊多輕輕地在髮飾上方，披上一條足以包覆住他整個身體的白色頭紗。繡有兩王國國徽的頭紗。這就是利迪爾步向人生終點的打扮。

「利迪爾殿下，您非常漂亮。」

雅尼卡眼眶含淚。

「謝謝妳。」

雖然被說適合穿女用婚禮服，他也只能苦笑，不過這是大家盡心盡力為他準備的行頭。他決定還是要為此感到高興。

「永別了。奧萊大臣，雅尼卡。我在這裡就要和你們道別了。至今為止真的很感謝你們。」

「利迪爾殿下……」

情況不容許他們哭。兩人都皺著臉拚命忍著淚水。

接下來陪著他的只有伊多。

這時——他的注意力忽然被外頭的氣氛給吸引住了。

天明明還沒亮，外頭卻傳來熱鬧吵雜的人聲。

那是國民在慶賀王的婚禮的聲音。先王逝世後，前代王妃似乎也緊跟著辭世。國家已經十五年沒有王妃了。他們正舉國歡騰，慶祝殷殷盼望的王妃的誕生。

他難受地閉上眼聽著這些聲音時，感覺到有人從走廊那邊朝著這房間走來。

來者敲了敲門，房門帶著沉重的聲響被推開來。

一身莊嚴正式打扮的大臣，帶著女官和士兵站在門後。

「本日真是大喜之日。恭喜您，利迪爾殿下。時間到了，恭迎您前往婚禮廳。」

利迪爾讓女官牽著他的手，加入他們的行列中。

士兵領頭走在前面，大臣跟在後頭。後面是利迪爾，再後面則是女官們，殿後的又是士兵。

利迪爾在頭紗底下深深低著頭往前走，最後終於感覺到眼前變得開闊起來。

有如身處室外的廣大空間裡鋪滿了紅色地毯。

大量的花散落在有著七色刺繡的地毯上。

他在這空間中繼續前進後，看到了王的身影。只是從頭紗底下無法看見全貌。

走上幾段階梯後，他在侍從的引導下坐上椅子。

婚禮儀式開始了。

德高望重的修道士開始說法，焚香。他的雙手掌心被塗上綠色和紅色的染料。這是只會施加在王妃身上，祈求王妃往後衣食無虞，還能將自己的食物分給人們的祈願儀式。

一個金屬製的托盤端到了他面前。裡頭放有樹果、米糰、紅色的甜點等等，四道一口大小的食品，每道各有兩個。他和王用同樣的順序，用手指從盆裡拈起那些東西，一一吃下。

王喝下半杯放在同一個托盤上的酒，利迪爾再喝下剩餘的半杯。

神聖之火持續在位於房間中央處的巨大金色器皿裡燃燒著。「叮鈴……叮鈴……」的微小鈴聲不斷響起，不讓邪惡之人靠近。

來自各國的權貴人士一個個來到他們面前，留下祝福的話語。

令他不禁想著這是否會永遠延續下去的道賀行列中斷了。負責照料他們，自稱梅沙姆的大臣用只有他們能聽見的聲音，在兩人耳邊說道「這樣就結束了」。

大臣首先遞出以黑色玻璃珠製成的項鍊。這是已婚的象徵。利迪爾讓大臣從頭紗上

為他戴上項鍊。

接下來大臣則是為王獻上了放在紅色器皿上的細杖。整把杖上都裝飾著寶石，杖的頂端有如鳥的尾羽，垂著七色的流蘇。

王拿起那把細杖，遞給利迪爾。

「王妃，利迪爾。願此婚約將為我國帶來繁榮與幸福。」

利迪爾伸出雙手，恭敬地接下細杖。

大廳裡傳出喜悅的歡呼聲。

這樣他們就完婚了。從這瞬間開始，利迪爾便成為伊爾·迦納國的王妃。

現場奏起比方才更開朗明快的音樂。美味的料理也紛紛端入大廳。

儀式順利結束了。

「請您小心腳下。」

在女官們攙扶下，利迪爾從比王坐的稍微小一些的椅子上起身。

「利迪爾王妃離場！」

高聲宣告後，愉快的吵雜聲籠罩住整個婚禮大廳。

炒過後膨脹的米和花撒在從大廳邊緣離場的利迪爾頭上。

在人們盛大的祝福中，利迪爾離開了完婚的大廳。

在這之後，王還要接受來自親戚及來賓們的祝賀。

而王妃則是要先回房——為新婚之夜做好準備。

王城周遭的歡呼聲依舊。

「他們似乎是刻意用讓人偷聽的方式，把婚禮儀式的狀況流傳出去。像是現在儀式進行到哪裡。王妃是做怎樣的打扮，是不是很美。王是不是顯得非常出色。讓這些消息傳入在門外的國民耳中。真是相當聰明的做法。」

他們將祝福的興奮分享給國民。比起清楚地讓民眾看到現場，豎起耳朵偷聽，只能窺見些許片段的做法反而更能吸引人們的注意力，讓民眾更為興奮吧。

儀式結束後歡呼聲仍未停歇。頌揚國家的歌曲，讚譽王的呼聲。城門外似乎也開始款待起民眾，點燃爆竹，發放食物，分送布料或金銀給貧困的人民。

這是一場展示伊爾．迦納國有多富庶的奢華婚禮。無論是民眾還是城鎮，舉國歡騰的慶祝之情溢滿了整個城下的市鎮。

利迪爾回到休息室，喃喃說道。

「雅尼卡和奧萊大臣平安離去了嗎？」

雅尼卡在利迪爾離開房間後便立刻溜出城，和原先在城門前分開的挑夫及侍從們會合。大臣則是預計在觀禮後不參加晚餐會，離開城內，到王城旁邊和他們會合。

「是的，我最後有和大臣對上眼，也目睹他走出門外了。雅尼卡也沒問題吧。畢竟會有人來接她，她又是個聰明的女孩。」

「……你也差不多該溜出去了，伊多。」

利迪爾呼喚背對著他，將各種小用具擺放在桌上的伊多。

要是利迪爾在婚禮前遭受無禮的對待，伊多就必須在利迪爾受辱前殺了他。幸好他沒必要執行這個任務。

伊多一副要是利迪爾沒說，就會裝傻繼續待在他身邊的樣子。他原本應該在利迪爾換裝後，就找機會先離開城裡，卻說「要是您的衣服亂了該怎麼辦」，直到婚禮結束為止都在大廳一隅待命。然而現在真的是最後的機會了。

等王回來之後，他就要向王謝罪。要是那時候伊多還在身邊，就沒有機會逃出去了。

「不，我會一直陪在利迪爾殿下身邊。」

「伊多。」

「您看到了嗎？那些女官們。個性開朗是很好，可是完全沒把布鋪平。泡來的茶也很澀。打結也都打歪了。我沒辦法把利迪爾殿下交給那樣的人。」

「伊多，我拜託你。你快逃走吧。」

他喪命是有意義的。可是伊多就只是單純被牽連而已。

伊多皺起眉頭，用被淚水濡溼的眼睛看著利迪爾。

「要是沒有我陪在身邊，您就得一個人到另一個世界去。那樣實在太可憐了。」

「不行。」

「遺書我已經託付給雅尼卡。不管利迪爾殿下怎麼說，我都會待在這裡。不這樣的話，您連那一身衣服都脫不了。」

「——你怎麼會……」

利迪爾一臉苦澀地將臉埋入雙手中。

伊多一開始就打算這麼做。城門馬上就要關上了。

現在才要換衣服的話，伊多是來不及出城的。

他脫下婚禮服，穿上輕薄的貼身衣物後，讓伊爾·迦納的女官們為他換上在新婚之夜穿的服裝。

他還是一樣覺得彷彿身在夢中，同時也感覺接受並過於冷靜地看待著這一切。周遭景色明明清晰地倒映在眼中，卻一點都不真實——

點燃的油燈以固定間隔，設置在滿是夜色的走廊兩側。

利迪爾走在其中，步向王的寢室。

聖職人員拿著用來通知他抵達的搖鈴走在前面，身後則是跟著三位女官。伊多被他留在房裡。雖然有吩咐伊多只要有一點機會就逃出去，但伊多想必不會逃吧。

鈴聲在巨大的門扉前停下，門在利迪爾的面前打了開來。

那是間裡頭點滿蠟燭或油燈，亮著火光的房間，焚香與花的香氣滿溢而出，無法看清房內深處的擺設。

身邊那些方才跟著利迪爾前來的隨從們靜靜地行禮。

他們將利迪爾送入房內後，在他身後關上了門。

「歡迎，利迪爾，我的王妃啊。」

王的聲音從房間裡頭傳來。

利迪爾靜靜地走進房內深處。

房裡各處都點上了蠟燭，明亮得可以清楚看見腳下。

他在搖曳的金黃色火光中，看見身穿新婚之夜白衣的王。

王坐在椅子上，翹著一雙腿。

一襲純白的長上衣，肩膀上披著繡有避邪用圖樣的衣帶。

利迪爾靜靜站到王的面前。

「我的夫君，古辛．拉昆．佐哈爾．亞雷古埃達斯王陛下，請容我向您稟報，我是從埃維司特姆來到此處的。」

初次聽到利迪爾的聲音，王似乎很感興趣地睜大眼睛。

「難得有幸獲得您如此慎重的迎接，然而我並不具有成為王妃的資格。明知如此，仍矇騙了王十多年，直至今日。」

「這話是什麼意思？」

利迪爾跪在王的面前。

他將藏在懷裡的短劍放在地上，靜靜仰望著王。

「我是男兒身。我是作為埃維司特姆王國的大王子誕生於世。所以無法成為王妃，也無法為王留下子嗣。」

面對僵住似地默默看著自己的王，利迪爾深吸一口氣，下定決心繼續說下去。

「並非由大公主，而是由二公主——我嫁來的原因，想必王也都知道了。十年前，在超大國愛迪斯的逼迫下，我的父親，馬斯克拉蒂王不得已將大公主先獻給了大國愛迪斯。那時候我們兩國約好，『下一位公主一定會獻給您——伊爾・迦納的王』。可是在這之後出生的姊姊生來便體弱多病，就連出生一事都未曾對外公開。姊姊的身體狀況實在無法出城，若是搭上馬車，在抵達這裡之前便會喪命是顯而易見的事實。」

這十七年裡，利迪爾是和姊姊在同一座城裡，仰慕著姊姊長大的。念書給他聽，對他說星星或城裡故事的人，也是姊姊。然而就算回顧過往，他也從未看過姊姊離開那個籠裡——不，雖然有如世界滅亡般，曾有過那麼唯一的「一次」——但就算王沒做出那樣的決斷，姊姊也一生都無法踏出那個籠子。

「然而在那之後，我國誕生的只有王子。」

據說在自己出生時，王便要眾人保密。在隱瞞利迪爾性別的情況下，在城裡將他養育成人。在那之後，第二任王妃生下的孩子也是男孩。

「所以我來到了這裡。為了獻上性命賠罪而來。」

利迪爾這樣說完後，拿起眼前的短劍，拔劍出鞘，再度放在膝前。

「請王親自動手殺了我吧。否則我將用這把劍在此自我了斷，以表歉意。相對的，還請您同情我，原諒埃維司特姆。就算只有國民也好，還請務必放過他們一命——！」

如此說道的利迪爾十指交握，手肘著地，用肢體語言表達出最深的歉意。

王望著他，像是看著什麼奇妙的東西。

利迪爾心想著王有如此驚訝嗎？同時也認為這是理所當然的。

雙方至今有著超過十年的婚約，兩人共度了短暫的出閣旅程，王向他表達了愛意，甚至還隔著布與他相吻，而他竟然是男的。

換成自己一定無法接受。會叫對方至少把他浪費的時間還來。

要是有十年，王大可以去找其他國家的公主結婚，更早留下子嗣。對武強國而言，必須要盡快生下王子。靠著武力守護國家的王家之子，要用最快速度培育為能夠獨當一面的成熟男性，若是王在戰場上喪命，便能如同眼前的他一樣，立刻即位為王。

王是不想弄髒自己的手嗎？還是要我死給他看呢？

不管王是怎麼想的，他們都只能這麼做。沒有其他辦法能夠賠罪。

利迪爾從地上撿起短劍，用顫抖的雙手握住劍柄，把劍刃抵在脖子上。

「——唯有國民，還請您饒過他們……！」

就在他語畢企圖自刃時，王突然說了。

「你看這個水鏡。」

在王的椅子旁邊有個巨大的水瓶。

那是個瓶口像盤子一樣寬，有如倒映著星空，深藍色瓶身上有著奇妙的點，形成美麗圖樣的水瓶。

把劍刃抵在脖子上的利迪爾沉默地呼吸著，儘管如此王仍不為所動，他只好不知所措地靜靜將短劍放到地上。

他用力挺直發抖無力的膝蓋，一邊窺看著周遭的狀況一邊站起身來，看向水瓶內。

瓶裡的水一直滿到瓶口邊緣。水面如他所想像的一片漆黑。

他一邊想著這有什麼值得一看的，一邊在想這個水瓶究竟是什麼。

利迪爾不時用眼角餘光觀察著王的反應，同時盯著水鏡，這時瓶中忽然有一道金黃色光影搖晃著。

是倒映出了哪裡的火光嗎？水鏡裡晃動的光影變得越來越多，火光逐漸變大——最後變得和他們所看見的室內景象一樣，清楚地映出火光。

「這是……？」

水面到底是倒映了什麼呢？利迪爾抬頭望向天花板，但那裡什麼都沒有。就在這時候，傳來「啪沙」的振翅聲，他看見鴞鳥停在打開的窗邊扶手上。

就連漆黑的朔月都會閃閃發亮的大眼睛。

——是那孩子。

「啊——你別過來，不行，你快逃——」

他不知道接下來事情會怎麼發展。聽完說明後，說不定會慘死在王的手裡，那孩子不能進這房裡來。

然而鴞鳥像是沒聽到利迪爾的慘叫聲，咕溜溜地轉了轉頭，輕輕蹬下扶手，飛進房內。

「不行啊，快出去！」

他抬手想要趕鴞鳥出去，鳥兒卻輕鬆地躲過利迪爾的手。鴞鳥在吊燈下折返，拍了幾下翅膀後，降到王的肩膀上。

王泰然自若地將手肘靠在椅子的扶手上，撐著臉。鴞鳥則是在王的肩上抬起翅膀，梳理著羽毛。

這到底是怎麼回事？就在利迪爾這樣想著的時候，水鏡忽然映入他的眼簾。

水鏡上映出的是他的臉。是鴞鳥眼中所見的他，也聽見了彷彿重疊在一起的聲音——

「謝謝你救了居里。牠被老鷹追趕時我心都涼了，幸好有你救了牠。牠在那之後平安的回到我身邊了。」

「……」

他在一片茫然的腦袋裡拚命試圖回憶當時的景象，卻無法順利回想起來。

是從什麼時候開始的——

出發後有多餘的時間，他仗著四下無人便盡情地在森林裡舒展身體。

他拋開頭紗，伸手接住墜落的星眼鴞。

他拭去鴞鳥身上的血，為了療傷用平坦的胸抱著鴞鳥。

他讓鴞鳥看見他的臉，用王子的語氣說話——讓鳥兒看著他更衣，看見祕密帳幕裡的一切經過。不，不僅是這樣。在隊伍遭遇鄰國襲擊時，自己脫下長袖的衣服，束起頭髮，用男性的打扮作戰的樣子應該也都被看見了。

他驚呆了，連聲音都發不出來。只能用闔不起來的嘴呼吸。

全部——這所有的事情，王都早就知道了。

自己是男人的事，他們欺騙了王的事，他的聲音、長相，還有身體。

「你好像跟敵軍激烈地打了一場啊。沒受傷嗎？」

王看著他張開的嘴像魚一樣一張一闔，卻什麼話都說不出口的模樣，覺得有些可笑地笑了。

「可……可是，王——！」

「這樣就好，無所謂。」

這是致命的問題。不管是惹王生氣，還是傷害到王，他都得謝罪才行。利迪爾拚命擠出聲音所說的話，被王用有些哀傷的聲音給擋下。

「我早就知道你是王子了。雖說被關在王宮裡，但也不是用公主的打扮生活。不僅如此還每天練劍，騎著馬跑來跑去。到最後甚至還自稱少年利多跑去鎮上，在市場裡大口咬著水果。聽他們說你是『文靜又怕生的公主』時，我差點就笑出來了。我國的密探可是很擔心喔？怕會來個好動又亂來的王妃。」

「怎麼會——」

「埃維司特姆國還是該對人更有防備心，學學運用智略該如何保持冷酷無情的方法比較好。說那種跟小孩子的謊言沒兩樣的話，還在意騙了我，實在太可笑了，本來認為你們既然努力到這種程度，那也就算了，可是這位王子卻是為了拯救國民，來獻上性命的。如果他是位會為鴞鳥療傷的溫柔王子，你說我該怎麼辦啊？」

「既然如此——既然如此，那又是為什麼？王！」

被王這麼一問，利迪爾忽然大叫出聲。

「為什麼明知我是男人，還舉行了婚禮？這件事情已經不能當作沒發生過，你已經立過誓了！」

他們就是算準這一點。只要順利完成婚禮，埃維司特姆國獻上「公主」一事就會成為國內外眾所周知的事實。在那之後就算利迪爾慘遭殺害，埃維司特姆仍能對外表明他們已經履行「獻上公主一回」的約定。

另一方面，伊爾·迦納王則是要和利迪爾立下婚姻的誓約。

誓約是一生僅有一次，獨一無二的。雖然王妃若是死於意外或是疾病，王可以再迎娶新的王妃，但要將女兒嫁給曾與他人立過誓的王，無論是誰都會猶豫再三。這是因為第二次的誓約效力較弱，嫁給曾一度失去誓約的王也被視為是種不吉利的事。

既然早已發現他是男人，那就該在婚禮前阻止這件事發生才對。至少王應該在立誓前檢查利迪爾的身體，當場殺了他。

王苦笑著將食指豎在唇前。

「因為王家應當在我這一代滅亡。」

「咦……？」

「我不需要子嗣。所以王妃就算是男的也無所謂……你一臉不懂為什麼的樣子啊。這也是當然。我國的消息並未走漏到你們國內。」

王站起身，靜靜走到窗邊，將鴞鳥放往空中。

鳥兒的身影飛向沒有月亮的星空。

王在油燈旁嘆了口氣，又靜靜地坐回椅子上。

「十五年前——那是在我被稱作少年王之前發生的事。父王毀滅了舉旗投降的鄰國。不僅王室成員，連同隨從、僕役，殺光了城裡的所有人，將砍下的頭顱立在城牆邊示眾，在王城所有能稱為入口的入口堆滿柴薪，放火燒光整座城。」

殘虐的程度讓人光是聽了都反胃。實在無法想像是如此溫柔的王的父親所為。

「城裡想必有擁有魔力的人吧。在眾人臨死前的哀號中，那人不是對王，而是對『王的長子』下了詛咒。他對殘酷地殺害他們的那位王的大王子，下了含帶著臨死之際的痛苦和哀傷，以及憎恨的詛咒。」

「對你……？」

「沒錯。詛咒依然健在。若是我有了孩子，詛咒便會轉移到那孩子身上。這是極為邪惡、骯髒的詛咒。醜陋且無可救藥，絕對不是能讓自己的孩子背負的詛咒。」

王瞇細眼睛，盯著利迪爾。王皺起眉頭，抿著嘴，眼神中帶著至今未曾見過的痛苦神色。

「有件事想拜託你——能用你的魔力解除我身上的詛咒嗎？我看到你治好鴞的傷，也看到你變出花朵。我也知道你不僅有魔力，也很擅長魔法學。」

「我……嗎？」

「沒錯。若我還有希望，那也就只有你了。大魔法師的妹妹，埃維司特姆王家的秀才，利迪爾公主。」

「王之所以會催我早點到你身邊，就是為了這件事嗎？」

「沒錯，我受詛咒所苦，所以希望你能來幫我，雖然那時候你連話都不肯跟我說。」

「怎麼會……你要是跟我說，我就會開口了。」

王一臉疑惑歪著頭，平靜地失笑出聲。

「偽裝性別，抱著送命的覺悟嫁來的王子會開口嗎？」

「這……總之可以讓我看看嗎？我是有研究過解咒，但不知道能不能幫上忙。」

大多數的詛咒他都有辦法解開。老實說在城內——不如說國內——也就是說，在這個地區，除了姊姊們，沒有人的解咒技術能勝過利迪爾。

所謂的詛咒就像是樹根。要找到盤根錯節的根源，解開糾纏不清的部分，梳理清楚後再謹慎地一根根切除。雖然越複雜的詛咒越會滲入身體或靈魂深處，難以解開，不過就算得花上漫長時間，只要耐心解咒，照理來說都有辦法解開。

王靜靜褪下肩上的衣料。

拿下遮住胸口的項鍊後，他的喉嚨下方瞬間出現形似蜘蛛網的駭人黑色紋路。

如同烙印般紅腫潰爛的黑褐色傷口蠢動著，彷彿現在仍在發出「滋滋」的燒焦聲。

利迪爾的指尖亮起治癒的光芒，將手伸向王的胸口。

「這是……什麼的詛咒？我從來沒看過。」

「別碰！」

王急忙揮開利迪爾的手指，然而在那瞬間之前，他的指尖就隨著「啪」的一聲被彈開來。有如被無數的剃刀給割傷般的痛楚讓他反射性看向指尖，只見指尖上已經滿是鮮血。

血迅速地沿著手指流下。在下一瞬間釋放出碰到毒蟲時會感受到的刺痛感。

「！」

王抓住利迪爾的手，把他拉向自己。也不管會弄溼地板，拿起旁邊的水杯就把水往利迪爾的手指上倒。

「抱歉。馬上用水洗掉就不會腫起來了。你自己能治好嗎？一開始就該先告訴你的。這個詛咒效力強大，沒有人能碰。我平常都是用聖布遮著。像這樣。」

王把放在腿上的項鍊翻到背面。那上頭有著幾乎可用悲壯來形容，用盡全力繪製的防禦咒印，拚命抑制著王的詛咒。

「……王，非常抱歉。我想我沒辦法立刻解開。畢竟我從未見過這樣的詛咒……」

本想繼續接著說下去的利迪爾閉口不語。

他光看一眼，就知道這詛咒的根不僅纏繞不清，還宛如鐵珠般緊密地依附在王的身上，在許多地方形成凸起的小肉塊。要解開一個就得花上好幾年吧。遑論是詛咒的中心，那簡直是將一塊肉溶解後再凝固而成的腫瘤吧——？

「你也解不開這詛咒啊。」

「至少光這樣看，連該從哪裡下手都不知道。」

「這樣啊。我也讓許多魔法師看過這詛咒，大家都說了一樣的話。」

王的失望相當平靜。王閉上眼，大嘆了一口氣之後把項鍊戴了回去。看來項鍊的防護符確實有發揮功效，之前王曾經摟著他或是和他共乘一匹馬，但他從未因此受傷過。

王彷彿想重新提振精神，臉上露出微弱的笑意，看向利迪爾。

「無妨。我原本就只抱著淡淡的期待，覺得或許有這個可能性罷了。就算這樣我也不在意。只要有你在身邊提供魔力給我，戰鬥起來就輕鬆多了。」

聽到這段話，利迪爾只覺得眼前一暗。

這段婚姻的目的就是提供魔力給王。**然而利迪爾卻連這點都做不到**。本來就算這樣也無所謂。因為原本在談到提供魔力這個問題之前，他就會在婚禮之日遭斬殺了——所以才會是他。不能是在他之後出生的年幼王子，**送來的活祭品一定得是利迪爾才行**。

「……我……無法提供您魔力……」

利迪爾茫然地陳述著。

「我是無法提供魔力給王的。」

「什麼？」

「我沒有魔力。不，要說有那的確是有。」

「你治好了鴞鳥。」

「那種程度我是辦得到。」

「你能變出花來吧？」

「那只是玩玩而已。」

「你該不會要說，其實連冒牌公主都是找了個替身來吧。」

「——不是的！」

利迪爾用力搖頭否定，連頭髮都亂了。

「……我是貨真價實的埃維司特姆王國大王子，利迪爾．烏尼．索夫．斯瓦堤。」

遺傳自母親的髮色，遺傳自父親的雙眼。大家都搶著說他長得和王小時候一模一樣。利迪爾能創造出花，還有被他碰到的花開得特別美這件事，大家也都說是承繼了母親的力量，為此感到高興。

從窗外吹入的夜風撫過利迪爾的臉頰。

利迪爾先閉上眼，而後開口。

「王……知道我們王家的魔力來源為何嗎？」

既然王都已經看穿到這種地步，應該早就知道了吧。

將充滿這個世界的魂集於一身，變換為魔力，即是王族的力量根源。

「如果是真正的王室成員，背上應該會有能夠增強魂之力，並將之轉換為魔力的魔法圓。」

風之紋、火之紋、水之紋、治癒之紋，就算紋樣不同，魔力都是一樣的。

利迪爾的手指伸向睡衣的領口。

他一個個解開圓形的鈕釦。

在昏暗夜色中露出雪白平坦的胸部。

將到下腹部的鈕釦都解開後，利迪爾讓儀式用的睡衣從肩上滑落。接著轉過身體，讓王看他的背。

背上有著占據整個背部，裡頭嵌滿美麗魔法文字和圖形的同心圓斑紋。

那是以黑色線條繪成的圖樣。這是古老神明的文字，目前地上使用的文字就是從這裡衍生而來。

利迪爾的紋樣是治癒之紋。聽說出生時，大家都說他繼承了母親的紋樣，受到許多祝福。

「請您提起燈，仔細看這附近。」

利迪爾將左手伸到右肩，用中指的指尖探索著自己的肌膚觸感，直到指腹摸到些微隆起的地方。

「魔法圓應該因為傷疤而泛白斷開了。這導致我的魔法圓一點作用都沒有。魔力完全沒在循環。這樣是沒辦法提供魔力給您的。」

「傷……」

王茫然地喃喃說道。

「這也已經算是治好大半了。這是我小時候受的重傷，那時連右手都抬不起來。雖然在王宮裡工作的那些擁有治癒之力的人每天都拚命治療我的傷，治療了十年，卻仍舊無法讓這傷痕消失。」

「為什麼……會這樣……」

王用手指碰觸利迪爾的背。他感覺得出王的手指在顫抖著。

「在我還小的時候，我和母親等人在森林裡散步時遇上了盜匪。我在逃跑途中似乎摔進森林一處凹陷的坑洞裡。那裡有塊剛裂開的銳利岩石，我的肩膀正好摔到那塊岩石上。」

利迪爾幾乎沒有當時的記憶。

他只留有某人把他救起來，還有母親在哭喊的朦朧印象。

「雖然馬上就有人來救我們，才沒出什麼大事，可是母親弄丟了戒指，我也受了傷。聽說那傷口像是被斧頭劈中一樣深。差點就要失血過多而死。」

那道傷撕裂了年幼的利迪爾背上的紋樣。但是醫師們害怕紋樣就這樣斷開，所以沒有縫合他的傷口。儘管用布緊緊纏住固定，經過極為謹慎的治療，依然在紋樣上留下一道泛白，有如貝殼內側般帶著光澤的傷痕。

「母親對此相當自責，和侍女一同跳下懸崖。明明就算母親跳崖，也無濟於事，只會令我和父親陷入不幸而已——」

當傷口開始化膿時，母親突然沒有再來探望他了。他的身體好熱、傷口好痛、胸口好難受，感覺快死了，可是不管怎麼哭喊母親都沒有來。

瀕死的他在病床上喊到喉嚨都沒了聲音。

不知道母親已經不在人世，受了傷的小利迪爾只能孤單地哭泣。

母親死去的事實在這之後又瞞了利迪爾兩年。其他人不是跟他說母親身體不適，就是說母親回祖母那裡去了。他用動不了的手臂，每天提筆寫信。就在拿著信走在城裡的時候，卻偷聽到母親早已辭世的消息——

「我的人生在那之後，就建立在母親的死亡上。所以在我國沒能守住與伊爾・迦納國的約定，決定要送上一個人的性命來賠罪時，我很樂意地接下這個任務。我不是公主。既然沒辦法靠魔法造福國家，也當不成國王。也無法成為在內政、外政上倍受重視的魔法師。儘管母親死了，我卻不知道活著該做些什麼。這時終於出現只有我能勝任的職務。我希望至少能在最後派上用場，為了國民送命。所以才會到這裡來。」

他很難過，也很害怕。不過因此鬆了一口氣也是事實。

身為王家一員卻什麼都辦不到的自己，總算找到一件能為國民做的事情了。對於從未輕視派不上用場的他，總是慈愛地對待他的國王和姊姊們、隨從們。他也終於能夠回報他們了。光是這樣想，自從得知母親的死訊後，他總算可以放下心來，充滿了踏實感。

利迪爾維持著半裸的模樣，雙手在胸前十指交握，懇求著王。

「請您殺了我吧。別說一次了，我與我國一而再再而三背叛了您。若是將我碎屍萬段能多少紓解您心中的怨氣，那我也能瞑目了。不過還請饒了我國的國民。如果您對我有那麼一點點的憐憫，願意施捨一點慈悲，求您放過埃維司特姆國的國民。」

不幸受了傷、生為王子、姊姊體弱多病、為了這次的出閣，不像王子也不像公主，接受曖昧不清的教育長大、被國家當成活祭品送出國門。至今為止他從未哀嘆過自己的命運，直到今夜才初次可憐起自己。

他不需要這條命。只希望至少能幫助古辛王。他若能成為身受詛咒的王作為一國之君生存下去的食糧就好了。就算只有魔力也好，他多想獻給王啊。然而卻連這點都無法實現——

「呼……」

吐出宛如輕嘆的一聲後，王突然笑了起來。

王用雙手捧著額頭，身體往前彎，幾乎快要趴倒在地，像是真心覺得非常可笑的樣子，用宏亮的聲音不停地大笑。

「王……？」

「這樣啊……是這麼回事嗎？原來是這樣啊。」

他不懂王這話是什麼意思。

有如方才的回音，王又用喉嚨低聲笑了一陣之後，在輕喘著氣的同時，露出極為苦澀的表情，一把抓住自己的瀏海。

「這也是詛咒。沒有任何過錯，解不開詛咒，令人同情的你嫁給了我。所謂的詛咒就是這麼一回事。雖然也有人會將這稱為命運就是了。」

彷彿背負一切不幸的自己嫁來這裡，還帶給了王不幸。就在利迪爾難受得無法呼吸時，王把自己的手疊上他仍滲著血的手，低聲說道。

「我會接受這一切。」

「王……」

「如果這是命運，那我希望陪我走過這段人生的人是你。若你是來捨棄性命的，那就成為我的王妃吧。」

王用非常痛苦，可是堅定的眼神凝視著利迪爾。

「詛咒在最後的最後手下留情了。我得到了你，得以享有平穩的生活。沒有什麼能勝過於此。」

王握著利迪爾的手。王的手好燙。

「我想和你一同度過餘生。怎麼樣？利迪爾王妃。」

「可是……」

「陪在我身邊吧——」

王第二次的請求幾乎是在哀求。

對詛咒的不知所措、不安、恐懼。他透過王那顫抖的大手，感受到王不在他人面前表露出來的軟弱。

「您……不嫌棄我的話。」

雖然生不出孩子，但還是可以陪王說說話。也可以傾聽王的痛苦，撫慰王的孤獨。

「若您不嫌棄什麼都辦不到的我——」

和王談論星星，讓王看用魔法創造出的花，也和王聊聊天體吧。和王一起騎馬去賞雪吧。這個與他遭遇不同卻同樣深刻的不幸的可憐之人。就算只有王的心也好，他也希望自己能夠療癒王。

「利迪爾……」

王無力地對他笑了笑，讓他鬆了一口氣。

「是。」

他是抱著送死的覺悟來這裡的。若能多少為王帶來一些平靜，或是協助王轉換心情，那真是沒有什麼比這更幸運的事了。

他對王報以微笑後，王輕輕地摟著利迪爾，讓他的頭靠上了被詛咒所覆蓋的胸口。

在能讓人躺下的長椅上，王喝著裝在木杯裡的葡萄酒，臉上浮現不以為然的笑容。

「這種時候應該要揍你父親才對。」

坐在王身旁的利迪爾困擾地搖了搖頭。

「不，那時候真的，如果父王沒那麼做——要是你不願等待，我的國家早就已經滅亡了。」

他說出事情的經過後，王露出嫌惡的表情。

「既然這樣，應該要由你父王來道歉才合理。這是你父王與我國所做的約定。把你一個人送來，說要殺要剮都隨我處置，自己悠悠哉哉在城裡活得好好的吧？」

「如果我是個足以成為下任國王的人才，父王或許就會那麼做吧。可是魔法圓無法運作的人當不了埃維司特姆國的國王。在小王子長大成人之前，王必須要守著王座才行。」

實際上父王的確說過要親自來謝罪。然而小王子才剛滿四歲。若是沒了國王，魔力便無法遍布整個埃維司特姆。城內主要的王公貴族協商後，便做出既然利迪爾無法成為國王，就不能交出父王的決定。

「就算是這樣，也應該還有其他辦法才對。要是我一怒之下，用盡所能想到的方式極盡殘虐地凌辱之後再殺了你，你打算怎麼辦？」

王饒舌地說著。多半是把自己代父受罪的事與他的遭遇重疊，所以生氣了吧。以這層意義上來說利迪爾的立場是和王一樣，可是狀況不同。父王並沒有錯。

「我打算心甘情願地承受。不管你要勒緊我的脖子，還是斬斷我的手腳、撕裂我的胸膛。」

他回答後，王喝了一小口酒，視線緊盯著利迪爾不放。

「……你的想像力還真貧乏啊……算了，我覺得你的想像力就維持在這種程度比較好。」

「我也做好被鞭打的覺悟了。」

「夠了。」

「或是拿石頭打我的頭之類的。」

「原來如此，想必很痛吧。」

王不禁苦笑。

在他思考著還有什麼能讓王嚇到的凌虐方法時，王拉起利迪爾的手腕。

「差不多該進被褥去了。繼續聽你那些可愛的拷問方案，沒兩下就要天亮了。」

「……進被褥去？」

王的指尖像是在搔癢似地，輕撫著利迪爾的臉頰。

「我們好歹也辦了婚禮，得完成契約才行。」

「可是我的魔法紋樣斷了。」

據說立下了婚禮的誓約，兩人的身體必須在當晚結合。聽說那是下半身相互摩擦的行為，利迪爾雖然不是很清楚，但多少還是知道那是怎麼一回事。

利迪爾懂得自慰的快樂。也知道最終溢出的蜜汁是精子。

他想應該是要和王互相摩擦吧。雖然不知道具體來說是怎樣，不過身體感受到快樂時的變化，是原始的、最接近靈魂，令細胞沸騰的事情，利迪爾已經親身體會過了。所以他大概能理解和王共度那樣的時光就是要進行的儀式。

王動作輕柔地用手臂摟著利迪爾的身體。

他用在旅途中那般甜美的嗓音在耳邊細語，將臉埋入利迪爾的頭髮當中。

「你不想讓我抱你嗎？」

「啊……不，那個……」

他心中懷抱著對未知的恐懼，自己身為一國王子，卻要被他國的王壓在身下、身體交纏一事，也讓他覺得很丟臉。

很想逃跑，腳在顫抖著。他也不知道作為王子，該怎麼做才對。是該拒絕受辱尋死嗎？還是為了保命，乾脆地交出身體呢？各種不同的思緒在腦中閃爍著，然而利迪爾從未想過這接下來的事。

向王道歉，乞求王饒過國民後死去。自己的一生本應就此告終。

「我是打算捨棄這條性命而來的。如果我能辦到的事情，可以作為對王的謝罪，那無論什麼都願意做。若是這樣王就願意傾聽我的請求，那這點事——」

這應該比被鞭打，被斬首好得多了。他聽說若是刀刺進胸口的位置不好，得花上一段時間才會死，在喪命前會痛苦得發狂。跟那相比，這根本不算什麼。王也說只要他能忍下一點羞恥就行了。理應比送死好。

「不過請跟我約定，你會放過埃維司特姆的國民。要是王因為這種程度的事情就能饒過我，卻要加害於國民的話，我現在就會在這裡尋死。我發生什麼事情都無所謂，唯有國民，請千萬別對他們做任何過分的事——！」

「我就是喜歡你這種個性。」

王笑著牽起利迪爾的手，帶他來到床邊。

床幾乎像房間一樣寬敞，床單上散落著許許多多花朵。

王從事先就準備好，放在枕邊的簍中取出長筒狀的紅色玻璃瓶。

他從王手中接過輕巧的小杯子後，王將瓶裡的東西盛入杯中。

白色的濃稠液體囤積在杯底。

王又從盤裡拈起細小的花朵和幾粒弄碎的樹果，投入杯中。

「這是婚禮時喝的酒。」

「有……好好照規矩來呢。」

「那當然。畢竟我們是要結為夫妻，只是生不出孩子而已。」

利迪爾心想，既然王如此禮數周到，這應該不算是受辱吧。

「……」

盛滿到稍稍高出杯口的白色液體。

就算這是毒酒，利迪爾也沒有拒絕的選擇。

接下杯子。他閉上眼，飲下杯中的液體。獨特的濃稠口感，還有甘甜，強烈得嗆人的花香。他才喝一點就立刻停了下來。

「好甜……」

喉嚨深處一下子熱了起來，連胃附近都覺得好熱。

然而王卻在等待利迪爾默默地把那杯酒給喝完。

總比丟了性命好。利迪爾如此在心裡激勵自己，深呼吸之後一鼓作氣地喝光那杯酒，王卻又再倒了一杯。

他淚眼汪汪看著王，但王沒多做表示，就只是看著利迪爾。

儘管覺得很難受，他還是喝光了那杯酒。

囤積在肚子裡的沉重液體，彷彿從胃裡朝著整個身體釋放出熱量。

在他喝酒時，王動作靈巧地撩起頭髮，換上疊在一旁的白色衣料，遮住咒印。內裡畫滿守護圖樣的厚實布料，手臂穿過去後可以在領口處打結固定。

「我絕對不會讓你碰到詛咒的，別擔心。」

說完後，王吻上他還殘留著甜膩花香的唇。

他倆互相擁抱，撫摸著彼此的身體。

筋肉結實的王的身體又硬又重，就像是抱著炙熱的鐵塊。

「啊……」

王撫摸著他的臉頰，吸吮著他的唇。利迪爾也戰戰兢兢地試著撫摸王的身體。王的肌膚飽滿，彷彿吸住了他的手。感覺就像在摸活著的陶瓷器。

「——唔……」

王長時間吸吮著他的舌頭，令他感到頭暈目眩。一開始雖然有些害怕那溼滑的舌頭觸感，但現在每當王的舌頭搔弄著利迪爾的舌頭或上顎時，便會有一陣酥麻感竄過背脊。

王的耳環碰到他的眼角。金色的飾品搭配在王褐色的肌膚上顯得格外醒目。在他的視線追著因油燈的光線而閃爍的耳環時，王又再度給了他一個幾乎令他喘不過氣的深吻。

——如果，我是說如果喔，伊多。

記憶中的自己天真無邪的嗓音掠過利迪爾的腦海中。

——要是我真的結婚了，會變成什麼樣子啊？

他曾經開玩笑地這樣問過伊多。大概是兩年前吧，已經在討論利迪爾或許會被當成活祭品送出去，失去正常結婚的可能性時的事情。

——您會迎娶一位王妃，兩人生下孩子，感情和睦地一同生活。

——就只有這樣？

——這個嘛，人家說夫妻要相親相愛。

——所謂的相親相愛是什麼？

——呃……這個……就是覺得對方很惹人憐愛，互相撫摸或是磨蹭對方的身體。

——是喔。感覺很親暱呢。就像那些山羊們一樣吧。

正好有兩隻體型較小的白色山羊享受著春日的陽光，開心地磨蹭著彼此脖子或身體。一旁有蝴蝶飛舞著，在這晴朗的日子裡，是讓他覺得非常棒的一件事。

「啊……呀……」

在搖曳著的油燈光線下，王的手撫摸著利迪爾的下腹部。王用溫暖的大手掌心輕撫過那只長出一些，實在稱不上有威嚴的柔軟稀疏陰毛。彷彿在確認一般，從性器根部一直撫摸到大腿內側。

山羊們有做這樣的事情嗎——

就連他回想著這些無關緊要的事情時，王仍在用火熱又沉重的身體蹭過利迪爾的肌膚，並將唇抵上他的頸項。

王厚軟的舌頭舐過利迪爾的乳頭。搔癢感以及王的唇離開時所接觸到的那股異常冰涼空氣，令利迪爾的肌膚為之顫慄。

這是因為他的身體很燙。剛才喝下的究竟是藥草還是酒？

他覺得頭好暈，那液體彷彿從胃部深處滲入他的四肢百骸。

王又是吸吮，又是用嘴含著，彷彿要用舌尖挑出似地舔著利迪爾小小的乳頭。

「啊……唔，啊……嗯……」

一開始雖然只覺得癢，可是在王仔細地舔舐、逗弄著乳頭後，每當王這麼做，他火熱的下腹部便會疼了起來。當王輕咬他，性器根部就會感到一陣酥麻。持續下去後，這股感覺化為明確的快感，讓利迪爾連性器的前端都腫脹顫抖著。

快感不斷累積，他的腰自然往上抬起。肌膚越來越燙，身體隨著毛孔突然張開的感覺冒出汗水。

在他因為這令人幾乎失去意識的甜美快感而喘著氣時，王的手伸向用烤熱石頭加熱過的小壺。

王將壺傾斜地拿到利迪爾的下腹部上方，油隨著美妙的香氣流了出來。

「舒服嗎？」

那是溫度比體溫略高一些的香油。油積在利迪爾的肚臍、凹陷的下腹部，滑入陰毛下方，沿著鼠蹊部流下。

王將香油在利迪爾的下腹部抹開，用沾滿香油的手握住利迪爾顯得不知所措，已經半開的花蕊。

「啊……！啊！啊！那裡，不行……！」

王滑溜的手上下移動時，快感便如火花般迸射而出，讓利迪爾忍不住按住王的手腕。可是利迪爾使不出力氣的手根本不可能止住王的動作，結果利迪爾只是把手疊上了王正在撫弄他的手。

「啊啊，啊！嗯……啊，嗯……！」

他發出毫無掩飾的嬌媚喘聲。雖然急忙用雙手摀住嘴，想翻過身去趴著，王卻不讓他那麼做，繼續撫弄著。

「不要。呀啊，不……對，啊——！」

王的手帶給他的快樂與利迪爾所知的不同。有如被火焚燒般灼熱難耐。那溼滑的掌心令他反射性地想要射精。王若用拇指磨蹭性器前端，身體便會隨之陣陣顫抖，指尖滑過前端的裂縫時，他發出的聲音宛若哀求。

混亂與強烈到痛苦的快感，還有射精的衝動在利迪爾薄薄的皮膚下躁動不已。

「呀……啊，不要，要射了……！」

他無法逃離即將迎接高潮的感覺，向王傾訴已經到了極限。

不知道該怎麼辦才好。他從沒想過會射在別人的手裡——

逃不掉了。就在這麼想的時候，王的手鬆開了利迪爾，又拿起方才的壺，傾倒在利迪爾滿是油的性器上。

「啊……」

他因為得到釋放的安心感而茫然若失時，油帶著舒適的溫度，從利迪爾的陰莖流向會陰，填滿他狹窄的股溝，滴到被褥上。

王彎起利迪爾的一條腿，手指摸上了位於利迪爾身體最深處的小小洞穴。

王彷彿要均勻地抹上油似地用手指輕撫著那裡，並緩緩地探入其中。

「怎麼會……！」

或許是有油吧，他並不覺得痛。只是有股無所適從的強烈異物感。

王像是要把流下的油推入其中，將手指探入利迪爾的小洞深處。王一邊添油，並在裡頭摸了一圈的同時，骨感的手指也一再地插入他的深處。

王的唇觸碰著因為驚訝及不知所措而睜大雙眼嬌喘著的利迪爾，輕聲呢喃。

「我會用這裡。我會進去這裡。」

他雖然疑惑著王要怎麼做，思緒卻在王的手指插拔的過程中如砂般瓦解了。

王──王要？……用這裡？

如此想著的時候，王已經將兩根手指插入利迪爾的私處了。

在燈芯燃燒的「劈啪」聲中，混著黏稠溼滑的水聲。

「唔……」

儘管不痛，那裡被撐開的感覺還是很難受。利迪爾輕輕推著王的肩膀，乞求王的憐憫。

「好難受……唔……」

「受不了了嗎？我還會對你做更過分的事喔？」

王一邊插拔著手指一邊如此低聲說道後，忽然喚回他逐漸遠去的意識。

對了──自己是前來道歉的。是帶著會身首異處，遭受千刀萬剮的覺悟前來的。

「好……隨王處置……」

他張開雙臂。

王引導利迪爾的手搭上他的肩，張口盡情地吸吮利迪爾的唇。

兩人的舌頭交纏在一起。讓利迪爾感覺靈魂都要被吸走的吻。他用被吻到酥麻，變得敏感的唇喘著氣，這時王的手指像是在他身體裡尋找什麼似地動了起來。沒那麼深入的位置。王邊撫摸著下腹部的黏膜，邊尋找著。

「哇，啊……！」

在王從內側撫上性器根部時，利迪爾驚呼出聲。

王的指尖撫觸的地方釋放出雷電般刺激的快感。

「啊……？什麼……？這是——！討、討厭，不要——！」

幾乎等同於預感的哀叫聲。光是被王撫摸，整個下半身便竄過強烈到疼痛的快感。就算想要逃跑，手肘和背也使不上力，只能扭動身體緊抓著床單。

「啊——！」

就在利迪爾預料到將迎接比剛剛更為刺激的高潮，縮起身子的時候，王把手指從利迪爾的身體裡抽了出來。

「啊……啊……」

利迪爾的開口因快感而痙攣，像是在喘息似地張開又收縮。

淚水讓利迪爾的睫毛沾黏在一起。王從枕邊的盤子裡拈起小石頭大小的塊狀物，放入利迪爾的口中。

「你咬咬這個。據說可以減輕疼痛。」

那似乎是將某種植物的莖捲成小塊狀後製成的東西。有蜂蜜和酒的味道，咬下去便會滲出甘甜汁液。

王溫柔地拈著他的乳頭。到昨天為止都未曾意識到它存在的小小凸起，有如紅色的樹果般堅挺硬實，光是被王逗弄，他的身體裡就迸出無數火花。

「王……」

就算王溫柔地打開他的身體，把一條腿抬了起來，利迪爾能做的也只有用被淚水濡溼的視線仰望著王。

王用難以言喻的表情以自己的性器摩擦著利迪爾的。

利迪爾顫抖著。他想提出訴求，卻只能發出嬰兒般的微弱聲音。

「辦不到……」

不管硬度、粗細、長短，兩人的差距就像小孩和大人的手臂。不管是前端紅色球體的大小、倒勾，還是上頭凶猛凸起的血管，都猙獰得跟自己的不像是同樣的器官。

「我要進去。你說過，就算要撕裂你的身體也行吧？這比那個溫柔多了。」

面對利迪爾的求饒，王用別有一番深意的語氣說服了他。

肉棒的前端抵著他淌著油、微微張開的黏膜。王緩緩地挺進，就在利迪爾想著必須承受住才行之前，他的雙唇先動了。

「等等……啊，啊啊，嗯——！」

好大。身體發出哀號，無法呼吸。

壓倒性的巨大物體穿破了他，真的覺得要從身體內側被撕裂開來了。

「啊——啊！啊！」

他伸出雙手求饒。然而王並未停止侵略。一旦前端受阻，便會輕輕抽回，接著再推進更深的地方。

如火熱鐵塊般熾熱粗大的東西貫穿了他的身體中心，他只能拱起腰，睜大溢滿淚水的雙眼，喘著氣。

緩慢可是有如打樁般確實地侵犯著他身體的巨大肉棒，把利迪爾的肚子填得滿滿的。

「王的，進來了……！」

「是啊，你做得很好。只差一點了。」

王撫摸利迪爾被汗水沾溼的頭髮。

「騙人。」

「誰騙你了，再一下下就好。」

王邊說邊往更深處挺進。就算他抗拒地縮緊，也只會更鮮明地感受到王的堅硬與粗壯。

王穿過他已經覺得不行了的地方，挺進擴張，一邊填滿利迪爾的內臟到連讓一點泡沫進去的空間都沒有，一邊往更深處邁進。

「怎麼樣？已經進去了。」

王開口安撫只能哭著接受他侵入的利迪爾。

「等一下，又，進來了……！」

「我沒辦法等了。你的這裡好柔軟，雖然很窄，可是非常溼滑……對吧？」

王這時終於大幅地抽出來，在較淺的地方數度摩擦後，又一口氣挺入最深處。

「咿，啊……！啊！啊啊！」

王硬挺的性器摩擦著剛剛那個小小的點。明明覺得很難受、很害怕，一片白茫快感卻讓利迪爾的腦子沸騰起來，不讓他做出抵抗。

「唔……嗯，啊。啊啊……！要射了……」

利迪爾不知道能否這樣形容，但這不是自慰時那種為了釋放而感覺到的舒適浪潮，而是一股從腰椎深處掀起的激烈巨浪。想不到更好的形容了。他被推上令人頭暈目眩的未知高峰，而後被這股浪潮吞沒，帶到遠方。

「啊——」

雖然被推上全身痙攣的高潮，等待著利迪爾的卻不是爽快的釋放，而是有如被擠出來，軟弱無力的射精。

「啊……啊……？」

相對的，他持續滴出白濁且牽著長長細絲的液體，高潮完全沒有要停歇的樣子。

王瞇細漆黑的雙眼，彷彿在享受著利迪爾腸壁的痙攣，用手指沾起利迪爾滴出的蜜汁舔了舔。

「舒服嗎？聽說讓王妃了解何謂快樂也是我的責任啊。」

「討……討厭。」

「真的嗎？」

「啊啊，呀……！裡面。好熱——嗯……！不要……！」

王依然打開著他的開口，插在身體深處。明明難受得喘不過氣，煎熬難耐的快感仍不斷從腰部深處湧上，扭動著他的身體。每當王摩擦過愉悅點，腦中便會閃過一片空白。

這跟利迪爾所知的快樂完全不同。

王粗長的肉棒摩擦並頂著利迪爾的愉悅點。那裡被王給擠壓，緊密地接觸摩擦。一被王那粗硬的前端頂住、揉壓，身上就會噴出大量汗水，性器顫抖著溢出蜜汁。

從兩人相連的地方傳出黏膩、擠壓出泡沫的聲音。柔軟且泛著油光的黏膜被王的肉棒攪弄，緊緊吸附著肉棒，發出淫靡的聲響。

「嗯，嗯……！啊——啊啊，啊，啊……！」

身體好熱。

利迪爾小小的黏膜像是背叛了他自己，貪婪地渴求著王攪弄著他腹部深處的性器。

王將兩根手指伸進利迪爾的口中。

從他的口中取出還牽著唾液絲線，被他咬爛的精細草莖製品。

「啊——」

王抓住他的左腳踝硬把他拉了過去。他挺起腰，王彷彿陷進了他的身體裡，更加深了兩人的結合。

「啊，啊，哈……啊——！怎麼，這樣，啊，啊啊——！」

利迪爾只能顫抖地喘息著，而王再度將唇湊上他高高挺起的胸膛。

「呀啊，啊，嗯……唔……！」

被王一舔，利迪爾的口中發出不知羞恥的呻吟。

王用門牙輕啃，在王的吸吮囓咬下覺醒過來，變得敏感的紅色凸起，再連同乳暈一併大口咬下，用力吸吮到感到些許刺痛的程度。陣陣疼痛感帶來難以置信的快感。被王舔著那裡，讓利迪爾又吐出了濃稠的蜜汁。

「唔啊，我已經，啊——」

他抓住王的頭髮，努力想逃脫，可是王的大手輕鬆地把他的腰給摟了回來，滑溜地挺入他的身體深處。

沒有方法能夠抵抗。每當王粗壯的槍摩擦身體深處，就會有股宛如血液流淌而出的火熱快感在下腹部擴散開來，從尾椎附近湧上的疼痛感溢滿全身，利迪爾對此根本無能為力。

下腹部因為油和利迪爾的蜜汁混在一起，變得一片黏稠。

王俯視著利迪爾，仔細地摩擦著利迪爾裡頭的每一個角落。王剛直的形狀像是要撐開、除去黏膜的皺摺一樣，緊密且反覆不斷地撐開利迪爾的體內，讓利迪爾的身體記住這個形狀。

「別這，樣。啊，啊啊。這樣……的話……啊……」

利迪爾口中逸出絕望的低語。

高潮將至的感覺讓鼠蹊部如霧雨撫過般汗溼。薄薄的皮膚不斷痙攣。內臟被翻攪著，難以言喻的快樂又掀起極大的浪潮，吞沒了利迪爾的理智。

「你就盡情貪求著快感吧。讓我看看你喘息的樣子。我可愛的王妃。」

「啊，啊。嗯——呼啊……！」

在初夜的床鋪上被其他國家的王擁抱，無法思考一切，可悲的喘息著。

王憐愛地撫摸著利迪爾的臉頰，用手掌一把握住利迪爾大量的金髮，將唇抵在他流著汗的頸項上。

「你一高潮就會散發出花香。」

如浪潮般一波波襲來的快感最終已經分不清哪裡是界線，王雄偉的性器鼓動著，在因高潮而痙攣的利迪爾身體深處吐出豐沛的蜜汁。

「唔啊。啊……啊——」

沒有作用的魔法圓一下子熱了起來，熱得像是魔法圓的墨紋要融化滴落了，他只能像溺水一樣攀附著王。利迪爾的記憶就只到這裡為止。

——鳥兒在叫。

在仍有些陰暗的光線下，兩隻鳥兒的啁啾聲交纏著，一瞬間飛過窗戶外頭，讓人感覺到一定是清爽的早晨降臨了。

啊啊，今天也得搭馬車。

一想到這件事，利迪爾就很憂鬱。雖然窗外的景色會不斷更迭，但他實在是看膩了，而且要一整天承受著馬車那個小小的振動，身體也很吃不消——

「……」

光線隔著布簾，從窗外透了進來。

小鳥又纏綿地唱著歌，在剎那間掠過窗外。

……這裡是哪裡？這是怎麼回事？

現在是在哪件事情之後？

因為這股有如喪失記憶的不安，他下意識地把手放上胸口，摸到自己赤裸的胸膛，戰戰兢兢用手按著，發現很溫暖。把手伸向脖子，也感覺到脈搏正在手掌心底下「噗通噗通」地跳動著。

——我還活著——！

利迪爾甚至忘了撩起垂在臉上的金髮，就這樣睜大眼睛仰躺在床鋪上。

他急忙在腦中試圖拉回中斷的記憶。

馬車抵達了王城。完成了婚禮。他把小刀放在面前，向王招出一切，求王殺了他。

相對的，希望王能放過國民。

然後——然後——？

他戰戰兢兢地看向旁邊，只見王的臉就近在眼前。王的睫毛不太捲翹，相對的每一根睫毛都又黑又粗，像極了王的個性。

他可以聽見王平穩的呼吸聲。

長期受太陽曝晒的肌膚呈現美麗的小麥色。深邃的五官及豐厚的雙唇，鼻梁有如野生動物般挺直。眉毛連根部都非常濃密，有著鮮明的輪廓。波浪般黑髮是彷彿帶著泛綠光澤的墨黑色。

胸部凸起的地方還有些刺痛。手臂內側、胸口有被王吸吮後留下的紅色痕跡。

我昨天晚上，和王——

回想起這件事後，他的心底便一陣絞痛，臉頰也發燙起來。

身體的熱度，快感令他太難受，最後哭得泣不成聲的事。還有壓倒性地擊潰這一切的高潮——

在利迪爾硬是想要接受這難以置信的事實，控制著呼吸時，忽然有人摸了他的背。是王伸手將手臂繞到他身後。

「你沒事吧？利迪爾，我的王妃。」

「是的……王。」

「別用那種客套的方式叫我。畢竟我是你的丈夫，而且是唯一的。」

「是……昨、昨晚，我……」

「你很可愛。有好好享受了一番嗎？」

王將他摟過去，吻了他的臉頰。

「啊……嗯，是。」

他不知道該用什麼態度面對王。還不習慣被當成王妃對待。也不知道在這之後應該要以怎樣的立場來生活。儘管得到了王的原諒，仍未能拭去心中的不安，因為他完全無法想像接下來的事情，也不知道該以什麼為目標。

可是他只能和這個人一起活下去了。得想想往後該怎麼補償王。

「古辛王？」

「叫我古辛就好。」

「古辛。」

他像是剛睡醒的猛獸，用手肘撐著上半身，湊近利迪爾身邊。

「嗯，我們是共犯。必須一起欺騙國民——創造一個更好的國家。」

「……是。」

事到如今利迪爾也只能這樣做了吧。這下不管是想逃還是想死都沒辦法了。

王拈起放在枕邊的紅色石頭，放入牆上的凹洞裡。

遲了幾秒後，傳出「鏘」的一聲。

沒過多久便有人來敲了房門。

「王，我來為您打理晨務了。」

這麼說並走進房內的是個年輕男人。年約二十五、六歲，和伊多差不多吧。有著一頭清爽的榛果色短髮。

男人一身沒有多餘裝飾、方便活動的乾淨打扮，一看就知道用的是上好布料。從樣式來看是文官的服裝。

他將手舉到胸前，恭敬地拱手行禮。

「利迪爾要怎麼辦？」

「請王妃繼續留在這間房裡。待王妃更衣後，我會再帶王妃前往禮拜堂。王和平常一樣沐浴祈禱後，前往食堂即可。」

「我明白了。利迪爾，這是我的心腹，叫卡爾卡。事情交給他去辦就不用擔心了。我們禮拜堂見。」

「利迪爾王妃，容我再次向您道賀。在迎娶時曾向您打過招呼，我是王的側近，卡爾卡・歐托馬。我會隨侍在王身邊，暫時由我來負責調整利迪爾王妃的行程。還請您今後多關照。」

「卡爾卡知道你身體的事。有事都可以找他商量。」

「……卡爾卡，請多指教。」

「那麼待會見。」

王低聲呢喃並輕吻了利迪爾的唇後下床，穿著睡衣就離開房間。

只剩下卡爾卡留在「啪答」一聲關上的門前。

利迪爾覺得突然被丟在一片白的早晨中。

他沒想過可以活著迎接這個早晨。原本以為至少會被關在牢房裡，所以對未來沒有任何展望，也沒有任何心理準備。

雖說要去食堂，但也不知道是不是會與他人同席。而且各國的餐桌禮儀不同，他也沒事先學過。

卡爾卡拿了壺過來，將水倒入鉢中。應該是要他洗臉吧。

他拖著沉重的身體移動，下了床鋪。

身體各處都發出哀號。接納古辛的地方還熱熱的，有種發燙、腫脹、溼潤的感覺。下半身站不穩，感覺骨頭都快散了。

儘管如此，畢竟是在其他國家臣子的面前。當他在大腿內側施力，打算支撐住身體時，感覺到兩腿之間有什麼黏稠溫熱的東西正在往下流。

「——唔……」

因為不到會滴出來的程度，他想辦法忍住了。走向盛著水的洗臉盆時，身後傳來平靜的說話聲。

「您想回去的話，還是趁早比較好喔？」

他彷彿聽到什麼難以置信的話，忍不住轉身。

然而站在那裡的只有卡爾卡，這令他更驚訝了。

卡爾卡臉上帶著看不出情緒的冷漠表情，視線緊盯著利迪爾。

「您有那個意思的話，我隨時都能為您準備馬車。就算您逃走，王也不會多說些什麼。」

「我不會逃走。」

「您打算以男兒身繼續坐在王妃的位子上嗎？」

儘管語氣平靜，這質問中依然帶著顯而易見的侮蔑及厭惡。

卡爾卡看他很不順眼吧。這也是當然。就算家世比埃維司特姆王家差一些，越是真心效忠王的家臣，想必越是想要一個能為王留下子嗣的女性王妃。

然而利迪爾心中已經有答案了。

「我是在王的期望之下嫁來的。王也——古辛也知道所有的事。既然事先就知道，你應該在途中就把我趕回去。」

「可以的話我也想那麼做啊！」

「也就是說做不到吧？……要受你關照了。」

可能是沒料到他會回嘴吧，卡爾卡的臉抽搐著。利迪爾洗好臉，從卡爾卡手中接過布擦乾臉上的水珠後，再把布交回他手裡。

「我也對自己的身體不適合當王妃這件事很過意不去。去叫伊多過來吧。我的服裝你就跟伊多討論，挑適合的衣服過來。拿什麼來我就穿什麼。」

利迪爾此刻已經下定決心，要在這裡生活下去。他有意要接受這個國家的文化，而且說穿了，他也沒有帶作為王妃生活用的衣服過來。

王沒有殺他，留下他的性命。光是這樣就足以感到王有恩於他了。王還叫什麼都辦不到的他待在身邊。簡直像是叫他重新展開一段新的人生。

就算王原諒了他們，他們犯下的罪也不會消失。自己是男人以及沒有魔力的事，不知道對王造成多少負面影響與打擊。

他希望能多少補償王。

能為王做些什麼呢？要怎樣回報王的恩情呢？什麼都辦不到的自己該——

卡爾卡帶著憤恨的表情離開房間，過一陣子之後，伊多手裡抱著衣服衝進房裡。

「利迪爾殿下……！」

「伊多，你平安無事啊。」

「利迪爾殿下才是！」

利迪爾一直很在意伊多的情況。儘管知道伊多不會喪命，還是很擔心是不是被關進牢裡，還是被人給綁了起來。

伊多似乎也很擔心他和王兩人共度一晚的事。

眼眶含淚的伊多身體向前傾到臉幾乎要貼到他的臉上，面色蒼白地開口問他。

「王、王是怎麼說的？」

「王願意接受我當他的王妃。」

「可、可是，利迪爾殿下是男人……」

「王似乎不介意喔。」

利迪爾苦笑著回答道。他不知道是否能把背後的緣由告訴伊多，不過作為王原諒了他，饒過他一命的代價，利迪爾已經決定要盡己所能，為王去做一切能辦到的事情。

「可是，既然這樣，這……那個——新婚初夜的，那個。」

伊多想說什麼卻遲遲說不出口，反覆說著簡短的詞彙。

成為王妃就是這麼一回事。他們已經完成初夜的儀式。

「就那樣完成了。」

「……咦？咦咦？」

「你說過的，相親相愛啊。」

他說完之後，伊多睜大雙眼，用手摀著自己的耳朵。

「咦咦咦——？」

利迪爾的王妃生活開始了。

第二天在宮廷裡，舉辦了聚集國內大臣和貴族的謁見儀式。

利迪爾就只是用頭紗遮著臉，望著接連來到禮臺前獻上賀詞，行禮後離去的貴族們。而本來在這之後應該要進行將大臣們分為兩組，由其中一組隨侍王妃的儀式。但儀式也在「由於王妃十分疲憊，這段期間只會處理最低限度的公務及聽取政務報告」這番宣言之下，導向只有王與知道利迪爾的祕密，極少數大臣與女官能和利迪爾碰面的結果。

他們打算利用這段期間來調整利迪爾需要以王妃身分公開露面的頻率。幸好依照習俗，伊爾・迦納的王妃本來就大多待在後宮，沒有什麼特殊情況便不會在公眾場合現身。接下來會再視情況增加能與利迪爾碰面的人數。

這下利迪爾暫時不需要參加公務活動了。目前在不與人碰面的範圍內，他都能自由行動。

眾人是建議他先在城裡走走。如今成了他們居所的是城裡的東側部分。而且連僕役的分工也分得非常細。

利迪爾在城裡活動時，在房內以及只有王和側近會來訪的區域由伊多隨侍。在這些區域外，則是在以女官長為首，幾位口風緊的女官們隨侍之下，參訪其他有可能會遇到一般僕役的區域。

可是利迪爾後來就待在房裡沒出去，命令伊多把跟這個國家有關的文獻全都拿過來。

他有事先學過這個國家的歷史。然而那只是完成婚禮所需的「表面上」的歷史。利迪爾想知道的是這個國家極少對外洩露的真實內情。

房裡立刻堆出一疊約有七個人高的文獻堆，不過照伊多的說法，這些就已經是全部了。

伊多分得了利迪爾房間旁的一間房，白天作為隨侍利迪爾的文官長，靜悄悄地過著日子。

「這裡的書庫所收納的文獻，不若我埃維司特姆國那般充實。這裡本來就是武強國。而且在前前代國王任內，國土曾一度慘遭祝融，所以也沒有古代文獻。」

伊多也是相當善於解讀文獻的人，不過看來是用不著請他幫忙了。

古代文獻反正也都是些近似於神話的東西，所以靠口述傳承就夠了。關於王家的成立只有少許文獻，由於後來燒毀遺失，儘管近代文獻有保存下來，卻沒有什麼化為文字或地圖留存下來的資料，就連寫成故事的記述都不多。

照伊多的說法，這裡的藏書量頂多只能放滿僕役的房間，和埃維司特姆國那幾乎要塞滿整棟建築物的書庫大不相同。

「沒關係，我只是想了解近二十年來的歷史及內情，與鄰近諸國的關係，還有地形而已。去幫我找清楚這些事情的人來。如果是大臣或是老貴族，應該能追溯過去幾年的情況吧。」

利迪爾必須盡快了解的是這個國家處在何種立場，有什麼優勢與劣勢，王城內又有哪些派系。

「還有，在不會傳出謠言的範圍內，幫我找個能夠清楚說明王的地位的人來。」

聽說王是大王妃生下的大王子。可是先王在戰爭中喪命，王妃隨後也去世了。從王那個帶著雷電的劍法看來，實在不像是在血統與王家完全無關的人，不過血統和地位不符的情況很常見。

「不能讓王因為原諒了我，而危害到王的地位。希望你能盡量用聰明的方法去打探這些事情。」

「我明白了。請您給我一些時間。」

「拜託你了。」

把擅長察言觀色的伊多放到城裡去打探消息後，利迪爾迅速地在桌前讀起文獻。

以結果來說，利迪爾雖然以王妃身分嫁來這裡，但是（假設王的側近大多都知道他是男兒身）他不認為所有人都贊同這件事。

不想成為王的負擔。

已經不想再因為自己的緣故，害王又失去什麼了。

這時眼角餘光突然看到有鳥兒高高地飛過窗邊。那景象像是一幅畫，烙印在利迪爾的眼裡。

在幼年的記憶裡，也留有和這個一樣的景象。

是他兩歲的時候。被母親抱著，在森林裡前進。在周遭景色不斷飛逝而過的情況下，利迪爾的手指指向天空。

晴朗的藍天。薄薄的雲。上頭有鳥兒在飛。

那時候說不定身後已經有盜賊在追趕他們了。但是利迪爾不知為何，記住的不是恐懼感，也不是母親的慘叫聲，只記得鳥飛過樹梢間那一小片藍天的景象，還有自己朝著那隻鳥伸出的小小手掌。

利迪爾打開放在書籍旁的小盒子。

那是一個收有隨身物品，以白色大理石製成的精緻小盒子。

他從盒子底部取出一張折起的紙。

老舊紙張已經發黃變色，邊角磨損，摺痕處也薄得快要斷開。紙上隨處可見的水漬，是利迪爾的淚水留下的痕跡。有些地方的墨水也暈染開來了。

紙面上虛弱地挾著如同黑線般凌亂的文字。

對不起，我可愛的利迪爾。

你的魔法圓將會在你遇到真正的愛時，再度運作起來吧。

你的母親筆

這是在識字之後，旁人交給他的母親的遺書。

母親似乎祈禱著他受了重傷的魔法圓能夠痊癒，可是即便時間流逝，她的願望仍未實現。

他看了這封信便會哭，懷念起母親，責怪母親為什麼要葬送性命，總是把這封信帶在身邊。在前來舉行婚禮——做好送死的覺悟離開城裡時，也打算以這封信當作路標，去見母親。母親只認得小時候的他。本來是想把這封信拿給母親看，以此證明是她的兒子。

而利迪爾也只記得從肖像畫上看過的母親的長相。

母親有著一頭接近銀色的美麗金色鬈髮，肩上垂著象徵王妃身分的金色刺繡飾帶，手上拿著宛如鳥類羽翼的優美扇子，手指上戴著彷彿凝聚全世界的治癒力，散發出深綠色光輝的寶石戒指。那寶石是母親嫁來這個國家時獲贈的國寶。聽說蘊含著魔力的那顆寶石有著靠繪畫實在無法呈現，世界上獨一無二的濃豔色澤。

那個寶石也在那時候弄丟了。

走在二樓走廊上的利迪爾突然在窗邊停下腳步。

他看見在城門另一側，位於遠方的市鎮。

從王城這裡看到的市鎮滿是塵埃，可以看見地面的地方全是淡茶色的。儘管有森林，但樹都不高，枝葉也沒那麼茂密，到了落葉的時期，地面恐怕應該還是會露出來吧。

這個國家的氣候非常乾燥。跟就算放著不管，地面也會長出草，森林茂密，成熟飽滿的樹果會從樹上掉下來的埃維司特姆不同。人民得耕耘乾枯的土地，反覆從河裡汲水過來，灌溉土壤吧。是個很難富庶起來的國家。

能讓這個國家繁榮到這種程度，維繫王國的運作，那可不是一般的辛苦。

──先王毀滅了鄰國。

──是古辛王好好地守護了這個國家。

就算是這樣，要維持國家的運作也絕非易事──他邊想著這些事，又繼續往前走。

雖然只在這裡生活半個月，但這個國家整體來說是個很棒的國家。

人們豐衣足食，鎮上的商業活絡，充滿了活力。城內沒有嚴重的貪汙舞弊行為，臣子們也並未對王抱持著莫名恐懼。

不是採取恐怖政治，各處也保有一定清淨。民眾和家臣也不像是累積了許多不滿的樣子。

他帶著女官走過走廊。從窗外吹來的風讓頭紗輕柔地膨脹起來，利迪爾低下頭，用手指拉著頭紗布料重合的部分。

基本上他只有在人前露面時，還有要移動到其他房間時，還是會披上頭紗。

知道他是男人的只有王、大臣、卡爾卡，還有兩位負責打理房間的隨從，以及在這座塔工作的五位女官。以保密來說是很合適的人數。

利迪爾穿過走廊，停在一扇巨大的門前。

女官打開門後，室內相當明亮。

這裡是書庫。是利迪爾拜託王，請他把這裡弄得更舒適一點。

這裡人不多，也很適合和在裡頭等著他的王談話。最重要的是陽光照射進來的角度很好。

「我等你很久了，王妃。」

「王今日可好？」

兩人刻意很有那麼一回事地打招呼，在頭紗底下相視而笑。利迪爾在入口處裝模作樣地行禮後，把女官留在門外，獨自踏進了室內。

在拜託王網羅各地的讀物後，書庫裡多了不少書籍或卷軸。因為王說有些是從聖堂會或學者手中調度過來的，所以正在將那些資料抄寫下來，好物歸原主。

利迪爾確認房裡沒有生面孔後脫下頭紗。他坐到王的身邊，放有靠枕的椅子上。地圖和族譜圖已經攤開放在眼前。

雖然命令伊多去找情報源，不過從王本人身上獲得了最大量的情報。

王之前說利迪爾是共犯，那應該是真心話吧。

王毫不保留地把這個國家的現況告訴了他。不知道王是格外信任他，還是覺得就算他帶著情報逃出這裡，也有辦法在越過國境前追上並除掉。也有可能是看穿即使帶著這些情報回到本國內，埃維司特姆也無從利用吧。

埃維司特姆之所以能夠存活下來，就是因為安全無害。他們富有生命力，土地肥沃，也有財產，然而沒有發動戰爭的能力。

照一般情況來看肯定會遭受侵略，可是埃維司特姆會產下擁有魔力之人。而這特性在離開埃維司特姆，血統逐漸稀釋後便會消失。一定要作為埃維司特姆的國民誕生，而且要喝埃維司特姆的水，沐浴在綠之魂中成長，才能成為魔法師。

周遭國家似乎都揶揄他們是「會長出魔法師的田」。沒有人會出於欲望而踐踏這片結實累累的田地。

「利迪爾，來這裡。」

王在桌上攤開幾張地圖，接續昨天的內容開始解說。

國家四面都被國力不相上下的鄰國圍繞著，儘管和所有國家都締結了休戰協定，但只要風向一變，鄰國就有可能會理所當然地打破協定。

以武力來說目前是伊爾．迦納最具優勢，只要這個國家不主動開戰，就不會發生大規模的戰爭。而這點在未來會怎麼變化還很難說。照王的預測，各國間仍有稱不上戰爭的日常較量，要是我方露出破綻，就會一口氣發展成戰爭。

利迪爾自己是覺得，在這種情況下，王不生個繼承人這樣真的好嗎？無法治癒的傷很難受這點他能理解。也覺得因為身受詛咒，沒隔著封住詛咒的布就無法與人相擁一事很令人哀傷。可是在歷史上，帶有詛咒傷痕的王並不稀奇。那些王儘管必須放棄些什麼，有時又必須做出悲痛的決定，仍舊延續了王家的血脈。儘管痛苦，但這還是比國家滅亡來得好吧。而且古辛也不是窩在城內深處，閉門不出的王。他親眼目睹過古辛在戰場上的模樣。要是在這之後，古辛像先王一樣英年早逝，鄰近諸國便會大舉進攻，毀滅這個國家。

「利迪爾，你有看過魚群嗎？」

「有，在王宮的池子裡。在河裡也看過。」

「魚群只要有領袖在就好。就算領袖換了條魚，魚群也不會發現，依然游得很好。我在繼位時，也只是條無知的小魚。儘管如此，伊爾．迦納這個國家還是繼續游動著。」

「但那時不是至少有魚在嗎？不管尚且年幼，還是不夠成熟。可是現在沒有能夠代替你的小魚在。往後也……」

只要自己無法生下繼承人——

從王的臉上讀不出他的想法。王帶著平靜的表情，用長長的T字形棒子將放在地圖上的石頭推到伊爾・迦納的後頭。

「這個國家——是由前前代國王的弟弟擔任君主的國家。現任國王則是他的兒子，底下還有個比我年長許多的繼承人。」

「是個小國家呢。」

那是個位於伊爾・迦納國的後方，彷彿被山谷給夾在中間的小國家。因為有伊爾・迦納國在前面，所以無法對外發動戰爭，從地形上來看，也沒有能讓國家富庶起來的要素。

「體諒到雙方身上流著相同的血，這是我國的盟邦，也是最為親密，有著深刻交流，謹言慎行的王國——是僅有名目上如此的，我國的屬國。」

「咦……？」

「由於這國家表面上是獨立的王國，是與我國簽下了不可侵犯條約的友國。可是真相是，從前前代國王在位時，這個利利爾塔梅爾國在事實上便是我國的一部分。前前代王為了滿足貪心的弟弟，才給了領地（甜頭），讓他獨立出去。他在那裡建起王宮，也分了家臣過去。然而王國光靠這樣是運作不了的。」

利利爾塔梅爾國的前面被伊爾・迦納國給堵住了。

「不管是要做生意，還是民眾出入往來，都必須經過我國。若是有敵國發動戰爭，要是我國任憑敵軍長驅直入，那利利爾塔梅爾不用半天就會滅亡。看看這片領土吧。這面積養得起國民嗎？這個地形有辦法作戰嗎？」

「所以是伊爾·迦納在保護著這個國家嗎？」

「沒錯。我們成了守護他們不受戰爭侵擾的盾，提供糧食，當外交上的伙伴，做王家的後盾。」

王繼續說了句「也就是說」，望著地圖。

「那是我國擁有的『古老庭園造景』。」

只有名義上獨立的王國及王家。

「所以說，這和魚群的領袖又有什麼關聯性？」

「把這裡的國境拿掉，會變得怎麼樣？」

「我國會……變得更大。」

「這就表示一個國家裡會有兩個王家存在。在這個前提下，要是有一邊滅亡的話呢？」

「這種事……！」

「別擔心。這是從以前就存在的盟約。要是我國的王家滅亡了，就會把王國讓給利利爾塔梅爾。因為這樣總比被不相干的外人給奪走來得好。」

這是王家的保險。只要利利爾塔梅爾甘願屈於命脈握在伊爾・迦納王家手中，並將他們視為王家保險的立場，就能享受來自伊爾・迦納的庇護及豐饒的物資。

「雖然也可以從利利爾塔梅爾王家那裡收個養子過來，可是我不想這麼做。受詛咒的是『王的長子』。就算出生時沒事，難保那孩子不會在來到我國，成為我繼承人的同時受到詛咒。而且考慮到父王犯下的罪，別這樣做比較好。就算沒有詛咒，我國的王家也招惹太多怨恨了。」

「我……在這件事上又無能為力了嗎？」

父親為了存活下去而說的謊。他從沒想過生不出孩子會是如此重大的罪。奪走了王的誓約，既生不出孩子，也無法獻上魔力，而這些竟會漸漸地讓伊爾・迦納王家踏上滅亡之路……

「不，多虧有你，我過著相當快樂的日子。依據你的態度，本來也是有考慮過要幽禁你的——不過沒想到，迎來一位伴侶會是這麼開心的事。」

王若無其事地說出了可怕的話。

風從窗外吹進來，搖晃著王的耳環。

「雖然這會是伊爾・迦納單方面的損失，不過正是這樣才能順利進行。在那天來臨之前，我會整理好國土，讓國民們過得更富裕，和你過著快樂的生活。」

男人搬運貨物、為了國家作戰、服勞役。女人懷孕生子、織布、搗穀。這裡絕對不是個可以大肆誇耀的富饒國家，可是國民們都很勤奮。大家為了備戰而工作，為了冬天儲備物資。不惜為此付出勞力。

這是王的仁政造就的成果。王雖然謙稱自己是小魚，但似乎長成了一條聰明又強壯的大魚。

「原來如此。高低差啊，不錯。」

因為王命他提出這裡與埃維司特姆國相比，令他感到不足之處，利迪爾便提了水道的事。在埃維司特姆，是利用坡面的高低差，讓水能夠流通到國家各處。

這裡雖然也有水道，可是由於高低差不夠水流不順，有些部分成了沼地，水道末端則是乾枯無水。所以他給王的答覆是不應只在平地建設水道，要運用山丘坡地。再來是整修平地上的水道，只要將水道挖得更深使底部傾斜，應該就能讓水流到遠處。

「卡爾卡。等下開會討論這件事。內容就如你所聽到的，趕快安排人手去測量。」

「我這就去辦。」

古辛王很聰明。儘管埃維司特姆國的文化水準比較高，可是利迪爾說明先進的水道後，古辛沒兩下就理解，進展到下一步。從理解到轉化為行動的速度非常快。

年輕的王才能如此迅速執行政策。光看這點，也就不枉伊爾・迦納迎接一條**小魚**來當王了吧。

「王，休息時間到了。」

在卡爾卡離去的同時進房的一位側近，帶著女官出聲說道。

伊多也能泡出好喝的茶，不過利迪爾沒辦法讓王品嘗伊多所泡的茶。

身為王，隨時都要擔心遭人毒殺的可能性，所以這也是無可奈何的事。身為當事人的伊多是這樣說服利迪爾，現在他也接受了這件事。

而他今天有個東西想讓王看看。

利迪爾從身旁取出那個東西，解開包在上頭的布。

「那個是？」

「是豎琴。不過是小型的。」

埃維司特姆城裡有又大音域又廣的豎琴，但是帶來的是跟較小的壺差不多大的小豎琴。是覺得在馬車裡可以多少撫慰一下自己的心才帶著的。

他用指尖撥動琴弦，進行調音。

「王不喜歡豎琴嗎？」

「你會彈嗎？」

「不像宮廷樂士彈的那麼出色就是了。」

魔法國幾乎都是文化興盛的國家。埃維司特姆也不例外，音樂及學問都有長足發展，不僅有宮廷樂士，也有戲劇演出，王公貴族也不例外多少會演奏樂器。

王感佩地望著孕育出柔和音色的豎琴，露出有些苦澀的笑意。

「我光是要記住戰術就用盡全力了。」

他是位年輕又孤獨的王。過去他究竟是多麼粉身碎骨地努力，耗費自己的時間，守護這個國家至今的呢？

利迪爾背對著框起藍天的窗邊，小聲地唱起歌。

林梢的風吸著甜美的蜜。
溪流的水溶解了碎冰。
吸取了天的祝福，花朵將會綻放吧。
或紅或桃或黃，綻放為你喜愛的顏色。

這是女官們以前唱的歌。利迪爾很喜歡小孩子們也會唱的這首歌，自己也經常會唱。

他唱完歌後看向王，只見王帶著極為驚訝的表情，將手伸向豎琴。

就在他換了個方式拿豎琴，想讓王看得仔細點的時候，王吻了利迪爾的唇。

「……非常棒。彷彿整個身體裡都充滿甜美的感覺。」

王的感想讓他很是高興，只是嘴唇上還殘留著王的唇的觸感，令他動彈不得。

兩人的睫毛相觸，感覺癢癢的。王又再次吻了不發一語的利迪爾。他的指尖好溫暖。他知道手中冒出了魔法之花。

「再唱給我聽吧。在這之後，還有在夜裡也唱給我聽。」

「好……好的。」

王又用那充滿彈性的豐厚雙唇，吻上利迪爾不知是張著還是顫抖著的唇。然後在雙唇幾乎相觸的位置低聲呢喃。花朵溢出掌心，一朵一朵地掉到了他的腿上和腳邊。桃色、白色、淡橙色。是帶有甜蜜色彩的花朵。

王看到這景象，又輕輕吻了一下利迪爾。

「你初夜時還真是激情呢。很舒服嗎？」

「因、因為那是契約啊！」

利迪爾連忙反駁。

那是代替送上這條命的契約。是保住國民性命的代價。因為已經完成契約，所以不管相隔多遠，都能將魔力傳給王。只是——他體內沒有那份魔力罷了。

「……不嫌棄的話，我會唱給你聽的。」

不過是玩玩水準的演奏和歌聲，王卻這麼高興，讓他內心很過意不去，不過自己現在也只找得出這點程度的東西來獻給王了。

「這樣啊，很好，非常好。」

王將手伸向散落在利迪爾腿上的花朵。手指一拈起花朵，花瓣便化開了。平常花朵應該可以再維持更久一些，但或許是對王的詛咒產生了反應吧。

「……王？」

王在露出有如少年般開朗的表情後，神色又突然變得寂寞起來。可能是注意到利迪爾的視線吧，王苦笑了一下，又用原本開朗的表情看向窗外。

窗戶的另一頭是高掛著兩個銀白月亮的藍天。

「不……我只是覺得這樣真好。」

利迪爾看著在王的掌心裡，如雪般融解消逝的淡粉色花朵，發現自己正試著想找出王憂心的原因。

顯然王真的知道他是隱瞞自己是男人一事嫁過來的——從房間的配置就能看出這一點。

利迪爾的房間雖然位在城內深處，卻處在日照良好的方位上。進出的人不多，可以不用在意他人的目光，在城裡相當寬廣的一大部分區域自由活動。也幾乎可以在不被人看見的情況下往返王的房間。伊多和女官交班的位置也非常巧妙。

王也為他準備了許多新衣（雖然連新衣服裡都有幾套方便活動的男裝，讓利迪爾覺得之前的努力全都是在白費功夫，很挫折就是了），不過看到利迪爾穿來的衣服，王又吩咐城裡的裁縫們依照埃維司特姆的款式準備新衣服給他。伊多擺出從未見過的得意模樣，滔滔不絕地說著「可是那些衣服是我國的棉及絲絹、織布技術，還有裁縫的高超技巧才能做出來的」。但是對利迪爾來說，光是衣服能做成從小穿慣的款式就感激不盡了，還是決定交給這裡的裁縫做做看。

利迪爾基本上會交互拿帶來的衣服和為他準備的衣服來穿。當要穿的衣服是這個國家的款式時，卡爾卡會來協助更衣。

這個國家的衣服上半身是還好，但是下半身要先將大大一片布纏在腰上。接著在腰部纏上一條較厚的布，厚布上面再綁上一條細繩做固定。

因為卡爾卡實在把繩子綁得太緊，他忍不住嘆了口氣。畢竟他的腰部不像女人那麼柔軟，若是沒綁緊布料滑落下來就糟了，可是綁緊也很難受。

在一旁看著的伊多出聲說道。

「我已經記住穿法了，明天開始由我來穿吧。」

「這樣啊，那我就輕鬆多了。」

面對儘管掛著皮笑肉不笑的笑容，依然明顯用態度表現出討厭的工作少了一件的卡爾卡，伊多的臉不滿地抽搐著。

在利迪爾心想繩子綁得還真緊，一邊摸著側腹一邊收拾小東西時，卡爾卡開口。

「您還沒打算要回國嗎？」

「咦……？」

「——這種生不出孩子的王妃，早早滾回去就好了。」

第二句話雖然只是低語，不過還是清楚傳進利迪爾的耳中。伊多湊近卡爾卡。

「說話要是太放肆，我會向王稟報的喔！」

「哎呀，這還真是失禮了。竟不小心說出沒打算說的話。」

卡爾卡沒因此動搖，對著利迪爾屈膝，佯裝恭敬地行了個禮。

「非常抱歉，我失禮了。婚禮以來的繁重工作讓我有些疲憊。望您原諒。」

流暢地說完毫無誠意的道歉話語後，卡爾卡便心滿意足地迅速離開房間。

利迪爾只能茫然地目送他離去。

為什麼卡爾卡會這麼想叫自己回國去呢？

他們應該早就知道他生不出孩子了。明知道他是男人，還讓王與他立誓的也是他們。而且就算利迪爾沒辦法供給魔力，在王找到下任王妃前，他就算陪在王身邊，也不會對王造成任何損失，所以目前維持現狀應該是最好的做法。明明是這樣，為什麼卡爾卡會一直叫他回去呢？

不過那個只有表面恭敬，莫名能言善道的感覺跟伊多很像呢。利迪爾一邊這麼想，一邊弄鬆繫在腰上的繩子時，伊多瞪著卡爾卡離去的門扉，怒氣難平的說道。

「我從沒見過這麼愛抱怨又壞心眼的人！」

利迪爾不禁噴笑出聲。

「您在笑什麼？您好歹是王妃耶？**好歹是！**」

這話也有些可笑，利迪爾笑完之後聳了聳肩。

「我好像被他討厭了呢。」

不知道為什麼，他對這件事不太生氣。

可以想像卡爾卡的心情。一個男的王妃嫁給了自己誠心侍奉的王。照那樣子看來，卡爾卡應該一直都很反對這樁婚事吧。雖然也有可能只是單純看他不順眼而已。

「我知道他不歡迎我。」

「是啊。所以我們回去吧！」

「嗯，等做完要做的事情之後就這麼辦。在我們被趕出去之前。」

他對氣紅了眼的伊多這麼說之後，伊多突然無力地呆站在原地看著他。

「您要做什麼？」

「想出解開詛咒的方法。」

利迪爾走出地毯，穿上鞋子。

在王因他的歌聲而高興時，他想到了一件事。

自己真的沒有任何能做的事情嗎——？

生不出孩子。無法供給魔力。

可是他提出了治水的方案，讓王看了花，聽了歌。

利迪爾忘不了王那時候的表情。接觸到新的事物，宛如天真少年般的笑容——以及那張臉寂寞地蒙上陰霾的模樣。他不想看到王再露出像說出詛咒的事情時那樣痛苦的表情。

就算盡不了王妃的義務，難道就沒有自己能做的事情了嗎？就沒有什麼辦法能夠回報拯救他的性命、埃維司特姆國民性命的王嗎？在如此祈願時，想到了他或許能試著解開那個詛咒。

如果那是他人下的詛咒，就應該有方法能夠解開。雖然其中也有被稱為是永遠的謎團，像是用細到看不見的線緊緊纏繞而成，牢不可破的難解詛咒，但是據說就連這樣的詛咒，只要花時間慢慢去解，也一定能夠成功解咒。

最重要的是，對利迪爾來說，讓這種不合理的詛咒留在王的身上實在太可憐了。一定很痛吧。會傷害到他人這件事，想必讓那位溫柔的王很是受傷。更何況連個性爽朗的王都會露出那樣痛苦不堪的表情，詛咒肯定是相當難受的東西。

「利迪爾殿下，這裡有那種失禮之徒在。如果要回去，那就立刻回去吧。沒錯，現在馬上就回去吧！我們沒義務要幫王解開詛咒啊！」

「伊多，別反對我的決定。要說義務那當然有。王拯救了我的性命，也拯救了國民的性命。就算要回埃維司特姆去，我也希望能多少幫上王的忙。不這麼做的話，我這一生都會受人批評，說埃維司特姆國的大王子不僅欺騙伊爾・迦納國王，撿回一命後完全沒回報王的恩情，是個不知感恩之徒。要是在這種狀態下回國，在父王面前也抬不起頭來。」

「這……雖然是這樣沒錯……」

「反正也不會有什麼損失。就讓我這麼做吧。」

「……是……」

「要給伊多你添麻煩了呢。」

「不、不會！這您完全不用在意！完全沒問題！」

一被誇獎就會害羞，是頑固的伊多的優點。

要說這裡的人歡不歡迎他，大概是一半一半吧。利迪爾如是想。

利迪爾覺得早上前來通知王的預定行程的薩奇哈財務大臣很友善。在某處正好擦身而過時，大臣除了禮貌性打招呼之外，還會關心他的身體狀況。女官們也是一半一半吧。當中有只會默默打理他周身事務的人，也有視線對上時會報以微笑的女官。

利迪爾在走廊上眺望窗外，只見一位禿頭的男人正從較遠處通道走過。是建設大臣梅沙姆。大約是白髮開始增加的年紀，肚子沉重地凸了出來。

他明明和利迪爾對上眼，卻裝作沒發現的樣子逕自離去。他應該是反對派的吧。

想到暫時只能這樣去區分贊成派和反對派的人並暗自記在心裡，利迪爾的心情就有些沉重。不過畢竟是國王的王妃，雖然由自己來說也不太對，不過會歡迎男人嫁來的大臣還比較奇怪。

利迪爾還不知道留在這裡生活究竟是對是錯。不過既然得到了王的允許，還待在這個國家，就只能試著去尋找自己能做的事情。

總之在弄清楚在城裡可以自由活動到什麼程度之前，乖乖待在房裡是正確的決定。

——公主有看過雪嗎？

——在那裡騎馬也很有趣。簡直就像奔跑在紛飛的落花中。

——等稍微穩定下來之後，我帶公主去看看吧。

王對**公主**說的那些是真心話嗎？還是為了讓周遭以為他真的受騙而編出的謊言呢？就算是為了能順利舉辦婚禮，但王若是會帶著那樣開心笑容說謊的人，那他會非常痛心——

他輕輕離開窗邊，打算走回位於走廊深處的房間時，聽到「喀鏘喀鏘」的金屬碰撞聲。

一位身穿鎧甲的男人從城的正面那側走來。那是用鮮豔的紅色及深藍色的細繩，將銀色的金屬片繫在一起製成的鎧甲。黃土色的頭髮和紅色眼眸。體格跟王一樣健壯，有如獅子般強悍。插著劍鞘的皮製腰帶交叉繫在他的腰上。

對方注意到利迪爾後，臉色一下子亮了起來。

「這不是利迪爾王妃嗎。」

男人大步走到利迪爾眼前後，單膝跪在他的腳邊。

維漢將軍。是負責率領軍隊，護衛出閣隊伍的男人。

聽說維漢比古辛大五歲，從小就作為古辛練劍的對手一起長大。兩人的關係就像他和伊多一樣吧。不過維漢似乎深受王的信任，負責統領王國軍，跟大臣擁有同等的權力。

利迪爾望著維漢從上方看來更為寬闊的背，戰戰兢兢地回話。

「你好啊，維漢。」

「喔喔，您記得我的名字嗎！真是太榮幸了。王妃殿下已經習慣城裡了嗎？」

「嗯，多少。」

「那太好了。請您好好休息。旅途後半的強行軍，想必給您留下恐怖的回憶吧。還請您原諒我們做出這等粗魯的行為。」

「不會，我也是拜此所賜才能平安抵達。辛苦你了。」

利迪爾回話後，維漢便露出一顆顆又大又白的牙齒笑了笑，挺出腹部站了起來。維漢站在他面前就像一道牆。

「久違又看到王開朗的模樣，讓我安心多了。往後王也拜託您了。」

他彎身行禮，與利迪爾擦身而過。見他用彷彿會帶起一陣風的速度，打算就此離去，利迪爾回過頭。

「等等——請留步。」

「……什麼事？」

「王是真的很為這次的婚禮感到高興嗎？」

這裡的人不歡迎他就算了，也知道有反對派的存在。可是王真的不後悔讓他來到這裡嗎？不是在忍耐嗎？這兩天裡，他一直在意著這件事。

維漢用不可思議的表情看了利迪爾後，沒做任何回答，緩緩往另一邊走去。他用視線催促利迪爾跟上來。身上的小鐵片發出「喀鏘喀鏘」的響聲。利迪爾小跑步追了上去。

這表示想私下談吧。維漢邊走邊小聲說道。

「您有發現到王的身邊沒什麼人嗎？」

「……有。」

利迪爾本以為這個國家就是這樣。謁見時聚集在大廳的大臣人數眾多。感覺也有很多人在城裡工作。當時前來迎接利迪爾的軍隊也有多到足以填滿整個視野的士兵。可是這座城很安靜——王的周遭沒有人。

大臣和少許的人。完全稱不上熱鬧。沒有裝飾用的花，擺設也很少。不僅如此，人非常少。沒有應該會圍繞在王身邊的大臣或貴族。原本以為王是為了利迪爾才如此安排，但如果只是一時的對策，不至於會變成這樣。

利迪爾後來才意識到原因可能是詛咒。為了不讓身邊的人意外接觸到詛咒，也是為了王自己的內心，就像王不讓任何人看到他的咒印一樣，是王刻意支開其他人吧。

「王很寂寞，從以前就是這樣了。」

維漢用有些沙啞的聲音說道。

「王明明那麼喜歡人，卻不讓人接近。大臣的人數也減少了很多，王只會在有需要的時候叫大臣過來。軍隊這邊也是，王辭退所有在前代時還有好幾位的將軍，將信任全放在我這樣的一個年輕人身上。然而王在談起王妃時，卻顯得那麼開心。」

回想起來，維漢自己似乎也很高興，表情變得柔和許多。

「還請您陪在王的身邊。請您為王盡心盡力。他果然還是需要王妃。而幸好那位王妃是您。」

「真的嗎？」

「這我現在就能理解了。」

維漢笑著大步往前走。高大的軍人和利迪爾走路的步伐差太多，維漢不消幾步便拉開距離。意思是要利迪爾別再追上來了吧。

目送那豪邁寬闊的背影離去，利迪爾輕嘆了一口氣。如果他說的話是真的就好了。

利迪爾靜靜地在心裡祈禱著。

薩奇哈大臣每天都會來向王報告鎮上的狀況。

他好像是位資歷深厚的家臣，看得出王非常重視這位老臣，對他沒什麼戒心。

根據從他口中得知的情報，在前任國王不幸亡故的那場戰役中，有許多家臣也一同陣亡。在那之後，本以為繼承王位的古辛會重新挑選側近，重整原有的體制，可是古辛只挑選了最低限度的側近。或許是因為有詛咒在身，考慮到未來要與利利爾塔梅爾合併，才做此安排。雖然這或許是個聰明的判斷，不過對於喜歡與人交流的王來說，實在太寂寞又哀傷了。

薩奇哈像來散步一樣，不時會造訪王的房間。

他像個個性溫和的學者。說話方式跟小時候指導利迪爾魔法學的迦姆歇爾老師很相似。白天在王沒有會議時，會去王的房間閒談的利迪爾也多半會跟著一起聽。

「鎮上現在還是像在舉辦祭典一樣熱鬧，酒館到深夜依然燈火通明，供人們飲酒狂歡。街頭藝人和流動攤販也來到這裡，形成一片廣大的市集。暫時還不會靜下來吧。」

「這樣啊，看來國民相當歡迎王妃啊。」

王用別有深意的眼神看向他，利迪爾不禁苦笑。

跟著一起笑了的薩奇哈大臣，忽然無奈地瞇細長長眉毛下的雙眼。

「兩位這樣就像是真正的夫妻呢。」

大臣忍不住逸出的這句話，令利迪爾靜靜地屏息。

「啊，失禮了。總之國民是打從心底祝福著兩位。負責巡視的士兵也沒回報有任何可疑的狀況。」

「好，辛苦你了。」

大臣退下後，王稍微伸手過來摟住安慰他。利迪爾也對王輕輕點頭，表示沒事。

除了卡爾卡之外，這裡沒有其他人會那樣露骨地批判他，不過還是有難掩興趣的女官，會用狐疑眼神看著利迪爾的文官，或是像薩奇哈這樣，突然夾雜在純粹善意中的失望。他知道自己不時會意外地因為這些理所當然的事情而受傷。

就在他點頭回應王不要緊，鬆了口氣的時候，文官來訪了。

「王，我拿水道的設計圖來……唔喔！」

差點從背後撞倒正鞠躬行禮的文官，突然現身的是維漢。

「──抱歉，有人先來了啊，那等會再過來嗎？」

「不，維漢你也進來吧。真要建造水道，也得安排士兵才行。」

文官一臉不悅地走了進來。維漢這次也一邊留意著文官，一邊走進了房裡。

他用眼神對利迪爾示意。利迪爾也微笑著接受他的視線。

文官把懷裡抱著的地圖攤開在桌上。旁邊放著密密麻麻地寫滿各種測量數值的紙。

維漢也湊過來看。

「我看看，是水道嗎？還真大啊。不如直接開挖成壕溝吧？」

「不，就算挖成壕溝，也沒有足夠的水量。雖然水量未來有可能會增加，不過還是該先從生活用水開始。」

王大致看過整張圖面後，臉色沉了下來。

「不，這裡不能開挖水道。水只會在這裡擴散開來，不會流往下方吧。」

王用長長的棒子指著地圖，點出了問題。

「啊，這點沒問題，當水流到這裡後，因為這一側比較高，所以……啊，不對……咦？嗯……的確是，這樣不對呢。」

文官這話說得有些語無倫次。

「這是很困難的工程，要謹慎點。」

「這樣不行嗎？」

「是啊，高低有問題。這樣就失去意義了。你也不想去開挖一條沒用的水道吧？」

「您說的是。」

王把規劃圖交還給大臣。

「這件事先擱置一段時間吧。之後再重新提案上來。」

「要先擱置嗎？」

利迪爾忍不住出聲。難得都視察過土地，有個大概的方案了，自然是繼續執行下去會比較好。要是隔一段時間才要再重新執行，那又得從頭開始測量了。

「嗯，大概要等個十天。」

那中斷計畫這件事就更沒有意義了。

維漢閉口不語。在利迪爾想著或許是王宮有什麼例行活動吧的時候，王伸手握住了他的手。

王有些用力地握著他的那隻手很冰。表情也很緊繃，與剛剛截然不同，

「——我可能會暫時無法見你。沒什麼，就短短幾天而已。具體來說是兩、三天。這段期間也只要到地下來就能見到了。」

「到……地下嗎？」

這麼說來，他有在城裡的一樓看過一扇感覺可以通往地下的門。

那裡不是倉庫，更別說在這麼接近王的房間的地方，不可能會是地牢。雖然他抱著那裡究竟是什麼的疑問生活到今天，但那裡顯然有些隱情吧。

王沒有回應他。當利迪爾猜想可能是王的咒印在痛的時候，有人大聲敲響了房門。

利迪爾連忙披上放在身旁的頭紗。

「有急事向王稟報！敵軍來襲！」

「國境那邊的狀況怎麼樣？」

維漢回過頭。古辛的表情也很嚴肅。

「沒能在邊寨把敵軍攔下來嗎？」

「這——敵軍似乎是讓士兵分別混入商隊中，等侵入我國境內後才開始重新組織編隊！」

「對手是哪個國家？」

「是弗拉多卡夫！敵軍總數推估約有三百人。」

——現在？

利迪爾不具備戰略知識。但他知道戰爭是從清晨時開始，到日落時結束的行為。

「為什麼敵人會在這時間攻來？」

到了晚上視野不清，對雙方來說都很危險，而且在外野營也會引來狼群。若真是要分出勝負的決戰那還另當別論，以只有約三百人的戰鬥來說，這時開戰也只是徒增危險。還是說這就是這個地區的作戰方式？

王輕輕推開利迪爾，讓維漢站在身旁，跟前來報告的士兵一起面向桌子。

維漢露出狐疑的表情。

「對手真的是弗拉多卡夫嗎？」

「是，已經確認過旗幟和國徽了！從車輪留下的痕跡和馬行進的方向看來，也毫無疑問是弗拉多卡夫！」

「沒辦法，立刻出兵應戰吧。要是發展成夜戰，對國土地勢較低的我方不利。這樣國境周遭的農民會遭受波及。農民們去避難了嗎？」

「是，已有派人前去通報。農民們應該已經遵照訓練逃走了。」

「傳令叫第一部隊先發兵，我也馬上就會過去。」

「是！」

這裡是個比利迪爾想像中還更常有戰爭的國家吧。

「弗拉多卡夫……弗拉多卡夫嗎？」

維漢一副覺得哪裡不對勁的樣子。

「維漢。」

「沒事，交給我吧，王。我會率領我軍阻止敵軍的，還請王您務必要待在城裡。」

維漢留下這句話後，便轉身離開房間。

像是代替離去的他，不斷有士兵進來報告敵軍通過何處，又在哪裡集結多少兵力。

大臣們也接連不斷地來到房裡。

為了讓那些想趁婚禮的慶祝活動來賺一筆的商人入國，他們放寬了國境的入境檢查。敵軍便是趁著這個機會，讓士兵們分別潛入，在越過河川處再重新集結起來。

「報告！目前研判敵軍至少有四百人！」

「報告！敵軍有可能超過五百人！」

帶著顏色的石頭不斷被放到地圖上，看到這景象，王的表情也越發嚴峻。

「……我明白了。我出陣吧。」

「可是……」大臣們開口阻止王。前來報告的士兵們也都搖了搖頭。

「太陽就要下山了。維漢閣下也派傳令回來，要您別出陣了！」

「不需要勞煩王出陣。區區五百人，我們會守下來的。」

「不，要是敵軍突破這裡，城下的市鎮將慘遭敵軍蹂躪。光靠常設隊是應付不了五百大軍的。我會去這裡，把其他的兵力分散到左右兩側。跟維漢說，叫他把中間空出來。」

「王！可是！」

「別浪費時間了。」

看著用擔心的表情看著王並離開房間的士兵們，利迪爾也擔心起來，來到王的身邊。

「王……古辛……！」

「放心吧。他們不會攻進城裡來的。這跟平常一樣，只是兩國間的小較量。只是放著不管國境會出現破口，害人民喪命。」

「可是總覺得有哪裡不太對勁。」

「哪裡？」

「為什麼維漢和大臣們都那麼擔心王？明明說只要有他們在就好了，為什麼王還要親自上陣？」

「因為我想早點解決這件事。大臣們太愛操心了。」

他確實在路上看過王英勇奮戰的模樣。無論是誰都很信賴王，守護著王，伊爾・迦納軍正是因為有王在戰場上，才會散發出那股自信與強大，並轉化為足以壓倒敵軍的氣勢。

「我會把卡爾卡留在你身邊。再來只要有伊多在，你就能放心了吧？」

「請帶我一起去。」

「帶王妃上戰場？」

「身分雖然是王妃，但我也能上場作戰。」

利迪爾對失笑的王如此主張。

「你的劍術確實不錯。比一般的士兵更能派上用場吧。」

「既然如此……」

「但是今晚不行。」

王看著遙遠的天空，瞇細了眼。太陽漸漸西沉，失去白日的光輝，略帶倦意的藍天一直延伸到地平線的那一端。

「——我不會手下留情的。」

王放著利迪爾不管，走向房門。

帶著正好前來呼喚王的梅沙姆大臣，離開了房間。

他不知道該怎麼辦才好，可是總不能讓王上戰場，自己卻獨自待在城裡，從高處遠觀這一切。

利迪爾連忙跑出房外。王說卡爾卡會過來。聽到王要出陣的消息，伊多也會過來吧。

他知道收放衣服的房間在哪裡。他趕緊跑進那間房，在裡頭看到熟悉的箱子，便試著翻找，結果被他給猜對了，箱子裡有男用的輕便服裝。

他在女裝裡頭穿了長褲，刺繡上衣裡頭穿了襯衫。把用來綁頭髮的皮繩繞在手腕上。

「——利迪爾殿下？」

從走廊另一頭傳來伊多的聲音。

他小心不讓伊多發現地往王的房間那邊走去，下了樓梯，尋找能通往廣場的出入口。

畢竟不管是哪裡的城堡，構造都差不多，士兵集合的地點不是在城堡後方，就是庭院的反方向。

盡量別讓人看見他比較好。

利迪爾沿著牆壁，快步走在走廊上時，聽到了人們的喧鬧聲。

那是非常開朗、熱鬧的男性說話聲。看到那些人全副武裝的身影，利迪爾連忙躲在牆後。

「王要親自上陣，真令人期待啊。」

「**初次上陣**嗎？回來之後可要慶祝一番。場面會很盛大喔。」

大家對王有著不可動搖的信任。

既然王有那樣的實力，自然足以作為士兵的心靈支柱。

王讓彷彿從天而降的落雷纏繞在劍上，揮下那把劍的模樣簡直可稱為是神話吧。

他甚至覺得有些可怕，可是又想近距離看看那樣的王。利迪爾按捺不住焦躁不安的心，然而在大廳裡響起一道格外鮮明的聲音令他瞬間屏息。

「那可是光現在就被譽為初代薩坎多羅斯王再臨，能夠馭雷的王啊。要是得到王妃的魔力，將會得到多麼強大的力量啊！」

——對了。

利迪爾不禁愕然。

城裡的人知道他來自哪裡。

眾人是為了要讓他供給魔力給能使用魔法的王，才會特地帶著大象，越過山賊橫行的山脈，迎娶他這位王妃。

王究竟把多少真相告訴了周遭的人呢。

側近們幾乎都知道利迪爾是男人的事。其中也有人知道王因為詛咒而不想要繼承人的事吧。

可是利迪爾的魔法圓中斷無法運作的事情，王真的有告訴大家嗎？

就算回顧記憶，也沒印象有任何人提過這件事。是因為不便開口提及才避而不談，還是根本不知道這件事呢。

在眾人眼中，這是王成為獲得魔力供給的馭雷之王後初次上戰場吧。所以大家才接受了王硬是要出陣的要求嗎？

得去確認才行。

他拉回自己激動的意識，開始思考起該去找誰。這時傳來卡爾卡尖銳的說話聲。

「還沒嘗試過就突然上戰場，太危險了。以前也曾有其他國家的王無法承受王妃的魔力，失手燒光整座城鎮。大家都知道您非常熟練馭雷之術。可是正因如此，才更需要事先讓眾人知道王的力量有多強，這也是為了避免士兵們避走不及。」

王甚至沒有告訴卡爾卡嗎——

「而且您本來就不該出陣。敵人說不定是來搶奪王妃的，所以您應該要待在後方保護王妃才對。而且太陽也快下山了，敵人的數量也沒什麼大不了的！」

「你是想以軍師自居了嗎？別叨念這麼多了，快去利迪爾身邊。」

「只要您說願意待在後方，我便會立刻過去。我也很擔心王妃。要是敵人奪走王妃，就算王妃不能直接供給魔力給契約對象以外的人，敵人還是能榨取王妃的魔力！」

緊張到肺部幾乎要凍結的利迪爾往後退了一步，這時繫在腰間的劍鞘碰到牆壁，發出「喀鏘」的尖細聲響。

兩人停下腳步，看向這邊。

「利迪爾……」

嚥下一口口水後，利迪爾拚命地擠出聲音。

「我陪你一起去。」

「不用。」

「我也能在王的身邊作戰。」

「不需要。」

「利迪爾王妃。」

卡爾卡介入了他們的對話。

「請您回房去。您該在的地方不是這裡，而是祭壇。反正您一定沒有上過戰場，與其下定決心握劍，不如努力地擠出您的魔力。最好是能夠視情況調節，提供恰到好處的魔力量。」

混著嘲笑的斥責。

「我也要去。雖然沒穿過沉重的鎧甲，不過輕便的打扮反而比較好。」

「退下，利迪爾。」

「不，既然無法貢獻魔力給王，至少讓我用這不成熟的劍術，為你盡一分力吧！」

利迪爾回嘴後，卡爾卡用驚訝的表情來回看著王和利迪爾。

「……兩位完成契約了吧？難道您……」

「不用。我要出發了。早點解決就沒事了。」

王表情苦澀地嘆了一口氣，拋下卡爾卡邁步離去。利迪爾連忙追上去。

「請讓我跟你一起去！我會騎馬。就算不能供給魔力——也能為你療傷。」

「這是……怎麼回事？」

卡爾卡茫然地問王。

「王妃沒辦法給我魔力。我也接受了這件事。」

「為什麼……為什麼……？」

對王拋出疑問的卡爾卡惡狠狠地瞪著利迪爾。

「您為什麼不供給王魔力！為什麼沒和王完成契約！反正一定又是哭著哀求王了吧！利用王的溫柔——！」

「來人，把王妃帶去祭壇所在的房間。」

古辛抓住利迪爾的手臂，像是推開一樣，不讓利迪爾接近他。

「我不要，古辛！」

「來人！來人！」

卡爾卡抓住利迪爾的手臂。他大聲叫人後，早已全副武裝的士兵們跑了過來。卡爾卡扯下利迪爾纏在腰上的輕薄衣物，並把衣服攤開取代頭紗，胡亂披在利迪爾的頭上，開口對士兵下令。

「帶王妃到祭壇室。王妃現在很慌亂，你們要小心點。」

士兵們看著顫抖的利迪爾，露出憐憫的表情。在他們眼中，利迪爾是擔心王而一路送到這裡來，努力又青澀的新任王妃。

「卡爾卡閣下呢？」

「我要跟著王出陣。」

「不行，你待在王妃身邊。要是你不在，真有什麼萬一時，王妃連要逃出城裡都有困難。」

「不，我要和王一同出陣。**真的已經沒有時間了！**」

「不准。你要是踏出這裡，到收穫祭之前都不准進我的房間。知道了嗎？」

「怎麼這樣……」

王拋下只能呆站在原處的卡爾卡，朝大門走去。他推開門時，傳來熱烈的歡呼聲。大家都很期待。得到王妃魔力的馭雷之王，能夠以多麼強大的力量守護這個國家——

身體凍得像是被潑了一盆冷水。利迪爾從頭紗上摀住耳朵，想要當場蹲下。卡爾卡卻摟著他，讓他站了起來，迫使他往內走。卡爾卡在茫然地踏著蹣跚腳步往前走著的利迪爾耳邊低聲說道。

「我不知道王在想什麼，不過這下你是真的派不上用場了。要是大臣們知道，肯定不會輕易放過你，這個叛徒王妃。」

這不用卡爾卡說他也知道。本以為只要獻上自己的性命，就能補償父親的計謀。然而自己身為男性——來到這個國家的事，竟會帶來如此不幸——

「卡爾卡閣下，王妃要……」

卡爾卡對著請他下指示的士兵們搖了搖頭。

「由我來帶王妃到禮拜堂，你們立刻追上王。王已經出發了，沒時間了。」

「是。」

士兵們旋即轉身，奔跑著離去。

有句話宛如接連落下的落葉，累積在利迪爾茫然的腦袋裡。

「『沒有時間了』……是什麼意思……？」

「你沒必要知道。」

「這表示王有危險嗎？」

「是啊，沒錯。都是因為你！」

「大家在隱瞞什麼事？」

「那不是該告訴你的事。」

「那可是我的王啊！」

那是他的救命恩人，是靜靜地忽視自己所犯下的罪過的人。就算無法實現那人的任何一個願望，仍說了願意把他留在身邊的人。

卡爾卡用交雜著輕視與憤怒的眼神瞪著利迪爾。

「——連供給魔力給王都不肯，還好意思說我的王這種厚顏無恥的話。我可沒承認你是王妃。明明都嫁來了卻拒絕契約裝高尚，以為一直都會被當成公主對待嗎？像你這種人，就算被綁起來侵犯也沒有資格說些什麼。」

該把真正的原因告訴卡爾卡嗎？無法供給魔力給王的原因，已經和王完成契約，只有傳給王些許治癒之力的事——

外面又再度響起盛大的歡呼聲。是要出陣了。他感覺得出眾人非常焦急。

有什麼——有什麼事情不對勁。

除了自己無法供給魔力這點之外，大家由於某個原因而非常焦急，拚了命——在擔心王？

「！」

利迪爾從卡爾卡的手中抽出自己的手臂。

「王妃！」

雖然差點就要被抓住，但利迪爾從袖子裡抽出手臂，讓卡爾卡抓住袖子，順勢脫掉上衣。

「王妃，等一下！」

利迪爾回頭跑向方才走來的走廊。邊跑邊解開腰上的細繩，一脫掉纏在下半身的布，能夠騎馬的褲子便露了出來。

利迪爾把布丟在地上，一路狂奔。因為頭髮太礙事，他邊跑邊努力將頭髮束成一束，用繞在手上的皮繩綁好。

「利迪爾殿下！您在這種地方——那身打扮是？」

「伊多，不管什麼都好，給我一匹馬！」

他不覺得能靠徒步追上伊爾．迦納的快馬。

想要追去找古辛。

他們已經發誓要一起活下去。約好要一起背負著欺騙國民的罪，讓這裡變成更好的國家。儘管如此卻要把辛苦的事情都推給王，悠哉地待在城裡等待，他辦不到。

卡爾卡追了過來。卡爾卡一臉極為憤怒的樣子，推開伊多。

「卡爾卡閣下！」

「你這傢伙——！」

伊多從背後抓住企圖抓住利迪爾的卡爾卡。伊多也很擅長格鬥術。伊多抓住他的衣領，掃倒腿，輕鬆將他制伏在地。

伊多從趴在地上的卡爾卡頭上大喝一聲。

「你對利迪爾殿下做什麼！」

「那是我要說的臺詞。居然送這種叛徒過來，給我記住！我要摧毀你們的國家！要是王出了什麼事，那全都要怪你們！」

「你給我——給我再說一次看看！」

「伊多！」

利迪爾出聲制止打算揪起卡爾卡衣領的伊多。那種事等下再處理就好，他現在只想要一匹馬。利迪爾拋下感覺快抓住彼此打起來的兩人，朝著王離開的大門跑過去。伊多邊喊著「利迪爾殿下」邊追了上來。

他一把推開大門。

在門後的是現在正要上戰場的隊伍最尾端——以及變成蒙上一層淡藍色的黯淡天空。

從地平線延伸出來的細長雲朵，朝著這裡呈放射線狀擴展開來。深灰色的雲朵邊緣染上了七彩的虹光。

這景象讓他覺得很不吉利。天空上沒有月亮——有股不好的預感。

利迪爾不禁屏息，呆愣地站在原地。這時有個尖銳的鳴叫聲傳到耳裡。發出「啾！啾！」的叫聲，飛進利迪爾懷中的是隻小型的鴞鳥。

「居里！」

居里鑽進利迪爾的腋下，頭頂轉來轉去地頂著他。

「你很害怕吧？過來。告訴我哪裡有馬。」

隊伍才剛出去。附近應該還有多的馬匹才對。

他環顧周遭，同時跑向後院深處，只見馬夫正牽著一匹馬。

「請把那匹馬借給我！」

「你是誰啊？這身打扮還真奇怪。」

牽著馬的老人用狐疑的表情看著利迪爾。

「我要去追王。請你把馬借給我。」

「這傢伙還年輕，光是能跑就不錯了喔。你是傳令兵嗎？」

「算是。」

「——請等一下！」

伊多和卡爾卡追了過來。

利迪爾從馬夫手裡搶過韁繩，跨上早已裝好馬鞍的馬背。

「沒事的，帶我去王的身邊吧。」

他伸手摸了摸馬的脖子。體格瘦小的馬兒在原地踏兩、三步之後，乖順地聽從利迪爾的轡繩指示。

卡爾卡先追上了遲遲未奔跑起來的馬兒。

「你在做什麼蠢事！請趕快下馬回房去。」

「我也能作戰。至少可以為王療傷！」

「你不僅派不上用場，還真的是個笨蛋嗎！王妃上前線只會徒增王的擔憂！」

「如果是真正的王妃，那是沒錯。」

利迪爾揮開卡爾卡企圖抓住轡繩的手，用腳跟輕輕踢了踢馬的腹部。

派不上用場的假王妃。

然而正因如此，才有能做的事。

——讓我們一同共度此生吧。

他會用劍，應該也能夠幫忙傳令。

自己能在王的身邊作戰。

要知道王所在的位置不難。

光柱纏繞著有如細絲般的雷電，筆直地從天而降。

之後地表附近立刻出現一道閃光，以及稍微遲了點的「轟隆」聲。

王就在那裡。

儘管知道位置，仍無法隨意靠近。如果不觀察隊伍的行進方向，從最尾端接近的話，一旦遭到敵人夾擊就會喪命。

他一邊繞遠路，觀察隊伍走向及雷電閃光出現的方向，謹慎地靠近伊爾·迦納的隊伍。

卡爾卡沒多久便騎馬追了上來。

「王妃，在那邊。」

「啊……謝謝你。」

卡爾卡原本也想跟著王一起上戰場。應該是打算用追著利迪爾過來的名義這麼做吧。雖然這麼說，但他明明才口出惡言，還真是不怕尷尬——就在利迪爾才這麼想的時候，卡爾卡又拋下這句話。

「像你這種人，最好消失在混亂的戰場上。」

利迪爾方才還有一瞬間覺得他真體貼，看來是場誤會。不過他能夠確實去到王的身邊吧。利迪爾本來還以為只能憑直覺過去，所以還是幫了大忙。

沿著林木或已化為空城的城鎮跑了一段路後，可以看見有許多人聚集在前方。

他看了看馬車車輪上的圖案，是伊爾．迦納的裝飾圖樣。肯定沒錯。

儘管我軍已經把敵人擊退到相當接近國境的位置，但戰況還是相當混亂。

卡爾卡下了馬。利迪爾也跳下馬，牽著韁繩。

卡爾卡直直朝著某一群人走去。那裡有著幾位正值壯齡，嘴邊長有鬍鬚的士兵，正忙碌地在更換拉貨車的馬匹。

「前面的狀況怎麼樣了？」

「啊啊，是卡爾卡閣下！」

卡爾卡介入他們的對話之間。利迪爾也低著頭跟在後。周遭傳來焦急的聲音。

「不行，馬上就要入夜了！王得退下前線才行！」

「已經派傳令兵過去了嗎？」

「來不及，王附近的戰況太亂，傳令沒辦法去到維漢將軍身邊！雖然也派了援手過去，但也不知道到底能不能順利抵達。」

另一個士兵指著遠方。

「也不是想退就能退啊。看，那邊的敵軍有多密集。」

卡爾卡用嚴肅的表情，瞪著開始在雲朵的縫隙間囤積起淡淡橘紅色的天空。人開始化為黑影。王放出的雷電變得更為耀眼。

——太陽就要下山了——

「沒辦法了，就算要來硬的，也要請王退下前線！呃……這一位是？」

正在指揮貨車的健壯士兵注意到利迪爾。在嚇得屏氣不敢吭聲的利迪爾面前，卡爾卡若無其事地開口回答。

「這位是瑟雷國皇太子的弟弟。」

真虧他能瞬間編出這種謊言。

「哎呀哎呀，這真是不巧，雖然您難得來見習，不過還是早點回城，別看接下來的事比較好。」

「這是什麼意思？王呢？」

利迪爾挺身向前詢問，卡爾卡伸手擋在他的胸前。

「請您待在這裡。這幾位是維漢將軍直屬隊後方部隊的精銳。請您別離開他們身邊。同時也請謹言慎行！」

「卡爾卡你呢？」

「我要去王的身邊。」

拋下這句話的卡爾卡跨上了馬背。

「讓貨車前進！不管怎樣都得想辦法開路，抵達王的身邊！」

士兵們讓馬拖著堆滿繩子和石頭的貨車，試圖往前推進。

周遭已經染上一片夕陽紅。就在他看著的短短時間內，有如野火燎原，卡爾卡的側臉、士兵的臉、貨車，整個世界都漸漸被染成紅色。

「出發了！」

車輪用力蹬著地面，帶著要撞開我方士兵的氣勢衝了出去。騎在馬上的卡爾卡追在貨車後頭。

利迪爾也打算騎上騎來的馬，留下的其中一位士兵卻制止了他。

「請殿下到這邊來。隨行的人馬上就會過來了。」

「我也想去找王，拜託你。」

他從未像卡爾卡那樣策馬奔馳，穿過正在爭鬥的眾多士兵。可是不去不行。王就在前面。

「不，請殿下您回城裡去。您有從卡爾卡閣下那裡聽說些什麼了嗎？」

「這……這個……總之——」

沒有辦法能讓這人帶我到隊伍的最前端——帶我到王的身邊去嗎——

在拚命動腦思考的利迪爾面前，士兵用有些茫然的眼神望著天空。

利迪爾也跟著看向天空。

回過神來才發現周遭已經變得有些昏暗，藍色的夜幕靜靜地從天而降。紅色轉暗，唯有地平線處仍殘留著烈火般的暗紅色夕陽。

「啊啊——月亮升起來了。」

男人哀嘆出聲。

月亮從天空偏低的位置露了臉。

那是雪白耀眼，宛若銀盆的滿月。

而且對側也升起一個小小的月亮，彷彿是這個月亮的孩子。

這個世界有兩個月亮。

一個是天體之月，另一個則是魂之月。

被稱為二之月的那個月亮，是升上天空的魂聚集而成，會像月亮一樣，伴隨著陰晴圓缺繞著天空運行。天體之月每個月一次，二之月則是每半個月會迎來一次滿月。一個月會有一次兩者在天空上交會，被稱為大滿月的日子——

世界轉眼間抹上一片霜雪般的白色。無論是受人踩踏過的草原、染上鮮血的岩石、士兵的頭盔，還是馬匹的背上。

彷彿整片景象都結凍的白色，什麼都動不了。

就在這時他聽到了嚎叫聲。

那跟在位於城內深處的孩童房間床上聽過，狼群發出的悠長歌聲不同。是有如哀號、有如吶喊，彷彿會讓結凍的世界龜裂的駭人叫聲。

過一段時間，有幾位士兵回來了。利迪爾正想著發生什麼事，後頭又有如滔滔江水般的大量士兵爭先恐後狂奔回來。

傾注在王劍上的雷光隨著強力吼叫聲，釋放出比之前更為強烈的光芒，地面因落雷的巨響而震動著。

「退後！退後！」

馬和士兵們如雪崩般地衝了回來。

在開闊的平原上有個影子。

光芒照出巨大的——大得不像是人，臉部很長，頭上長有尖角，耳朵豎起，長有尾巴的——異形黑影。

那異形用像是老鷹要抓住什麼東西時的樣子，將長有銳利尖爪的手伸向天空。

電光構成的細線像是回應一般，咻嚕嚕地延伸到異形的爪子上，才意識到眼前瞬間亮了一下，便發現異形把光球**朝著這裡**丟了過來。

在利迪爾附近的伊爾．迦納國士兵們慘叫著四散開來，不知該逃往何處。這時異形又再度揮下纏繞著劈啪作響的雷線的爪子。雷電球隨著地鳴在地面上炸裂，朝著四面八方放出青白色的電光。

敵人也不知道該逃去哪裡是好。也有人對著異形射箭。

異形有著赤紅的雙眼，全身為黑色的毛皮所覆蓋，如狗般的巨大嘴巴一直裂到耳朵旁，嘴裡長滿長長的牙齒。

從後頸到背後長有背鰭狀的鬃毛，像是揮舞著帶電的星粉，散發閃亮的光輝。

異形朝著月亮長嘯。

不分敵我揮下那凶殘的爪子。使出雷擊。

雖然不清楚是為什麼，可是利迪爾理解那異形是什麼了。

「那個……是王嗎？」

要是沒看過王胸口的咒印，他絕對無法相信。那時候沒能馬上想起那個詛咒的紋樣是什麼。不過看到之後想起來了——那是會喚出低等野獸的野蠻咒印。

「殿下，請您來這裡。那匹馬會自己回城裡去的，請您換匹更大的馬。」

士兵伸手拉住仍目不轉睛地喘著氣，不斷看著異形的利迪爾的手臂。

詛咒的本體原來不是咒印。也不是侵蝕王身體的傷。

是沐浴到月光——滿月的光芒，便會化為駭人的異形，慘痛至極的詛咒。

「殿下，動作快。」

「可是王……」

「隨貨車前去的那些人會去抓住王。回國後也請您對此保密。知道吧？」

不知道王妃長相的士兵說完後，硬是想逼利迪爾上馬。

利迪爾使出全身力氣甩開士兵，衝向正緊張害怕地看著周遭的年輕小馬。

「殿下！不行啊！」

「快跑！」

拍了拍馬的脖子後，馬兒朝著大家逃跑的方向跟了過去，所以他又再拍一次，命令馬兒跑向另一邊。

令他背脊發涼的悽慘真相。

——我可能會暫時無法見你。

——就短短幾天而已。具體來說是兩、三天。這段期間也只要到地下來就能見到了。

——這是很困難的工程。先擱置一段時間吧——

這是王的祕密。王也是有祕密的。

「你應該很害怕，不過加油！跑啊！」

利迪爾撫摸馬的脖子激勵牠，一邊避開四處逃竄的人群，一邊朝著王跑去。

他從未騎過這樣邊跳邊跑的馬。在努力抓著馬避免被甩下時，異形惡狠狠地看向這裡。

那是沒有瞳孔，猶如充滿鮮血，不祥的紅色雙眼。從有著長長舌頭，多半說不出話的長吻部流下徹底展現出獸性的唾液。

異形就這樣看著利迪爾，朝天高舉銳爪。

「快避開！往這邊！」

他拚命地拉動韁繩，讓馬轉了個方向。

「——！」

感覺有什麼突然掠過臉頰和頭髮。

接著背後便傳來轟然巨響。

回頭一看，只見樹木裂開，從折斷的地方冒出火焰。

一想到要是那個擊中自己，不禁竄過一股惡寒。他在全身上下冒出冷汗的情況下仍持續策馬奔馳，異形這次則是朝著另一邊揮下爪子。

異形的身高感覺有人的兩倍以上。手非常大，臂力足以直接舉起人類。

——我不需要子嗣。

那句話有多沉重，有多孤獨。

只要利迪爾能陪在身邊就好了。王這句話背後真正的心情到現在才狠狠刺入利迪爾心中。

——還請王您務必要待在城裡。

所以王才會說沒有時間了，所以大家才會那麼焦急。

王應該是想在月亮升起前解決這件事吧。以為王能接收到王妃供給的魔力，士兵們想必也以為這場戰爭瞬間就會結束了。

然而能得到王妃魔力的王，根本不存在。

他竟是愚蠢到不知道王內心的焦急，拖慢了王的腳步。

「從那邊放箭！別射中王了！」

這聲穿透整個戰場的渾厚大吼出自維漢之口。

士兵們騎在馬上遊蕩，從遠處包圍住王。當中也有著卡爾卡的身影。

利迪爾到了王的身邊大喊。

「王啊！古辛！是我！你認不出我嗎！」

「請您退後，利迪爾殿下！讓士兵到前面去！」

卡爾卡氣得面部抽搐，騎馬擋到利迪爾的面前。

「準備，放箭！」

箭矢隨著維漢的呼聲朝王射去。

這些箭上沒有箭鏃，纏上了石塊。長長的繩子從箭矢的尾端一路延伸出來。在恰到好處時拉動繩子，前面的石頭便會反作用力往回飛，讓繩子纏繞在王的身上。

然而王輕易地甩開那些繩子，抓起石頭往這邊丟了回來。

「危險！利迪爾殿下！」

腳邊開出好幾個洞，石頭掀起地面，陷入土壤中。

利迪爾怕得簡直快瘋了。可是不能拋下王不管。

維漢逼近到相當危險的距離，一邊吸引王的注意力，一邊指揮著貨車。

「再一次，搭好箭！準備——放箭！」

「不能對王放箭！」

儘管知道箭上沒有箭鏃，利迪爾還是無法忍受士兵對著王射箭，不禁大喊。

「古辛！古辛！你認不得我嗎！」

「王認不得！」

卡爾卡騎在馬上抓住利迪爾的手臂，語氣簡直如同哭號。

「一旦詛咒發作，王便認不得任何人。不管是你、士兵、這個國家還是國民的事——全都無法分辨了！」

他越過如果站在地上，想必已經哭倒在地的卡爾卡肩頭，看到王一邊的紅色眼睛。

「卡爾卡，往這邊！」

利迪爾拍了卡爾卡的馬，自己也逃開了。白色光球緊接著擊中他們方才所在的位置，地面宛如被落雷擊中般炸裂開來。

在確認卡爾卡平安無事，回頭看向王時——利迪爾覺得他們確實對上了眼。

「古辛！」

利迪爾絞盡力氣呼喚後，化為異形的王用微微顫抖的手撫上自己的臉，弓起了背。

「古辛……」

王聽到了嗎？王認出他了嗎？

「古辛！」

利迪爾又再度呼喚王的名字，然而王在痛苦地扭動身軀後，又格外大聲地朝著天空咆哮。

那崩潰的聲音緊繃且不祥，凶猛傳開的吼聲中不帶絲毫理性。就只是對著月亮胡亂嚎叫，發出令人毛骨悚然的聲音。

原來王所受的詛咒是會在月夜化為異形，認不得任何人的詛咒。

利迪爾回想起他溫柔的笑容。美麗波動的黑髮讓人覺得像頭年輕的猛獸。滑順得彷彿會發光的淡褐色肌膚，帶著香水氣味，耳環搖晃時閃耀的光芒，全都清晰地重現在眼底。

那樣溫柔、美麗的王卻——

「搭箭！」

不知道是第幾次聽到的這句話，讓利迪爾猛然回過神來。

「不准對王無禮！」

不管是什麼模樣，不管認不認得他們，那都是王。

士兵們不分敵我都在朝王射箭。雖然我軍的箭前端裝的是石頭，但是被擊中也很痛吧。而敵軍的是真正的箭，已經有好幾支箭矢插在肩膀和背上。至少得阻止我軍繼續射箭才行。不然王實在太可憐了。

「我們別無他法了。否則照那樣下去，王會被敵軍打倒的！」

在卡爾卡哭著大喊時，繩子纏上了王的手臂。

「很好，再一次。一口氣射出去，讓王停下來！」

化為異形的王氣憤地仰天長嚎，不斷放出雷電試圖掙脫束縛。然而隨著箭矢接連向王射去，繩子也逐漸纏住王的身體，使他無法動彈。

士兵們握著纏住手臂的繩子，在王背後跑動。王的雙腿被纏住，脖子也被繩子給勒住。繞在膝上的繩子在幾匹馬的拉動下，使得王沒辦法再站著了。

利迪爾的眼眶中湧出淚水。這模樣簡直慘不忍睹。

——父王毀滅了舉旗投降的鄰國。

——他對殘酷地殺害他們的那位王的大王子，下了含帶著臨死之際的痛苦和哀傷，以及憎恨的詛咒。

這是多麼悽慘的詛咒啊。

就算這是先王犯下暴行造就的報應，可是王為什麼非得背負如此殘酷的懲罰呢。

利迪爾不太記得是怎麼回到城裡來的。

他知道一定是騎馬回來的，可是每當看到王被五花大綁，用馬車運回城的身影，淚水便滿溢而出，無法去思考任何事情。

有人在說話。

冰冷的石製地板。從腳底竄上一股令人不禁顫抖的寒意。

——這裡是哪裡……是城裡嗎……

癱坐在地的利迪爾茫然地恢復了意識，不過還是不清楚下馬之後，究竟是怎麼來到這裡。

王的身上纏滿繩子，被人硬是拖倒在地，士兵們將王抬到那輛貨運馬車上，帶離了戰場。王的脖子和腳踝都被胡亂地纏上繩子，被有如在捕捉野獸的方式抓起來，再像貨物一樣運回來，現在則是被關進據說位於這條走廊深處的地牢裡。

——拜託您別看。別再看了。

利迪爾本來說要去陪在王的身邊，卻在入口處被卡爾卡攔了下來。利迪爾非常痛切地理解卡爾卡哭泣的原因，所以沒有甩開他走進去。

牆上嵌有無數的蠟燭。蠟燭像紅色的魚鱗般一同搖晃著，照亮了利迪爾。綁起來的頭髮凌亂地散落。髮梢燒焦了。衣服上也有不少地方留有焦痕，散發出布料燃燒後特有的焦臭味。

雙手和衣服都沾滿泥巴，手腕上留有遭枝葉劃傷的細小傷痕，血液凝結成小小的紅色血珠。

利迪爾茫然地跪在地下室的地板上。

身體動不了。儘管覺得必須去思考該做些什麼，腦中卻像是塞滿棉花，白白霧霧的，無法去想任何事——

「去清洗一下身體吧，利迪爾殿下。您渾身都被泥巴弄髒了。」

耳邊傳來伊多的聲音。伊多雖然溫柔地想要抱起自己，他卻完全不覺得有辦法站得起來。

「——那聲音……是古辛發出的聲音嗎？」

現在也能聽到從牢房裡傳出的聲音。據說他們讓王聞了有昏睡效果的藥物，但也只是讓聲音稍微小一點，那依然是在戰場上聽到的野獸咆嘯聲。

「那就是王所受的詛咒嗎！」

眼淚隨著聲音滑落。

負責看守的士兵在哭。前來探望的大臣也一樣，每個人的臉和眼睛都哭得又紅又腫。

——這麼出色的王，竟然受了如此悽慘又悲愴的詛咒。

嘴裡說著這句話，跪地哭泣的人是誰呢？

利迪爾讓伊多撫摸著背，蹲坐在地板上時，有個腳步聲逐漸靠近。

那是臉上表情彷彿被淚水給洗去，面色冰冷的卡爾卡。

「您不用擔心，只要過兩天，王就會恢復原狀了。」

「真的……嗎？」

「王是因為大滿月的光才會變成那樣。平常唯有這段時間，王會在地底下生活。那模樣也會隨著滿月過去而復原。讓王在地下休息，多少會恢復得快一些。」

經他這麼一說，利迪爾理解到這裡是哪裡了。

是城裡那個位置很奇怪的地下室。為了保護王不受月光照射，為了封住化為異形的王——王宮裡必須要有一座地牢。

「我們事前就經由密探的報告，知道你是男兒身了。」

方才靜靜走到利迪爾身旁的卡爾卡，在還站不起身的他身旁一邊踱步，一邊開口。

「卻沒想到竟是來了個這樣的廢物！」

到了現在，明白一切內情的他只能默默承受卡爾卡的批判。

走廊深處又傳來野獸痛苦的嚎叫聲。

「利迪爾殿下……」

利迪爾連挺起上半身都做不到，顫抖地蜷縮在地板上。

原以為只要自己一死就能告終的謊言，竟是如此深重的罪過。

他在伊多和大臣的攙扶下離開地下室。

清洗帶有燒焦味的頭髮，用僕役們送來的熱水洗淨一身汙泥。臉頰上有幾道淺淺的傷痕。似乎是石頭遭雷電擊中時，被飛出的碎石給刮傷的。

他做好王妃的打扮，披上頭紗，想再次去找王，然而依舊全副武裝的維漢站在地下室的門前。在陰暗的走廊上，只有半邊臉頰被油燈的光芒給照亮的維漢一臉嚴肅地開口。

「王妃，您請回吧。」

「可是……」

「身為掌管軍務之人——身為王的朋友，無法讓您進去。還請您回去吧。」

維漢平靜的語氣裡充滿作為王的守門人的堅強意念。

看來利迪爾是不可能突破他這關，進去裡頭了。

在深夜的城裡，利迪爾和伊多一起回到房間。

油燈的火光搖曳。唯有伊多的腳步聲迴盪在寂靜的房裡。

王的咆嘯不時在鼓膜內側重現，令他承受不住地摀住耳朵。

他任由髮絲垂落，低頭坐在椅子上。這時伊多一邊用熱水泡開提神的藥草，一邊開口說道。

「我們是不是本想欺騙他們，卻反倒受騙上當了呢？」

雖然是他們謊報性別、隱瞞魔法圓斷開的事情嫁過來，但要是事先得知古辛王受了這樣的詛咒，利迪爾真的會到這裡來嗎——？

他知道事到如今去想這些事情也沒有意義。可是那野獸的模樣仍烙印在眼底與耳中，揮之不去。

彎下身體摀著臉後，伊多在他眼前蹲了下來。

「利迪爾殿下，我們回埃維司特姆吧。」

伊多的語氣比過去任何一次生氣的時候都還要認真。

「待在身受那種強烈詛咒的人身邊，您會被玷汙的。如同那位側近所言，您沒有辦法提供王任何的協助。我們回去吧。您無法生孩子這根本只是瑣事。要是他們打算讓您生下怪物的孩子，那實在太卑劣了！」

「不是這樣的，伊多。」

「怎麼不是這樣！他們實際上就是藏著祕密，把利迪爾殿下帶來這裡！我們回去吧，現在就回去。寫信給埃維司特姆王，請人來接我們吧！」

「不，古辛救了我的命依然是不爭的事實。而且我已經和王約好，要一起活下去了。」

就算父王的話中有謊言，就算古辛有刻意隱瞞的真相，也唯有這約定是真的。

「那是您還不知道詛咒時的事情。偏偏還是野獸的詛咒，啊啊，真是太骯髒了！」

他可以理解伊多在胸前搓手，想要用鹽洗淨雙手的心情。

詛咒也是有分等級的，有夾帶著惡意、羨慕、妒忌、悲傷、報復，或是喚來不幸，讓對方染上疾患等各式各樣的詛咒。可是在眾多詛咒當中，將詛咒對象連結上野獸的靈魂，表示這是最卑劣低賤，要讓詛咒對象犯下的惡行之報應暴露在眾人面前，差勁透頂的醜陋詛咒——

到了深夜，王的吼聲仍未停歇。

宛如地鳴的低沉聲響撼動城堡，窗外閃過一道電光，緊接著地下室附近便傳出「轟隆」聲。是王喚來了雷電。雷電無法穿透到地底下，擊中了地面。

閃電撕裂掛著滿月的皎潔夜空。

利迪爾的房間備有寢具，不過相當簡樸，僅供在生病或身體不適時使用。如果沒有特殊原因，王妃一定得去準備用來留下子嗣的王的寢室過夜。就算是這樣的夜晚，利迪爾也必須要去王的寢室。他自己也有點想暫時離開伊多。

整理好的被褥，一旁點著散發出好聞香氣的蠟燭。

利迪爾在女官隨侍下躺上床。

他背對著從窗外射入的月光，躲在棉被裡。

就算躺在床上，也不可能睡得著——

王要利迪爾待在房裡等他回來，利迪爾除了乖乖照辦外別無他法。

只要身上沒了滿月的光，就會恢復原狀。也只能相信卡爾卡的這番話。

在更深地鑽進被窩裡的時候，利迪爾突然注意到黑暗中有什麼正一閃一閃地在發光。

他掀開棉被，看著雙手的指尖，只見上頭纏繞著淡綠色的光芒。從手腕到手掌，綠色的光點沿著他的手游移，描繪出每一根指尖的形狀。

「啊……」

利迪爾依然躺在床上，用雙手遮住的胸中突然湧上一股喜悅。

利迪爾的治癒之力傳給了王。他和王完成了契約，所以就算分隔兩地，自己的治癒之力也能傳給王。這光芒就是證據。

「太好了……」

他一直很擔心，想著王一定很難受吧，射向王的箭是不是傷到王了呢？

多少也好，想要療癒王的傷痛。

傳給王吧……

利迪爾閉上眼睛祈禱，在黑暗中朝上伸出發光的雙手。

城堡依然在晃動。也能聽到痛苦的咆嘯聲。

就算忍耐，淚水還是不斷滲出，從眼角流向太陽穴。

寂寞、擔憂，戰場的動盪，馬匹失控的恐懼，身處異國的不安，這些情緒到現在才突然一口氣湧上心頭，令他不禁想放聲大哭。

不可以哭出聲來——

儘管如此告誡自己，聲音仍從腹部深處一路竄上，彷彿要衝破喉嚨。就在他反射性用雙手摀住嘴的時候。

窗邊傳來鳥兒振翅的聲音。

「——居里……」

看到居里蹦地跳進房裡，利迪爾爬出床鋪。

發現利迪爾的居里張開羽翼，輕輕拍了幾下，停到王平常坐的長椅椅背上。

利迪爾坐上長椅後，居里歪著頭從側面看著他。

「王現在不在喔。很快，就會回來了……」

話說到這裡，眼淚便溢出了眼眶。

宛如濁流的不安化為淚水滴落。

好難過。儘管種種痛楚與不合理揪緊他的胸口，要化成言語時，仍舊只能用一句「難過」來形容。

為什麼會變成這樣呢？不管是自己，還是王——

他抓著椅背哭了。壓抑下來的聲音成了淚水。

哭了一陣之後，他把手伸向一直默默盯著他看的居里。

他一邊吸著鼻水，一邊把掌心展示給居里看。

「還記得這個光嗎？」

那些光點像是極小的光蟲在飛舞。明亮得就算在這樣的夜晚裡，也能清楚看見手指關節處的肌腱。光點接連不斷湧出，猶如被吸往某處似地消失不見。

這是曾經治好居里的光。現在正在治癒著王。

利迪爾抱住居里，心情稍微平復下來之後，向居里說了很多事情。

自己成長的城堡。有和居里不同顏色的鴞鳥生息的森林。

雖然想從指尖變出一些花來，討居里開心，出現的卻都是些轉瞬便會消失，有著淚水顏色像水滴般半透明的花朵。

居里用鳥喙啄起那些花朵，遞給利迪爾。看到牠的動作，利迪爾又溢出淚水。

話說完了，他在傷心色彩的花瓣包圍下撫摸著居里後，月光漸漸地消失。取而代之的是真正的黑暗。等這片黑暗被染紅，就是破曉時分了。

「謝謝你，居里。回森林裡去吧。」

為了避免被其他大型鳥類盯上，還是在天亮前回森林裡去比較好。

利迪爾把居里帶去陽臺，輕輕放向天空。居里朝著森林方向飛去的小小身影一瞬間便不見蹤影。

利迪爾靜靜站在陽臺上等待朝陽。

失去色彩的漆黑漸漸染上些許藍色。夜色從天頂開始緩緩泛白，有如從地面被往上推那樣逐漸亮起來。

他是第一次如此放心地迎接早晨。

滿月的夜晚過去了——

隔天晚上，他也抱著從窗邊飛來的居里，等待著王的歸來，在破曉前讓居里回到森林裡。

該和埃維司特姆的父王商量嗎？父王會不會知道什麼解決辦法？雖然有試著寫信給當上大魔法師的皇妃姊姊，但無法期待會有回應。

門在他的背後打開。伊多闖進房內。

「王回到房裡了！」

「真的嗎？」

「是的，模樣和以前別無二致。」

「這樣啊……太好了……！」

就像卡爾卡所說的。自從滿月後過了整整兩天。只要身體沐浴到的月光消失，便會恢復原狀。而且天亮時指尖的光芒就消失了，所以王的傷勢應該已經痊癒。

他連忙換上王妃的衣服，叫來卡爾卡。

看起來相當憔悴的卡爾卡臉上掛著想說些什麼，非常不情願的表情，不過或許是連開口的力氣都不剩了吧，仍舊順從地帶領利迪爾他們前往王的房間。

推開對開的門扉。

在房裡的人正是古辛。

模樣看起來和戰爭前完全一樣。

「古辛……！你沒事嗎……！」

「是啊，我沒事。」

「太好了。」

利迪爾打從心底鬆了口氣，想走到他身邊時卻突然停下腳步。

眼前的他，會變成那頭野獸——？

不。利迪爾揮去自己的記憶，繼續往前走。就算真是如此，那也不是王的錯。

利迪爾走到王的身旁，微微屈膝，再次正式地向王行禮致意。

「身上都沒有傷了嗎？」

面對利迪爾的提問，王回應他的微笑顯得有些陰鬱。

王垂下眼，從利迪爾身上別開視線。

「你看到我的模樣了吧，利迪爾。」

「古辛……可是……」

「真是可悲啊。只要看到滿月，腦子裡就一片空白，變成那種模樣。連側近、士兵們的長相都認不得。就連你的臉都——」

王用力地皺起眉頭後，用哀傷的表情凝視著利迪爾。

「據說你跑來幫忙了啊。沒受什麼嚴重的傷吧？」

他的臉上本來留有一些擦傷，不過昨晚看著手上流向古辛的光芒，途中就睡著了。

「嗯，不過沒幫上任何忙。」

「我明白。那是我的失策。若能再早一步壓制住敵軍就沒事了。」

利迪爾抵達現場的時候，幾乎已經要分出勝負了。根據事後聽到的消息，當時已經在安排王往自軍陣地後方移動。

不過還是沒能趕上，事情才會演變成那樣。

眼睛周圍帶有黑眼圈的王，疲憊地問坐在身旁的利迪爾。

「這詛咒很過分吧？如你所見，這果然不是憑人的力量能解開的詛咒。要覺得我很骯髒也無所謂。我身上現在還有野獸的味道嗎？」

「！」

被王突然湊近這麼問，利迪爾猛然一震，身體往後縮了一下。

他立刻驚覺到自己的反應，看向王。只是一時嚇到。然而已經藏不住了。

王露出寂寞的表情站了起來。

「……抱歉。你好好休息吧。」

「不是這樣的。」

「夠了，你走吧。」

「王！這是誤會！」

他連忙叫住王，從椅子上起身追了上去，王卻沒有回頭。

卡爾卡站到他們之間，隔開兩人。門在利迪爾的面前關上。

「……」

他的手按上門扉，然後「咚」地，把額頭靠在那隻手的手背上。

只是嚇到了。不過曾感到害怕也是事實。

就算腦袋能夠理解，還是沒能完全消化掉心中的恐懼。現在就算追上去，也不覺得拿得出足以說服王的解釋。

這時候手上突然湧出治癒的光芒。

王的傷應該都治好了才對。既然這樣，是哪裡——想到這裡，利迪爾懊悔地咬緊臼齒。

自己現在在療癒的，想必是王的心痛吧。

要怎樣才能讓王聽他解釋呢。

雖然拜託女官讓他和王會面，卻被以事務繁忙為由拒絕。卡爾卡則是根本不會接近他的房間，就算拜託薩奇哈大臣，大臣也只會用一句「我會轉達給王的」帶過，毫無進展可言。

試著拜託維漢吧。

不如說也只剩下這個辦法了。他吩咐女官，若是維漢到了城堡這側來就通知他。

到了下午，利迪爾接到維漢來到政務室的通知。連忙帶著女官前往政務室。

來到門前，便聽到裡頭傳來維漢的聲音。說話的對象似乎是梅沙姆大臣。

在他打算命女官開門時，梅沙姆大臣開口。

「果然是這樣啊。王妃沒有魔力的事情洩露出去了……？」

「一定是這樣。不然弗拉多卡夫沒道理會在這時候進攻我國。我軍原本就有遠勝於弗拉多卡夫軍的實力。考慮到王要是真的迎娶王妃，獲得強大的魔力，對方是不可能會攻過來的。」

「也就是說，弗拉多卡夫是在知道王無法使用王妃的力量，別說害怕，甚至覺得這是個大好機會才攻來的吧？可是這消息是從哪裡流出去的？」

「不知道。就算是對方派斥侯來，速度也太快了。如果弗拉多卡夫在那場戰爭時就知道王妃沒有魔力，那不就表示比在城裡的我們更早掌握到這個消息了嗎？」

「……」

「王妃殿下？」女官小聲地詢問利迪爾。

利迪爾低著頭，輕輕搖了搖。握緊的手開始顫抖起來。

他沒有勇氣在這時候踏進房裡。假如他們說的事情是真的，那之前的那場戰爭——王的詛咒之所以會發動，就得歸咎於自己。

梅沙姆大臣語氣不悅地說道。

「王要我們別責怪王妃。可是這若是事實——」

利迪爾小心不讓他們注意到，悄悄離開門前。他屏氣回到房裡，跌坐在書桌前的椅子上。

他這樣豈不像是個災難嗎？

欺騙伊爾．迦納，讓王和他締結誓約。這次又給了弗拉多卡夫侵攻的理由，最終導致王的詛咒發動。

他對此無能為力。儘管想著就算從現在開始也好，能否做些什麼，王的詛咒也不是那麼輕易就能解開。論起他能辦到的事，也只有療傷。然而說是治癒之力，也不過是能治好一些小傷的程度。可以治好擦傷或輕微的割傷，花上一點時間能救回一隻小鳥罷了。就連王看了很是開心，從指尖變出的那些花朵，也只是小孩子的把戲，派不上任何用場。

——要是魔法圓能正常運作——

利迪爾崩潰地在桌上摀住臉。

事到如今就算如此祈求，利迪爾的傷也是埃維司特姆的醫師們經年累月，用盡各種方法，以魔力治療的成果。不是利迪爾一個人在這異國之地有辦法能夠處理的問題。

他從梅沙姆大臣口中聽說了王的情況。

王由於詛咒，一旦沐浴在大滿月的月光下，就會變成那副模樣，甚至無法區分敵我。

平常在大滿月的這段時間，王會待在地底下的房間裡生活，這樣能將詛咒的影響控制在最小範圍內。

古辛在那之後和平常一樣處理政務，和利迪爾一同吃早餐，治理國家。他經常採納利迪爾的提案，也常問有沒有什麼覺得不便的地方——唯獨禁止進入他的寢室，利迪爾也未曾在晚餐後見過他——

年輕的女官長來到利迪爾的房間。

「王妃殿下，王差人送來的禮物已經送進大廳裡了。是當季的水果。說要請您品嘗。」

「這樣啊……幫我向王好好道謝。」

「您要去看看嗎？」

他很想說不要，然而現在就連王形式上的好意都不願錯過。一直坐在桌前，心也會越來越悶。

「走吧。真期待呢……」

利迪爾帶著女官長前往大廳。

「女官長妳還年輕，卻很能幹呢。」

她對利迪爾很體貼。雖然與其說喜歡，不如說是因為利迪爾是王的妃子，才會這麼重視利迪爾，不過仍舊是個相當和氣的人。

「您過獎了。去年，從前代王妃還在時便長年擔任女官長的人退休離城，由我接任女官長的職位，但還不夠成熟。女官當中也還有一些未仔細教育過的人在，我想王妃殿下也或多或少有些不滿吧。若有任何意見，還請您不吝賜教。」

「沒事的，大家都做得很好喔。」

「很榮幸能聽到您這麼說。可是還請您好好享受王送來的禮物。王有特別吩咐，要留意王妃的喜好。」

「真高興。」

客套的體貼行為。明明乾脆地認定是這樣就好了，卻總是會像這樣窺見古辛的體貼而感到難受。

想回報他的體貼。希望兩人能變回自己剛到城裡時的樣子。可是古辛因詛咒所受的傷遠比想像得更深，自己也驚訝於那分痛楚，傷到了王。

王不願意聽他解釋。他沒有辦法向王證明。

真心希望能夠解開王的詛咒。解開那個複雜且難解，有許多未知的部分，從未看過的不祥詛咒——

在這樣想著的時候，忽然聽到別處傳來人的聲音。

是古辛的聲音。

古辛似乎正從樓梯的方向往這邊過來。

回想起古辛看到花朵從他手中溢出時笑著的模樣，他胸中一緊覺得心好痛。

王的聲音逐漸靠近。

好想見王。可是還不能見王。要是先看過了水果，那還有道謝這個藉口可用，可是現在不管對王說什麼，王都只會像風那樣寂寞地聽過去，這比什麼都更令利迪爾難受。

他一定沒辦法笑著面對王。看到他這樣，王又會露出痛苦的表情。

「——進去裡面。」

臨時將女官長推進在走廊途中的衣帽間。自己也滑入門縫鑽進去，接著急忙在背後關上了門。

他低下頭咬著嘴唇，屏住呼吸。

不能讓古辛看到這種表情。他還不知道該怎麼說，才能傳達自己的心情——

「王妃殿下？」

在利迪爾搖頭要驚訝地看著他的女官長別作聲的時候，發現太陽穴附近有股拉扯感。他恍然驚覺，回頭看向房門。

頭髮被門夾住了。他試著拉回，頭髮卻像是被五金之類的東西給勾住，拉不進來。

古辛帶著維漢走來的聲音終究來到了附近。

怎麼辦……！

利迪爾渾身緊繃地摀住嘴。心臟噗通作響。緊張得都要冒出冷汗。

拜託別發現——

他是真的想和古辛說話。可是現在不管說什麼，都無法打動王的心。王和他之間有著一道看不見，名為不信任的深刻裂痕，不管如何發自內心大聲呼喊，聽在古辛耳裡都會遭到曲解。

他還不明白要怎麼接近古辛。還需要一點時間。如此喜歡古辛的心情，要是再繼續遭到拒絕，那他的心都要淌血了——

這時門另一邊的說話聲停了下來。他感覺到王正靜靜地靠近這裡。

應該主動開門比較好嗎？應該趁現在向王傾訴內心的痛苦，求王原諒嗎——

頭髮似乎稍稍被人拉動了。

「……『公主個性文靜怕生』。」

他聽見古辛帶著苦笑的低喃。

什麼都沒看到，什麼都沒聽到。可是他知道古辛在門的另一側做了什麼。

古辛吻了他的髮梢。

王在迎娶路上的嗓音，又在他耳裡重現。

——至少讓我有這個榮幸，吻上妳這美麗的髮梢吧。

比起認為古辛會殘忍地殺害他，內心滿是恐懼時，現在的古辛感覺更有距離。兩人的心比起古辛隔著頭紗吻他那時離得更遠，這讓他痛苦得受不了。

利迪爾忍不住淚水，抱著自己的身體，當場蹲了下來。

古辛的氣息緩緩離開門前。他平靜地開始說起話來的聲音逐漸遠去。

「王妃殿下。」

女官長悄悄地遞了塊布給不斷滴下斗大淚珠的他。

侶。

「王妃殿下，振作點……」

他咬牙啜泣著，哭得喘不過氣。

儘管是源自不幸謊言的婚禮，卻在不知不覺間深切期盼著，希望自己能成為王的伴侶。

結果他沒去看水果就折回房間。後來才由女官長從贈禮中挑選一些，請人送到房裡來。

利迪爾望著放在桌上的水果，鬱悶地坐在桌前。

必須思考的事情實在太多，而且都很沉重。然而那些事情現在確實多少能夠排解利迪爾心中的悲傷。

自己的立場、往後的事、古辛的詛咒——還有為什麼我方的情報會洩露出去。

利迪爾也認為敵軍在奇怪的時間發動奇襲這件事很可疑。對方有什麼能夠只照亮自軍手邊或腳邊的手段那還另當別論，雖說是奇襲，但他不懂敵軍故意挑在夕陽西下的時間讓兩軍交鋒的理由為何。

那時候王的側近們臉上全都露出「被擺了一道」的表情。這也讓利迪爾搞不太懂。

那時間對我軍不利，可是天空平等地橫亙在兩軍的頭頂上，所以對我軍不利，也等於是對敵軍不利。

敵國弗拉多卡夫知道王的詛咒這個假設多半沒錯。而且他們也知道王妃並未供應魔力給王。

所以弗拉多卡夫才會算準王隨著大滿月化為那個模樣，無法辨別敵我的時候發動攻勢。

伊爾・迦納軍的主戰力正是古辛這個人。

敵人應該是盤算——王在那時間會害怕詛咒，不敢出陣——或是就算出陣，也能趁王因為詛咒失控時打倒他吧。

如果真是這樣，那又是為什麼？

利迪爾又再度站到像是懸崖般斷開的理論邊緣。

弗拉多卡夫為什麼能得到我方的情報？

根據從梅沙姆大臣那裡聽到的說法，這是王第三次因為詛咒而徹底變貌。

第一次是十多歲的時候，第二次則是因為夜戰逃得太遲了。還有好幾次是在千鈞一髮之際衝進地下室，只有極少數的側近知道王的詛咒發動的詳細條件。

僅憑過去兩次詛咒的發生狀況，在沒有證據的情況下貿然挑戰「王身中野獸的詛咒，在大滿月之日，月亮離開地平線時，詛咒便會發動」這樣複雜的條件，弗拉多卡夫賭這一把的風險實在太高了。

祕密果然洩露出去了——？

古辛身中詛咒到現在，已經超過十年。一直保守至今的祕密，事到如今有可能會從側近口中外流出去嗎？就算流出去，側近的人數也極為有限。若是曝光會有什麼下場，大家也心知肚明。是有方法能避免遭到懷疑的人嗎？

而且他沒有魔力的事怎麼會外流到弗拉多卡夫那裡去？在卡爾卡和維漢他們知道之前，就把祕密洩露出去的人——完全想不到可能的人選。

「……」

這次果然也卡在同樣的地方。

在這裡還沒有人脈的他無從得知更進一步的事情。

利迪爾心想著只能找伊多商量，派他去找看看是否有可疑人物，同時放棄了思考。

正好到了熱水送來的時間。利迪爾站在浴盆前等熱水準備好。

每天都會有人送熱水到利迪爾房裡的浴盆。雖然原因是這是王要疼愛的身體，不過對喜歡泡澡的利迪爾來說可是感激不盡。

呈橢圓形，打磨得十分光滑的石製浴盆裡注入了半滿的熱水。

熱水的溫度比體溫略高一些，裡頭滴入了好聞的香油。

用來清洗身體的是乾燥後的植物纖維。

用兩端束起，柔軟得有如布料的纖維束摩擦肌膚，肌膚就會變得光滑柔嫩。

利迪爾讓一頭金髮漂浮在水面上，長聲嘆息。

一切都進展得不順利。無論是解咒、謎團，還是他和古辛的關係。

利迪爾用手指挑起漂浮在眼前的一縷髮絲，試著用嘴唇碰觸了應該是王的唇吻過的地方。

一滴水珠落在水面上。

想著古辛，就心痛得不得了。

自己為什麼會是自己呢？

要是能傳送魔力給古辛，狀況就會改變了吧。畢竟就算沒有王妃供應魔力，王也能降下那樣的雷。那樣想必能在瞬間分出勝負，古辛也就有足夠的時間逃離月光了。

「……」

利迪爾抬起左手越過肩膀，摸了摸自己的背。

手指滑到肩胛骨附近時，指尖摸到一塊微微隆起的東西。試著按壓就會發現皮膚深處有一塊腫瘤，凸凸硬硬的。

那是一個很小的傷痕。不過大概比外觀看起來更深入體內。以前受傷時背上的骨頭似乎斷了。聽說醫生還說傷或許深及肺部。古辛在那之後就沒跟他說過開心的事情了。

主動向古辛搭話，古辛會聽他說，也會回應，可是不願再像以前那樣敞開心胸，溫柔地與他分享那些無關緊要的心情。

利迪爾用力地將指甲戳進自己的背上，在熱水裡縮成一團。

——這是和王妃一樣，美麗的治癒之紋喔。

以前每當有人這麼說就很令他得意的背，害死了母親，現在也折磨著古辛。

在那場戰爭後，利迪爾的身邊發生一點怪事。

又來了——

有人在看他。雖然不會有人追在身後，可是只要彎過一個轉角，前面又會有另一個人在盯著他。

他是男兒身的事情曝光了嗎？

不，待在這個區域的全都是知道利迪爾是男人，並為他保守這個祕密的人。

一小部分燒掉的頭髮在編髮時藏到裡頭了，他又戴著頭紗。身上穿的也是卡爾卡為他準備的衣服。

儘管人數不多，可是持續有人在看著他。

——受到監視了……？

怎麼可能。他否定這個忽然掠過腦海的想法。與故鄉埃維司特姆斷絕往來，待在城裡閉門不出的他，是能做些什麼呢。

一直被人的視線盯著讓他不太舒服，沒享受吹過迴廊的風便回到房裡。

他才進房，不知何時走在身後的伊多也像是把他推進房內似地跟著走進來。

「利迪爾殿下，發生什麼事了嗎？」

「你是指什麼事？」

「有人在到處問利迪爾殿下會騎馬的事。」

「為什麼？」

「我不清楚。似乎是有人在打探有沒有金色頭髮，身穿異國服飾的年輕人使用過馬匹的跡象。」

「我……？」

那肯定是在說他吧。可是別說用馬，自己自從嫁來之後，就從未不帶任何人外出過。就連在那場戰爭中也一樣，身旁不是有卡爾卡，就是有負責管理貨車的士兵在。

「被監視了嗎？」

「我是這麼想的。是我太過操心了嗎？」

「不，我也正在猜是不是這麼一回事。可是……為什麼？」

兩人在門內竊竊私語時，有腳步聲接近，感覺在門前停了下來。

他和伊多面面相覷，雖然觀察一下對方是否有打算進房，門前卻靜悄悄的。

——出了什麼狀況——

他們不知道站在門另一邊的是誰，但那個人正在偷聽他們說話。

†
†
†

古辛外出去參加先前那場戰爭的和談會議了。

敵人說不定知道那隻野獸的真實身分。古辛明白這點，仍要裝作若無其事的樣子，作為國王去參加和談會議。利迪爾光是想到古辛內心的感受，胸和胃部一帶便感到一陣絞痛。

不管怎樣，弗拉多卡夫都知道他沒有魔力的事了。他也聽到大臣在擔心弗拉多卡夫會一下子得寸進尺起來。

雙方在戰線上依然持續相互較量。若是發展成大規模的戰鬥，又會變得像那場戰爭一樣。而且時間會拖得很長。

開始看不到白天的月亮了。後天又是滿月之日——

利迪爾茫然地讓三位女官圍著自己。

為了在晚餐前換好衣服。

來到這個國家後，利迪爾仍穿著埃維司特姆式的衣服生活。女官們和伊多會交互過來為他更衣。

經過兩個月，女官們穿衣的動作還是沒變得俐落起來。伊多一個人幫他穿還比較快。

——這裡的女官打結都會打成直的。

伊多之前有為此生氣過，不過他到現在才稍微理解原因。光是把結打成直的，就會莫名碰到某些地方。像是手肘或是手臂，繩結的兩側一不小心就會碰到哪裡的肌膚。

是不是該乾脆要她們把結打成橫的呢？畢竟這是往後一輩子的事——當他這麼想的時候，發現有個結打成了橫的。

正想問女官是不是為他特地練習過的時候，窗外傳來了聲音。馬蹄聲、車輪聲、鎧甲相互摩擦時的金屬碰撞聲，還有腳步聲。

「可以了。」

利迪爾要打算繼續做細微調整的女官們停手，奔向窗邊。

小規模的軍隊——是古辛。

古辛剛在梅沙姆大臣和卡爾卡，以及其他幾位側近的圍繞下回到王城。

利迪爾抓起頭紗，衝出房間。

沿著後方的樓梯下樓，往地下室的門前跑去後，古辛也正好回來了。利迪爾跑到他的身邊。

「你要去地下室對吧？」

古辛會在滿月的前一天前往地下室。白天就看到有人把資料從辦公室搬到地下去，所以他想古辛應該是會去那裡。

雖說是地下室，但除了牢房以外，其他房間都有打理過，符合王生活的水準，只是照不到滿月的光罷了。白天王會像平常一樣在城內活動，太陽西斜後提早前往地下室。一個月裡面唯有三天需要這樣做，並不是什麼難受的生活。

「我也一起去。」

他正好換完衣服。古辛應該會在地下用晚餐吧，自己也想這麼做。

卡爾卡介入他們之間。

「您不是覺得王很噁心嗎？」

「我……只是有點嚇到了。因為連想都沒想過。」

他老實地陳述自己的想法。他並沒有輕視古辛，也不覺得噁心。就只是嚇到了，除此之外沒有其他的意思。

在那之後，古辛從未和利迪爾共度任何私人時間。就算他以書籍為資料，提出有趣的假設，古辛也只會叫他告訴卡爾卡。在謁見後想談談，古辛也會以身體不適為由婉拒。

「等下眾人要開會。和鄰國的交涉很難找到雙方的妥協點。」

「我也來幫忙，我記住地圖了。」

「不，軍師的人手已經夠了。王妃殿下？」

卡爾卡邊說邊用動作示意，要他離王遠一點。

維漢和大臣們也用冷漠的眼神睥睨利迪爾後，隨著王走向前往地下室的入口。

利迪爾默默地站在原地，目送一行人離去。

「……我們回去吧，利迪爾殿下。」

追來的伊多低聲對他說。

「是對方叫我們回去的。」

「如果是古辛這樣說，我會考慮。」

別說生不出孩子，無法使用魔法這件事，也嚴重背叛了王和大臣們的期待。讓其他國家得知他沒有魔力一事，也破壞了戰爭相互抗衡的局面。

自己不斷帶來災難，傷了古辛。

他怕得顫抖，悲傷讓心好痛。

利迪爾是因為古辛對他說要一起活下去，兩人之間的誓言還健在，才會留在這裡。

若是遭古辛疏遠，他也只能回去。可是他想回報些什麼給王，至少想解開寂寞的王心中的誤會。

和談進行得很不順利。

伊爾·迦納原本就和弗拉多卡夫長年互相爭奪領土，國境邊總是在進行小規模的鬥爭。現在雖然不打算根本性解決這些問題，可是戰爭要是繼續拖下去，就會碰上作物收穫的時期。弗拉多卡夫的土地比伊爾·迦納更為寒冷乾燥，絕不是什麼豐饒的國家。要是因為戰爭而錯過收穫時期，便要度過飢餓的寒冬。

只是暫時的也好，希望可以放下武器休兵。面對伊爾．迦納這應當令他們十分感激的提議，弗拉多卡夫的態度卻很強硬。

或許是因為對方知道利迪爾沒有魔力，而且也發現野獸的真實身分了吧。就算想要反過來利用這點當作談判籌碼，要是對方沒發現這件事，反而是畫蛇添足。伊爾．迦納也已經相當退讓了，儘管如此雙方的條件還是談不攏。

弱點一口氣暴露出來的伊爾．迦納已經被對方握住了把柄。

「滿月明明就快到了啊……」

大臣的低語傳入利迪爾耳中。在做好覺悟的前提下，我軍打算趁滿月前靠著軍力盡可能壓制對方，把對方逼入絕境後，再提議停戰。

利迪爾聽說古辛今天就是為此出陣的。

利迪爾吃過早、午餐，算準古辛前往辦公室的時機，壓低腳步聲，悄悄地走在走廊上。

他看見古辛的背影。波動的美麗黑髮和精實的腰部，優美得像頭年輕猛獸。

「古辛。」

他出聲後，古辛轉過身來。

「我有話要跟你說。」

「是嗎，我也有話要跟你說。你回國去吧。再繼續留在我身邊，也不會幸福的。」

「你誤會了！」

利迪爾之前懼怕的反應傷到了古辛。利迪爾纏著沒停下腳步的古辛，繼續說著。

「請你聽我說。我只是嚇到了，真的只是這樣。」

「不用安慰我了。」

「我知道自己犯下的罪有多深。」

「利迪爾你沒有錯。」

「既然這樣，請讓我留在你身邊。至少在決定下任王妃之前，儘管只是聊勝於無的程度，讓我為你療傷——」

話說到一半時，王突然轉過身來。

「我不需要下任王妃。我不需要你以外的人。」

他彎起精悍的眉毛低聲說道。

「古辛……」

「被你看著覺得丟臉到了極點！過去都覺得這是無可奈何的事。現在卻覺得自己很可悲、悽慘。就因為有你在——！」

古辛痛苦地皺起眉頭時，利迪爾連忙抓住他。

「古辛。」

然而古辛抓住利迪爾的手臂，把利迪爾從身上拉了開來。

文官攙扶著沒站穩腳步的利迪爾。

「帶王妃下去，謹慎點。」

「是。來，王妃。王接下來要出陣了。」

「王！古辛！請聽我說！」

抓住利迪爾的手從兩隻變成四隻。大臣站在前面擋住他的視線。

「古辛！」

就算利迪爾的呼喊響徹王宮的走廊，也傳不進王的心裡。

要多重——自己到底要傷古辛傷得多重呢。

他回到房裡，用手摀著臉，像以前的古辛那樣揪著頭髮嘆氣。

把這件事告訴伊多後，伊多只說「這是命運的安排吧」，便靜靜地去為他取茶來了。

或許真是這樣吧。利迪爾低著頭坐在椅子上。

開端是父王為了逃避而編出的謊言。明明是為了彌補謊言前來送命，卻因為他在這裡的緣故，導致伊爾・迦納陷入如此不利的狀況，折磨著王。

終於連古辛都親口叫他回國了。

要是古辛怨恨他、拋棄他那也就算了。古辛卻說只需要利迪爾，露出小孩子快要哭泣時的表情，說自己的命運令他感到丟臉，痛苦不堪。

如果自己不在了，古辛會稍微輕鬆點嗎？可是古辛說不會迎娶下任王妃，他這樣豈不是只會在古辛的胸口留下更大空洞嗎？

在利迪爾遮著臉，反覆不斷地煩惱著只有古辛才知道的答案時，傳來了敲門聲。是圓潤又沉重的聲音。敲門的不是伊多。

進房來的是薩奇哈大臣，手上抱著好幾支捲起的紙捲。因為看起來非常重，讓他卡在入口處無法前進，利迪爾便過去幫他一把。

「利迪爾殿下。我聽說利迪爾殿下在魔法方面略有小成。想請教您對這個有什麼看法？」

他邊說邊把一張巨大的紙攤開在桌上。利迪爾拿起那張紙細看，只見圖面上畫滿了圓和線。

「這是？」

「是將白天月亮在天空中的位置紀錄下來的圖面。這是剛剛才送回來的。而這張則是昨天的圖面。這張是前天的。」

「……很奇怪呢。」

「這雖然是斥侯畫的，不過他長年從事這份工作，可以相信他的技術。聽說利迪爾殿下很了解這方面的事情。」

「嗯，因為天體是魔法學的基礎。」

觀星識月。計算天空給予植物及地上帶來的影響多寡，也是埃維司特姆王室重要的職責。

「時間對不上。至少快了幾個小時。」

雖然覺得只有斥侯畫錯了這個可能——

利迪爾猛然驚覺過來，奔向窗邊。

從窗戶看出去的天空和圖面上一樣。二之月位在奇怪的位置。

「這是陷阱！敵軍中——有大魔法師！」

「這是怎麼回事？」

「他們利用魔法移動這個月亮，讓滿月提前一天！」

二之月是魂聚集而成的。若是大魔法師，便能移動二之月。可以配合天體之月的運行，讓一個月理應只會出現一次的大滿月提前到來。

「王他——」

「王一早就出發了。」

「我知道！」

破曉後，王的隊伍就立刻帶著幾乎可說是要大舉開戰的大軍出發。

今天和談條件還是談不攏的話，他們原先是計畫在大滿月期間普通地作戰，王在滿月過去的同時出陣。所以要是利迪爾想回埃維司特姆，現在正是時候，不然就要等這場戰爭告一段落了。

利迪爾知道馬廄的位置。他抓著褲子和斗篷衝出房間，在柱子後面脫下王妃的衣服，跑下樓梯。

要追上隊伍只有騎馬一途。

——有人在到處問利迪爾殿下會騎馬的事。

現在騎馬不是個好主意。說不定會引人起疑。但是沒有其他手段了。

外頭有些涼意。帶著斗篷出來是對的。

他發現之前那位擔任馬夫的老人後跑了過去。

「喔喔，這不是傳令的小伙子嗎？又被拋下來啦。」

「是啊。請借我一匹跑得快的馬。沒時間了。」

「要是途中被甩下來，那再快也沒用啊。」

「不要緊，我騎得了！」

利迪爾逼近後，老人便一邊說著「我年輕時也總是這樣說，老是在騎些不受控的駻馬……」這種話，一邊牽出一匹比上次體型大上一圈，有著深褐色毛皮，光澤亮麗的馬兒。

「雖然牠接連參戰沒有休息，不過不用背著裝備，就只是載著你這個瘦瘦小小的人，應該無所謂吧。」

「多謝。」

利迪爾在佩服老人為馬上鞍的動作之俐落後，騎上那匹馬追上伊爾．迦納軍的腳步。

儘管已經過好一段時間，不過畢竟是帶著步兵的軍隊。騎馬的話還追得上。

策馬奔馳後，看到一匹馬正朝著他跑來。掛在馬胸前的布條上有著伊爾．迦納的圖樣——是真正的傳令兵。

「請等一下！停下來！」

見他揮手，傳令放緩馬兒的腳步。

「你是什麼人？」

「我是瑟雷國皇太子的弟弟。得到王的許可，前來觀摩軍隊。」

「喔……喔。」

一臉困惑的傳令又想起正事，對利迪爾說道。

「殿下您在這裡掉頭回去比較好。已經開戰了。是對方在城前主動迎擊我軍。居然從旁襲擊前來會談的隊伍，太卑鄙了！那麼我先走一步了。」

說完這番話，士兵又策馬狂奔。利迪爾就這樣和他錯身而過，繼續朝著反方向前進。他沒空拿劍。不過利迪爾的目的只有告訴他們「滿月會提前一天到來」而已。

戰鬥發生在敵國不遠處的草原上。已經可以看到伊爾・迦納的後方支援兵了。找到一群正在將弓及木棒堆在馬車上，打算送往前方的男性們之後，利迪爾便先往那裡跑過去。那是卡爾卡在上次的戰爭中介紹給他認識的男性。男人看到利迪爾，露出驚訝的表情。

「殿下您又跟過來了嗎？」

維漢多半沒對這男人說過利迪爾的事吧。或是話傳到哪裡就停下來，維漢也沒掌握住狀況。不過這也幫上了利迪爾。要是對方知道是王妃，一定會攔下他。

「卡爾卡閣下今天在哪裡？他叫我要跟上去。」

「我想卡爾卡閣下應該在隊伍中間一帶協助調度士兵。」

「我明白了。」

「殿下！」

男人對著朝著前方跑去的利迪爾大喊。

一句話就好，得叫古辛趕快逃走才行。

士兵們已經開始躁動不安。有人發現月亮的狀況不對勁。

「不行，沒辦法撤退。滿月什麼時候……現在？」

他騎馬穿過不知所措的話語間，尋找卡爾卡。

卡爾卡應該在隊伍中央附近。他的馬身上披著的藍色障泥很醒目——

「卡爾卡！」

利迪爾在遠處看到卡爾卡，大喊出聲。雖然卡爾卡似乎沒聽到，不過又叫了好幾次並騎馬接近後，卡爾卡看向了這邊。

「月亮會提前升起。快讓王退下前線。」

「這是怎麼一回事？是觀測手搞錯了嗎？」

「詳細的事之後再說。有大魔法師在。總之先救王。」

「我明白了。請您先逃走吧，利迪爾殿下。」

「我也要幫忙。」

「不需要。軍隊已經在爭取能讓王退後的時間。可是恐怕來不及。」

「來不及？」

「事情發生得太突然，沒有做好要捕捉王的事前準備！」

就算王現在退下前線，也來不及回城。弗拉多卡夫就是為了浪費王撤退的時間，才會在這種地方進行拖延時間的戰鬥。

他仰望天空。二之月已經升了上去。

「請您快點逃走，王妃。」

「我不要，救救古辛啊！」

照這樣下去，大家只能把古辛丟在戰場上逃跑了。

「沒辦法。要是不能在月亮升起之前殲滅敵軍——沒人能提供魔力給王的話，我們是不可能辦到的！」

利迪爾無法供應魔力給古辛的原因，已經透過古辛告訴眾人了。

他沒辦法。背上的魔法圓因為舊傷而斷開，一切都在那裡中斷。不管利迪爾多麼努力，多麼強烈地祈求也一樣。

利迪爾下馬，從地上撿起一段折斷變形的劍尖。

「王妃！」

「聽我說，古辛！」

已經開始受到月光的影響，臉頰上長出毛髮、冒出鬃毛，半化為野獸的古辛回過頭來。

古辛的紅色雙眼中仍帶有理智。

「──我現在就給你魔力。」

利迪爾扯開衣服上的鈕釦，大幅露出右肩。

他們已經完成契約。一旦魔法圓重新連結，理應能將魔力傳送過去。

他不需要用手指確認，也很清楚傷痕的位置。因為那是自小便因寂寞、留戀，來到這裡之後又因歉疚而反覆摸過無數次的傷痕。

利迪爾將撿起的劍尖刺入背部。泛白的傷痕在肌膚下形成腫瘤，他宛如要把腫瘤挖出來似地劃破皮膚。劍尖碰到了什麼堅硬的東西。他也不管，只顧著把腫瘤從中劃開，深深地將劍刺進舊傷底部。

就在這個時候。

他覺得體內一下子熱了起來。

感覺血液一口氣流過體內所有的血管。不，流過的大概是魔力吧。那股平常只會纏繞在指尖上的魂的流動在全身上下循環。等待著某人的呼喚。

「利迪爾——！」

他聽到古辛的聲音。回過神，想看向那邊的瞬間，感覺到體內的力量被吸走了。

在利迪爾雙腿一軟，跪倒在地的瞬間，世界變成了一片白。

那是一聲足以震碎大地的巨響。撕裂天空、劃破大地。閃電如瀑布般朝著王傾注而下，王則是對著敵人揮下那些閃電。

周遭的士兵都張口結舌地看著前方。大地被掀起，中央的敵軍已消失無蹤。

「……太驚人了。」

在聽到某人的低吟聲後，周遭立刻「哇」地歡呼起來。

這下就能退離前線，可以救出古辛了。

「動作快！快帶王回去！」

古辛又往大地揮下一次帶著閃電的劍。用來救出王的馬車順利發車，穿過陷入混亂的敵軍。

「太……好了……」

利迪爾茫然地跪在地上，喃喃低語。這樣古辛就能逃出去了。

體內所有的精力彷彿都從骨髓裡被抽得一乾二淨。光是呼吸就用盡全力。

士兵們高聲呼喊，從左右兩側跑過的景象變得模糊不清。只有土壤的氣味莫名地清

晰。意識逐漸遠去

——利迪爾王妃，快站起來！您會被馬踩到的！

好像聽到卡爾卡的慘叫聲，不過在那之後就像墜入夢中，世界化成一片白，唯有他無止境地深深落下。

王被帶進了地下室。

王在撤退時被滿月照到，已經半野獸化了。可是在王主動配合捕獲的情況下，儘管是臨時才做準備，還是比以前更輕易救回了王。

利迪爾說想陪在王的身邊，這次卡爾卡答應了。不過他只允許利迪爾進去，伊多不行。

利迪爾被帶到一間巨大的石製房間，鐵柵欄上密密麻麻纏滿除魔用的荊棘，王的手腳、脖子還有長長的吻部，也隨著鐵製的戒具一同纏上荊棘。

那令人痛心的模樣讓利迪爾流下淚水。他摀著嘴，哭坐在地。實在太過分了。一想到古辛必須忍受這種詛咒，就覺得這一切實在太不合理了。

頭上傳來站在他身旁的卡爾卡的嗓音。

「您滿意了嗎？利迪爾王妃。因為成功避免詛咒完全發動，王服下藥物，睡得正熟。請您也回房去吧。」

「……我要待在這裡。」

「您就算想犧牲自己照顧王也沒用。王不會記得的。就算記得，也只會讓王顯得更為悽慘。」

卡爾卡伸出手要他抓住，他卻搖了搖頭繼續坐在地上，朝著纏滿荊棘的鐵柵欄伸出手。

「我不會讓古辛一個人留在這裡的……」

要古辛身上纏著光碰就痛，如針般的荊棘，獨自忍耐到滿月過去，實在太痛苦了。

利迪爾凝視著牢房深處，眼淚撲簌簌地落在地上。卡爾卡從他頭上冷漠地說道。

「真意外。本以為您只是活祭品，一旦發現我們有任何缺失就會立刻回去，若是想待在這裡，那就隨您吧。不過要是做出向王搭話，或是發出太大的聲音這種會吵醒王的事情，那我就算是用拖的，也會要您離開這裡喔？」

利迪爾點頭表示他明白之後，卡爾卡便走向走廊另一頭，悄悄離去。

「古辛……」

利迪爾沒發出聲音，只動了動嘴唇來呼喚他。

小小的綠色光點輕飄飄地在古辛的身體周遭來回飛舞。自己的祈禱有傳達給他。這是利迪爾唯一的希望。

突然醒過來後，利迪爾發現自己靠在牢房的柵欄角落睡著了。

利迪爾又更用力拉緊包在身上的斗篷，縮起身體。

全身上下都好痛。好冷——這裡明明有點著小小的燈，眼前卻霧濛濛的，看不清楚王的身影。

他揉揉眼睛，這時卡爾卡靠了過來。

「王差不多要醒過來了。請您回房去。伊多閣下已經到入口處來接您了。」

外面已經是早上了嗎？滿月怎麼樣了？

「我會跟王說您沒來過這裡。可以吧？來，請您站起來。」

「……不要，碰我……」

他不想離開這裡。這次一定要告訴古辛，不管你變成什麼樣子我都不怕。不管你受了怎樣的詛咒，都不會影響我們的誓言。也不會影響說好要一生陪在你身邊的那句約定。

「王妃？您發燒了嗎？」

就算卡爾卡碰了他的臉頰和脖子，他的上半身也搖搖晃晃，沒辦法好好支撐住自己。

好冷。背上好燙。昨晚明明也就是傷口會痛而已，現在卻是心臟每次「噗通噗通」跳動時，傷口便會隱隱作痛。

「王妃……？失禮了。」

卡爾卡掀起他裹在身上的斗篷，不禁倒抽一口氣。

「王妃。」

衣服一角被掀了起來，讓他下意識看向該處，只見利迪爾的衣服連下襬都被鮮血給染紅了。地板上也有一小灘血漬。

「這麼嚴重……」

卡爾卡痛聲低吟。

卡爾卡不知道。斷開利迪爾魔法圓的傷痕延續到身體深處。只是劃破肌膚是沒辦法觸及那裡的。

當時只能這麼做。因為他覺得古辛就要死了——

沒了身上的斗篷，在感覺到冷的瞬間，他的意識忽然遠去。

「利迪爾王妃！」

聽到了卡爾卡的聲音。明明是卡爾卡自己說不可以大聲說話的啊。

他聽見了王的聲音。

雖然是忽遠忽近，嗡嗡地滲開的模糊聲音，但那是古辛的聲音。

──血已經止住了，可是傷口很深──

──好像是用折斷掉在地上的劍，所以可能是細菌……或是劍上可能塗了毒藥──

──傷口在魔法圓上，沒辦法縫合。雖然綁住固定了，可是開始腫脹化膿──

利迪爾躺在床上。

身體簡直不像是自己的。他像是在水底一樣，眼前的景象扭曲變形，聲音也模模糊糊的聽不清楚。眼球明明很乾，卻流著眼淚。胸口好難受，關節好痛。背後好燙。好冷──

「利迪爾殿下，振作點。」

伊多雖然也會用簡單的治癒魔法，但他擁有的是風的魔力。雖然能治好擦傷或是碰撞瘀青那種程度的小傷，可是面對利迪爾嚴重的傷勢，就連舒緩疼痛都辦不到。

喘不過氣。發不出聲音。

誰可以幫他轉達給王呢。讓王知道他一點都不怕王。知道他是打從心底想要待在王的身邊——

頭上傳來醫生的聲音。

「——還請做好有什麼萬一時的心理準備。」

「不可以。找些什麼更有效的藥來！請從埃維司特姆叫魔法醫師過來！向國王報告此事，請他派人過來！」

他聽到伊多哭喊的聲音。在那尖銳的嗓音揪緊他的頭，令他痛苦呻吟時，有股某人用大手從背後撈起他的感覺。

「利迪爾。」

突然聽到這清楚的聲音在叫他，利迪爾拚命地抬起彷彿結凍的眼瞼。

眼前是古辛漆黑的雙眸。

溫暖的臂彎，強烈的香水。

「啊啊……古辛……你沒事……？」

他抬起到指尖為止都像灌鉛一樣沉重的手，撫上古辛的臉頰。

「你怎麼這麼亂來。」

「因為——我以為，你就要死了……」

「你怎麼這麼傻。」

古辛宛如嘆息似地痛苦低喃，抱緊利迪爾。古辛淚溼的臉頰蹭著他。手臂也在顫抖著。

「要是我不在，你就能回埃維司特姆去了啊——」

古辛，我的王啊。

我已經一點都不想回埃維司特姆去了。

「……」

「利迪爾！」

利迪爾想動嘴唇說話，可是不知道究竟有沒有發出聲音。

雖然點頭回應了，卻不清楚心意是否有順利傳達出去——

利迪爾在撫著王臉頰的手上施力。從指尖便生出像雪一樣的純白花朵。

現在更重要的是，他好怕自己可能會拋下古辛一個人死去——

他的意識像是沉在火熱的水底，不時會輕輕浮上。

有時會馬上暗下來，也有明明很亮，卻什麼都看不見的時候。他作了惡夢。看到母親逐漸走向另一頭的身影。

媽媽、媽媽。不要走。

誰來幫幫忙，阻止媽媽。

他在扭曲的世界裡呼喚著母親。然後——

——古辛——

忽然回過神來，發現古辛的大手握著他的手。

每次醒來時，古辛都在身邊。

胸中像是塞滿燒燙的石頭。肺像鉛一樣沉重，全身熱得像是被煮熟了。治癒魔法要應付輕傷是沒問題，對生病卻沒有幫助。就算想治療自己，也只會讓病毒擴散到全身，使病情惡化。

「利迪爾。」

有人用溼布擦了擦他的額頭，利迪爾輕輕睜開眼。

「古辛……？」

他看到一臉疲憊的古辛。他的臉上長出了鬍子，頭髮也亂糟糟的。

古辛一定是片刻不離守在他身邊吧。拋下政務，像這樣不斷地用溼布為他這個男兒身的假王妃擦著額頭。

「你為什麼哭？」

「我……喜歡你，古辛……」

「利迪爾……」

「跟我說，說……關於雪……的事……」

「利迪爾……？」

還想再多聽古辛說各種事情。用皮革製的雪橇從草原斜坡上滑下來的事，和不知道他是王的農民，一起蒸熟並分食從山裡採回的巨大果實的事。在要花三天才能站起來的小馬站起來之前徹夜沒睡的事。下雪就騎馬踢散雪堆，到春天就在漫天飛舞的花瓣中出去散步的事情。

「──和你，一起………」

無論是開花時、降雨時、下雪時。

就算無法盡到王妃應盡的責任。

也想和古辛一起活下去。

那是非常遙遠，令人心急難耐的夢。

他變成居里或是其他的鳥，俯瞰著離開埃維司特姆城後的自己的夢。每當從天空俯瞰自己時，總是會忍不住想叨念，想說那時的心情才不是這樣，那時候要是這樣講就好了。

好想見古辛，想回到婚禮的那一晚。

「……」

白亮的光線讓他睜開眼睛後，在肩膀旁邊看到光耀動人的黑髮。

他從很久之前開始就喜歡上古辛了。明明這麼喜歡他，自己為什麼會沒注意到，也從未說出口過呢？

身體變得輕盈多了。原先像沼澤一樣帶著他浮浮沉沉的被褥，現在也確實地支撐著利迪爾的身體，沒有要繼續下沉的感覺。

得救了吧。

儘管只是沒來由有這種感覺，但他很確定。可以順暢的呼吸。雖然身體還使不上力，不過體內沉重又難受的火熱病魔已經幾乎全都消散了。

他用手指撫過古辛起伏的美麗黑髮。

也試著觸碰他光滑且晒得黝黑的眼角肌膚。

古辛像個孩子似地茫然睜開眼睛後抬起頭，瞪大了雙眼。

「……利迪爾……」

他有辦法好好出聲嗎？

該對醒來後想必非常驚訝的古辛說些什麼才好呢？

利迪爾的右肩尚未消腫，因為用布固定住不方便用餐。要是起來看書，傷口就會開始犯疼，體溫也會升高，所以只能待在床上靜養。不過沒什麼再發燒了。傷口也只要不動就不會痛。傷口附近像小時候一樣被醫生用布紮實地固定起來，讓他莫名有股懷念的感覺。雖然沒辦法動有點難受，不過這也是身體的狀況在恢復的證據吧。

在傷口確實癒合前，這也是無可奈何的事。得在床上吃飯也是因為是病人，是無可奈何的事，可是——

「怎麼樣？」

坐在床邊，手裡拿著湯匙的人正是古辛。

「很……很好吃。」

「那太好了。其實現在這個時期卡榭的果實正好吃，可是醫生說你的身體狀況還不能吃生冷的水果。可惜當季水果最好吃的時期轉眼就會過去了。」

古辛在餵他吃飯。好像是聽說他還有點發燒，吃不太下飯就跑來了。

「古辛，可以了。我會拜託伊多幫忙的。」

「不用，我來餵你吃。」

說真的，他實在不習慣古辛餵他的動作，沒有比這更不方便吃飯的狀況了，但這畢竟是人家的好意。就算利迪爾客套地說不好勞煩王做這種事，古辛也會堅持說來照料生病的王妃有什麼不對，不肯聽他的意見。

「怎麼樣？」

「很好吃……可是你應該很忙吧？」

王每餵一口就要問一次也很傷腦筋，忙於軍議的王應該沒空來照料他才對。

「很忙。不過我會在晚上做完該做的工作。」

「你這樣太勉強自己了。」

「完全不會啊？」

在利迪爾已經找不到話來反駁遲遲不肯退讓的古辛時，門那邊傳來「叩叩叩」的敲門聲。是一臉無奈的卡爾卡。

「王啊，差不多到眾議的時間了。」

卡爾卡還是老樣子，對利迪爾很冷淡，不過冷淡歸冷淡，還是有確實準備所需的布和藥，聽取並紀錄醫生的指示。照他的說法——是因為要是利迪爾死在城裡，會是國交上的大問題。

「知道了，我這就去。」

古辛說完後吻了利迪爾的臉頰。

「慢走。」

在古辛像是撫過傷口似地輕輕伸手環抱住他，利迪爾也主動把臉頰湊上去的時候，古辛在他的耳邊低聲呢喃。

「好好休養。我想早點抱你。」

看著站起身，披風一甩便走出房間的古辛，利迪爾用左手抱住頭。

「體溫又上升了……」

好不容易才降下來的，這一下又臉頰發燙，胸口變得好難受。

利迪爾凝視著關上的門，想靠著呼吸平靜下來，掌心裡卻湧現出一股暖意。

他從指尖創造出了花朵。讓人有些癢癢的亮橘色花朵——接二連三地——滿溢而出，多得足以埋住整張床。

「咦……？」

「利迪爾殿下？」

卡爾卡聽來有些不知所措。

他一邊用困擾的語氣說著「我是知道您很幸福」，一邊努力用手分開在床邊堆成小山的花朵。

†††

利迪爾的傷口已經癒合，右手也可以自由活動了。現在可以好好用餐，就算長時間起來活動也不會有事。要是能去練習劍術或騎馬，感覺能更快恢復活力，不過身為王妃很難這麼做吧。

利迪爾把油燈放在桌上，正在繪製圖形時，伊多出聲提醒。

「利迪爾殿下，您該上床休息了。」

「嗯……再一下下。」

自從可以從床上起身之後，利迪爾便開始認真試著解除古辛的詛咒。

王的詛咒極為強大、駭人，為了解咒而將詛咒描繪在紙上，紙甚至會在畫完之前就化成灰散去。

就算是這樣，他還是拿出魔法王國埃維司特姆出身的志氣，試圖解咒。

桌上散落著創造出來解悶的花朵。每朵花都跟利迪爾現在的心情一樣，又白又小，扭曲成一團。

往前走一步就會碰上死路。想說換個方向看看又馬上碰壁。

從懂事起就知道自己的魔法圓無法運作，所以很努力念書。他自認相當了解以文字寫成的魔法學。以前接觸到什麼就學什麼，不管是歷史、魔術，還是詛咒。因為希望能多少找到自己活著的意義。

儘管如此，王的詛咒實在太深了，他不覺得在有生之年能解得開——

「您也解不開嗎？」

「這詛咒很強，而且非常深。大量的術式層層疊疊，讓人看了都快失神了。就算是這樣，只要拿出毅力一一解開那些術式，應該就能解開詛咒，但問題是空白的部分太大了。一般來說，有空白的情況下，可以從周遭的術式推測出空白處的內容，可是空白處太大，推測根本沒有意義。」

就像是一張巨大的畫只有畫框一樣。比方說圖上畫的是一頭大象，就算只能看見鼻子和腿，也能輕易推測出畫的是大象，可是現在這詛咒就像是中間挖空，旁邊只畫了一片草原的狀態，不知道要怎樣才能推測出正中間畫有些什麼。

「——我想這裡應該有什麼吧。」

沒畫在這個術式上，要拼湊進去的什麼東西。比方說作為詛咒核心的道具。

要是能連那個也一併解開就好了，可是憑他一己之力，沒那麼容易就能解開。

「要是有羅榭雷緹亞姊姊在——」

「您有寫信給她了吧？」

「是啊，已經寫了好幾封……不過應該沒辦法吧。」

先嫁出去的姊姊成了大魔法師。如果是她，就算沒有東西應該也有能力解讀這片空白，可是姊姊已經進入大規模祈禱好幾年，在那之後便無法掌握消息。

「明天再試著問問薩奇哈大臣吧。在先王受詛咒的時候，施咒者有沒有留下些什麼話，或是身旁有沒有什麼東西。就算只是詛咒的一句咒文也好，知道了就能成為線索——」

把攤在桌上的紙張疊在一起時，傳來了敲門聲。他不禁和伊多面面相覷。

王不會敲門，女官也不會在這麼晚的時間來訪。

伊多去應門。

推開伊多進來的人是梅沙姆大臣。

「王妃，請您與我一同到底下的大廳。」

「你太放肆了。有什麼事？」

利迪爾回答後，梅沙姆突然把放在桌上的文件全都聚集起來，抱在懷裡。

「你做什麼……！」

他說完「把這也帶走」之後，把整疊文件遞給了隨後進來的士兵——他竟是帶了士兵進入王妃的起居室。

伊多一臉驚慌失措地介入他們之間。

「利迪爾殿下不會過去。這是怎麼一回事？」

「理由王妃應當最清楚才是，你們已經無法找藉口開脫了。」

「我完全不懂你在說什麼！」

「帶走王妃。」

「——別碰我！」

快被士兵碰到的利迪爾大喝一聲。

「你有證據的話，就讓我看看。可是我沒辦法在不知道受了什麼嫌疑的情況下跟你走。」

「我說是和弗拉多卡夫私通之罪，您就懂了吧？」

梅沙姆用充滿自信的表情湊近他。

「我完全不記得有做過類似的事。」

利迪爾明白地回答他。最近弗拉多卡夫不斷發動攻勢，但是利迪爾就連那個國家的實際狀況都未能清楚掌握。只知道那是位於這裡北邊的嚴酷國家，他們想要奪下伊爾・迦納擁有的運河。而且不知道為什麼，可能掌握住王和自己的祕密。可是他對這國家的所知也就只有這點程度，理由跟詳情都不清楚。

「您是因為受傷而失去記憶了嗎？我給您看看證據，就會回想起來吧。來人，帶走王妃！」

利迪爾甩開士兵伸來的手，自己站了起來。

他瞪了一眼士兵，跟在梅沙姆身後。伊多也追上來。

「王知道這件事嗎？你要是搞錯就糟了喔？」

「王中了利迪爾王妃的幻術，被王妃蒙蔽雙眼。明明拿不出魔力，倒是用了不少幻術嘛。」

「你說什麼！」

利迪爾制止想從後面一把揪住梅沙姆大臣的伊多。

「讓我看看你所說的證據吧。不過在那之後，請務必要讓我和王碰面。」

要是梅沙姆大臣認定他與敵國私通謀反，有可能會擅自決定要當場處決他。

「還在求饒啊？」

「放肆！」

利迪爾揪著快氣暈過去的伊多的衣服，走向大廳。

在大廳裡有一位女官、一位士兵，以及那位貨車的士兵，還有擔任馬夫的老人。桌上有幾張捲起來的紙捲——利迪爾看到之後，就意識到那是什麼。那是寫給皇妃姊姊的信。原來沒送到姊姊手裡啊。

門在利迪爾的背後關上，大臣要他坐在放在這些人前方的椅子上。

梅沙姆用在場眾人，以及利迪爾都能清楚聽見的聲音開始說明。

「王的詛咒過去由我們和士兵們齊心協力，長年保密至今。而弗拉多卡夫卻突然得知這個祕密，實在太奇怪了。十幾年來從未洩露出去的祕密外洩，王妃，是在您來了之後才發生的事。」

「我沒做過那種事，也沒有方法。」

「是這樣嗎？您不時會偷溜出城呢。欺騙馬夫說是傳令兵，對士兵則謊稱是『瑟雷國皇太子的弟弟』。獨自前往戰場，把情報外流給敵國的士兵。」

「那是──」

只有一部分是事實。然而重點在其他地方。

「不，我沒有和敵國的士兵接觸。」

「可是這位士兵的確知道你謊稱自己是瑟雷國皇太子的弟弟，混入軍隊中的事。還是您想說這位馬夫說謊？他說您騎馬出去了，這若是謊言，就得處斬這位馬夫了。」

「不──不，他們沒有說謊。可是……請你叫卡爾卡過來。他知道原因。」

士兵用狐疑的語氣開口。

「您第一次確實是跟卡爾卡閣下在一起。可是第二次是一個人出現的。」

「我那時在找王。」

「是在找要給出情報的對象吧？」

梅沙姆追問他。

「不，不是。」

「這樣一想，您沒有魔力的事之所以會洩露給弗拉多卡夫，也能輕易的得到解釋。就是您自己告訴他們的。」

「做這種事情有什麼意義。我不可能去做會危害到自己的事。」

利迪爾搖搖頭後，梅沙姆這次拿起了桌上的信。

「這封信是？」

「是我寫給姊姊的信。」

「您不看內容就敢如此斷言？」

「因為我沒寫過其他的信。」

畫在捲起的信紙外側的圖案，加上一看就能知道那是他畫的圖案。那是他在埃維司特姆時平日就會使用的記號。是專屬於利迪爾的圖案。

「我看了內容，信裡寫了關於王的詛咒的祕密。」

「我想找姊姊商量解咒的事。因為姊姊是大魔法師。請你仔細看內容。」

「您想用一些專門術語來矇騙我們也是沒用的喔？不管怎麼想，我都只覺得這封信的內容是要洩露王的詛咒的祕密。」

梅沙姆的聲音非常冷漠。

「聽聞埃維司特姆的大公主是非常優秀的大魔法師。大公主沒能嫁來我國，我們也是極為遺憾。」

言外之意是在批評身為男人魔力又少的利迪爾。梅沙姆又繼續說下去。

「您信裡確實寫了求救的訊息。利迪爾殿下的姊姊嫁去的地方是超大國愛迪斯。就算我國有古辛王在，愛迪斯攻來的話也撐不了多久。只能乖乖把您交出去呢。」

「我沒有寫那種事。」

「要我說原因，那是信中有一半是用我們看不懂的文字寫成的，這點您怎麼說？」

「那是因為這樣比較快。要用這個國家的語言來解釋魔法學的詳細解法，就算再寫上好幾張信紙也寫不完。埃維司特姆原本就有含有魔法的語句。只是因為那樣寫比較快，才這麼做罷了。」

魔法學當中也有以數學來說就像是方程式的東西存在。只要寫下一句話，就能讓對方理解上百步驟的語句。王的詛咒就是如此的複雜，就連說明都得耗上不少時間。

「您這樣說，就表示我們只能相信您所說的話吧？要我們相信假冒公主嫁來，還隱瞞自己無法提供魔力一事的您所說的話——」

「我全都會解釋，請你找王過來！」

「不需要。您看看這個吧。您現在不也正在畫下王的詛咒，打算送到其他國家去嗎？」

梅沙姆敲了敲方才從利迪爾桌上搶來的紙說道。

「那只是我在試著解咒而已。拜託你，請你叫王過來！」

「您還是別因為找不到藉口，就做出這種難看的行為。也有人目擊到您曾多次在半夜把鳥放出去。」

「那是居里。是王的鳥。」

「不，那隻鴞鳥不可能會親近其他人的。您半夜是放了要把情報送去其他國家的鳥，是這樣沒錯吧！」

「不是這樣，請你找王過來！」

「都已經釐清到這種程度，根本不需要請王過來。」

「拜託你，要我跟你說明清楚實在太難了——！」

光是想像都想不出辦法來。可是換作是王，一定會懂的。王會願意聽利迪爾解釋到最後，理解他的用意。王也知道居里很親近他的事。

「拜託你！請讓我見王！」

「——不需要勞煩王來處理呢。」

聽見這從門的方向傳來，有些冷漠地插話的聲音，利迪爾不禁屏息。

「哎呀哎呀，利迪爾王妃這麼尊貴的人，居然大半夜坐在椅子上大聲說話，實在太沒規矩了。」

「卡爾卡……」

「您見王也沒用的。王對此完全不知情，您是想說明什麼？」

萬事皆休了。就算正當說明，也能曲解他話中含意的男人來了。而且身為王的側近的他若是介入此事，事情很有可能會到這裡就停住，什麼消息都無法傳到王的耳裡——

「卡爾卡，聽我說，拜託你。」

「我不要。沒有什麼比別人用一副自己最懂的樣子，來說明一些早就知道的事更令人不快了。」

「拜託你！」

「我拒絕。因為您是個辜負我的好意，欠缺良心的人——達雷特。」

「是。」

回話的是負責管理貨車的士兵。

「這位殿下毫無疑問的是瑟雷國皇太子的弟弟……雖然這是我撒的謊就是了。」

「卡爾卡閣下……」

「總不好說王妃要多管閒事跑上戰場吧。第二次是王妃未事前知會我就說謊，擅自報上這名號。不過在那之後我就見到王妃了，所以理應沒有空檔能和敵軍接觸。哈爾多。」

「是。」

「假裝成傳令兵的就是這一位對吧？可要記清楚了，這就是你的國家的王妃殿下。」

擔任馬夫的老人驚訝得瞪大雙眼，看著利迪爾。

「因為王妃殿下真的騎著傳令用的馬衝入戰場，我也嚇了一跳。還有這封信也是。梅沙姆．雅大臣？你花多少錢收買了女官？」

「你、你居然說我收買女官！放肆！」

卡爾卡拿起信，用冰冷的視線看向女官。

「說妳收了多少錢。要是老實說，就再給妳兩倍的錢。」

「三……三雷夫。」

卡爾卡不禁失笑。

「情報得再多花點錢來買才行啊，梅沙姆大臣。這報酬頂多只能買到三顆塔塔果實吧？這封信確實是向愛迪斯帝國的皇妃求助的信。不過是為了什麼？假使王妃想回國，就算不寫這種信，也只要趕緊動身走人不就好了嗎？我會為王妃備馬的。」

雖然點頭同意這番話也讓利迪爾很不甘心，不過卡爾卡說的沒錯。

「而且——」卡爾卡這樣說，抬頭望向高處的氣窗。

利迪爾也跟著往上看。和停在窗角的居里對上眼後，居里便直直地朝著利迪爾這裡飛過來。

「唉，就如你所見。居里只親近王，我都已經照料牠十年，都還會啄我的手。然而對王妃卻不知為何是這種態度。」

「那、那麼，這個是。畫下王的詛咒的這些紙又是什麼！」

「如果相信王妃所說的，應該是王妃認真想要解開詛咒吧。別說我們遠遠不及了——這是經過精巧選別，讓紙張不至於化成灰的計算式。我至今為止看過眾多學者試圖解開王的詛咒，沒人能夠深入描繪到這種程度。如果畫下這些的人還無法解開詛咒，我想那真的就是個無法被解開的詛咒吧。」

「那、那麼——這表示王妃是清白的嗎？」

「除了像個愛惡作劇的小鬼，臨時撒些幼稚的謊之外，是這樣沒錯。你要向王報告，王妃欺騙馬夫老翁說是傳令兵嗎？」

「這……」

「作為王妃，這確實不是什麼值得誇獎的行為，不過王也沒有那種閒工夫理會這種事。我很敬佩梅沙姆大臣對工作的熱心投入，可是在沒有蒐集到足夠證據的情況下，還是別對王妃失禮比較好。」

儘管利迪爾不禁想吐嘈他怎麼好意思說這種話，不過多虧有卡爾卡在，得救了。

「我明白了。卡爾卡，拜託你別告訴王今晚的事。就當作什麼都沒發生過。」

「我想沒辦法當作沒發生過這回事。」

卡爾卡冷漠地打斷慌張的大臣。

「妳。」

卡爾卡用視線指向方才的女官。

「妳實際上收了多少？」

「咦……？」

「妳不是在這個國家長大的女人。也不是去年退休離城的瑪格莉特女官長教育過的女官。打結的方式不一樣。來這裡的時候，應該有人要妳帶一個小盒子或是袋子進來吧？大概像這樣，小小的。」

「啊……不，我，那個，袋子……」

「妳是從什麼人手裡收到的？」

「我不知道對方的名字。我是五年前，從山脈另一側的克西耶爾公國，嫁到馬爾科特來的。今年春天，從那裡進城的途中，有個賣魚竿的商人把那袋子給了我。」

馬爾科特是位在國家邊境的酪農地區。

「不過我什麼都沒做。只是在進城後，把袋口打開，放在院子裡。」

「妳收了多少錢？」

「三……三百雷夫……」

「什麼！」

梅沙姆大臣驚訝地身體前傾。不懂貨幣價值的利迪爾只能愣在原地。

「市價大概是這樣喔，梅沙姆大臣。那袋子裡的內容物就在這房裡吧？居里。」

居里「啾」地輕輕叫一聲，從利迪爾的腿上飛了起來。

「我是靠著居里的眼睛找到這房間來的。結果不知為何碰巧看到你們在這裡起爭執。」

居里飛到天花板附近後，在壁面油燈的陰影下「啪沙啪沙」地拍動著翅膀。好像找到了什麼東西。

居里立刻叼著什麼回到桌子上。

「利迪爾王妃，請你抓住居里。要是讓牠吃下去，就沒有證據了。」

「啊……嗯！」

居里把某個不斷掙扎的黑色物體壓在桌上，正打算要撕裂那玩意來吃。

「不行，等一下，居里！」

在利迪爾壓住居里翅膀的時候，卡爾卡從居里的爪子底下拈起一隻約手掌大小的蜥蜴，放入從腰間取出的麻袋裡之後綁上袋口。

「──這樣密探的嫌疑一事就解決了。」

「咦？」

利迪爾、大臣和伊多三個人異口同聲探出身體。

「我也曾經懷疑過您是密探。乖乖跑來送上性命當作毀約的代價，根本就是瘋了，所以才會以為是來當密探的。」

利迪爾看伊多氣得發抖，臉一下紅一下白。這也是當然。畢竟這話不知是褒是貶，雖然卡爾卡確實有幫他洗刷冤屈的恩情在，但這話也說得實在太難聽了。

「女官帶來的就是這隻蜥蜴。這蜥蜴和居里一樣，可以將看見的景色倒映在水鏡當中。目鏡蜥。別名是『偷窺蜥蜴』。我一直讓居里在王城裡找這個玩意，現在終於找到了。」

卡爾卡把袋子繫在腰上，在利迪爾面前屈膝跪地，恭敬地牽起利迪爾的手。

「長久以來這樣懷疑您，真的非常抱歉。王妃殿下。」

「卡爾卡……」

「唉，雖然作為我國的王妃殿下，還是希望您能再謹言慎行一些，不過往後王也請您多多關照了。」

王在隔天早上得知這件事情的始末。

「因為牠說偷窺蜥蜴很好吃啊。」

利迪爾跟王說獵物被拿走，居里就一直氣得啾啾叫之後，王便笑著這麼說道。他們好像準備了肉乾和野鼠給居里當獎勵。儘管如此，居里還是很不高興地把食物叼回森林裡，不願意在現場吃，可見偷窺蜥蜴是真的格外美味吧。

掛在窗邊的白色窗簾被風吹得鼓起來。

利迪爾上半身赤裸地坐在床上。一頭豐潤的金髮撩到左側，垂在胸前。醫生坐在床邊的椅子，王則站在醫生的旁邊。

「狀況怎麼樣？」

「果然還是會留下傷疤呢。這道傷相當深，不知道是由於毒物還是細菌感染，不過傷痕底部似乎殘留了色素。」

這是在說利迪爾背上的傷。雖然上頭結的痂遲遲未掉，不過邊緣稍微翹起來，所以又請醫生來診察。

雖然除去結痂的過程幾乎不痛，頂多就是拉扯時會有一點點刺痛的程度，不過結痂底下的肌膚成了帶紅黑的紫色，傷痕看起來還是很痛。

「不能想點辦法處理嗎？」

「疼痛這點過陣子會慢慢好轉，不過傷痕以後會怎麼樣還很難說。也有一說是每天泡熱水傷痕就會變白。」

「已經幾乎不痛了。雖然不太好看，不過就這樣吧。」

聽到利迪爾的答覆，王露出遺憾的表情。

「你累了吧。好好養傷。你的治癒魔法也治好了我的傷。其他的事情先放一旁吧。」

王在從野獸的模樣變回原樣時，似乎能治好身上的小傷。不過理應會留下的箭傷也不見了。應該是因為利迪爾的治癒之力傳到王身上吧。一方面也是因為那些傷還很新。

「沒關係。在這傷還在的期間，我就能傳送魔力給古辛。」

對利迪爾來說，這是「得來不易的傷」。可以的話想盡量讓這傷在身上留久一些，好傳送魔力給古辛。

「嘎吱」一聲，古辛坐到床上。他的手疊上利迪爾放在被單上的手，嘴唇吻上利迪爾的傷痕。

「拜託你別再做那種事了。」

古辛用快哭出來的表情低聲說道。

「為了你，不管多少次都會做。雖然不用做是最好。」

老實說真的很痛，還以為要死了。不過要是古辛又有生命危險，他應該還是會毫不遲疑的握起利刃吧。

古辛小聲地低吟。

「我不知道該怎麼辦才好……從未如此喜歡過一個人。」

在羞恥不已，胸口深處甜蜜地抽痛，使他只能低下頭來的利迪爾身後，醫生稍微清了清喉嚨。

利迪爾連忙重新穿好衣服，掩飾發燙的臉頰。王用有些煩躁的眼神看了看醫生後，輕嘆了一口氣。

「話說回來，利迪爾。」

「什麼事？王。」

「其實有個東西必須要讓你看看。」

「……是。」

這別有深意的預告，讓利迪爾再度專注地直視著王。

古辛對醫生使了個眼色後，醫生點點頭。

他把一個小托盤端到利迪爾面前。托盤上放著碟子，碟子上蓋著一條白布。

醫生恭敬地取下那條布。

放在小碟子上的是一顆和樹果差不多大的——巨大綠色寶石。

利迪爾不禁屏息。

彷彿刻劃在眼底的鮮明記憶。與幼時回憶重疊的美麗翡翠色。彷彿可以直接碰觸到過去，鮮明地喚醒他的視覺記憶。在兩歲時，他確實親眼看過這顆寶石。

「這是從你的傷口裡取出來的東西。有印象嗎？」

「這是——這是……」

肯定沒錯。這是肖像畫裡——母親戴在手上的寶石。

「我不知道——不，我知道。這是母親配戴的寶石。可是這個東西為什麼會在我的傷口裡？意思是這個東西卡在背上的魔法圓裡嗎？」

「沒錯，因為從傷口裡窺見了什麼，便試著取了出來，結果取出的就是這顆寶石。」

古辛使了個眼色後，醫生便點頭回應他的話。

「傷之所以會形成腫瘤想必也是裡頭有這寶石的緣故。就算是再深的傷，也很難想像魔法醫學發達的埃維司特姆會留下這種程度的傷痕。」

利迪爾面向醫生，身體前傾。

「你的意思是……這東西埋在魔法圓裡面嗎？因為這個，我的傷才會……我的魔法圓才會無法運作嗎？為什麼？為什麼會有這種事——」

「利迪爾。」

「請把那顆寶石還給我。那是母親的東西。真的！」

「我知道了。利迪爾，你冷靜點。」

利迪爾抓著古辛的手臂，將下寶石。他用力地握緊掌中的寶石。不知道是出自混亂、愛憐還是懷念的淚水湧上，利迪爾哭了。

「看來是有什麼原因。這是你母親的寶石沒錯吧？」

「絕對沒錯。可是，為什麼——為什麼會在傷口裡找到這個，我也不明白……！」

他拚命地翻找記憶，卻只想得起不斷流逝而過的茂盛林木和落葉。或是掠過藍天的兩隻小鳥。完全想不到母親的寶石會埋在背裡的原因。

「為什麼……媽媽……」

他喃喃自語後，淚水又溢出眼眶，每次眨眼，就會有幾顆淚珠滴落。

「給王妃準備些什麼可以安定心神的藥。」

對醫生下令後，古辛溫柔地抱住利迪爾。

「我不知道原因，不過這個毫無疑問是母親的寶石。」

「我知道了。想必是有些隱情吧。」

原本嵌在母親戒指上的寶石，埋在利迪爾的魔法圓裡。這肯定是那時候埋進去的。不知道為什麼這個東西會埋入遭到盜賊追趕，受重傷的利迪爾的傷口裡。

利迪爾之前聽說戒指上的寶石可能是在逃跑途中遺失，或是被盜賊搶去。為什麼會從自己的傷口裡找出來——這麼說來，母親又為什麼會只帶著侍女離開城裡，跑進那種森林裡？利迪爾現在還是想不透原因。

就算想問清楚寶石會在傷口裡的原因，母親也已經不在了。當時同行的侍女也死了。

再來就只能問父王，不過這也很困難。

母親會把寶石藏在利迪爾的傷口裡，一定有原因吧。那說不定是不要告訴父王比較好的事。

不管怎樣，母親的寶石回到了利迪爾的手裡。

那是非常適合用來點綴王妃的手指，色澤濃豔，有如在窺看陽光照射下的湖水深處，最高級被稱為「摩爾」的寶石。

他從小到大就看著母親的肖像，並聽大臣懊悔地說這寶石是被盜賊偷走的遺失國寶。

「王妃殿下。」

來到房裡的是薩奇哈大臣，他恭敬地獻上放在臺座上的黑色小盒子。

「這是王送您的禮物。說是希望您目前先拿這個去用。」

那是在黑色的堅硬木材上漂亮地雕出花朵的圖案，伊爾·迦納風格的珠寶盒。那盒子散發出溫暖又高雅的氛圍。是很適合用來悼念埃維司特姆王妃的用品。讓他深深感受到古辛的體貼。

「王提議將寶石嵌在金製的臺座上，製成戒指如何？我也覺得很適合。」

「戒指……」

讓母親的寶石再度重現在他的手指上——

一想到這裡，便因為那分溫柔而感到一陣揪心。

「謝謝。我等下會去向王道謝，不過請大臣先好好幫我轉達謝意。」

珠寶盒裡已經像是床鋪，準備有用白絹包起棉花製成的軟墊。

利迪爾珍惜地把母親的寶石安放在裡頭，闔上蓋子。

他在那之後徹底翻找過記憶的每一個角落，果然還是想不透原因。

找個人問問應該是最好的吧。可是從狀況看來，想必是有什麼不能單純為此感到高興的原因，得謹慎挑選詢問的對象才行。該問父王？奧萊大臣？還是私下詢問瑪爾或雅策爺這些長年在城裡工作的老人們，更容易得知緣由呢？

——你的魔法圓將會在你遇到真正的愛時，再度運作起來吧。

母親信中所寫的事情成真了。
如果是這樣，母親到底知道些什麼呢？

†††

可能——雖然只是可能。
利迪爾在設了個強烈假設前提的情況下，謹慎地統整想法。
就和從術式推測的一樣，王的咒印有空白的部分。這個過大的空白，不是「物品」是無法填滿的。
物品有可能是書、石頭、寶石、咒具，或是其他有形的物體。在對古辛下詛咒時，這個物品應該在施咒者的身邊。
雖然問了在施咒者原先所在的城裡有沒有留下類似物品，可是照梅沙姆大臣的回答，在那之後城便付之一炬，後來幾經蹂躪，所以已經無從確認。
以能想到的可能性，不是在城堡燒毀前就有人帶著物品逃跑，就是盜賊碰巧在燒毀後的城堡遺跡裡發現那物品並帶出去了吧。

而這雖然也是推測，但是可以若無其事持有那種強烈詛咒之源的人，絕非普通的人類。

聽說弗拉多卡夫來了個新的大魔法師。大魔法師的所在位置總是會受到矚目。說是這樣說，但是大魔法師的消息也總是只有大魔法師知道，在伊爾．迦納情報網的所知範圍內，只有一個人符合這條件。

兩年前，在塞布拉爾這個超大國的王家滅亡時，有個下落不明的大魔法師。那是否可以假設，這個大魔法師在某種因緣際會之下得到王的詛咒之源，並在弗拉多卡夫國內控管著這個物品。

對大魔法師來說，要知道這個物品連結著誰，又是什麼詛咒，不過是小事一樁。對他來說的空白——物品就像是這個詛咒的解答。只要解讀刻劃在物品上的詛咒，就能弄清楚這是怎樣的詛咒了。

大魔法師應該是帶著物品、魔力和古辛王詛咒的祕密，向被迫屈於伊爾．迦納王國之下的弗拉多卡夫毛遂自薦。放偷窺蜥蜴進來的也是那位大魔法師。這是因為偷窺蜥蜴的眼力太好了，只會踩中技術高超的魔法師設下的魔法陷阱，一般人抓不到——這是最符合現況的推測。

物品在弗拉多卡夫城內，或是位在那附近的大魔法師的住處——

製成戒指的寶石回到利迪爾的左手食指上。

戒指不像古辛手上戴的那麼粗，翡翠色的寶石嵌在細緻穩固的純金臺座上。

這原本就是據說含有魔力的寶石。作為利迪爾的心靈支柱，就算只有在傷口痊癒之前這段短暫的時間內，他也想傳送最大限度的力量給古辛。戒指一定能夠成為他的助力。

他用左手握住戒指，表情堅定地抬起頭。

讓王和大臣聽聽看利迪爾的推測吧。

「……好。」

利迪爾下定決心站了起來。

如果推測正確，王的性命等於是掌握在弗拉多卡夫的手中。對方可以自由操控二之月的話，對王來說滿月的危險將會提升好幾倍。要是無法事先掌握，滿月有可能又會提前，踏入同樣的陷阱裡。或是敵軍透過自由操控滿月，配合滿月的時間攻城，他們就必須持續在沒有王的情況下戰鬥，陷入苦戰。

可以的話最好是趕走弗拉多卡夫的大魔法師，如果利迪爾的推測正確，他也想破壞掉應該在那大魔法師手上的物品。雖然還想不到方法，但應該要先告訴王比較好。

王聽他說完之後，說要試著在眾議上提出。利迪爾也獲准進入眾議室。

在眾議上，果然也得出對方肯定握有王的祕密，必須要採取對策的結論。

他們和弗拉多卡夫已經歷經可說是過於充分的交涉，讓步的提案也已經快到底限。在這種情況下，也得去思考要是弗拉多卡夫仗著握有詛咒祕密和大魔法師的力量攻擊伊爾·迦納，該如何事先防範。

「——可是，我想盡量避免在收穫時期引發大規模戰爭。」

王的願望非常切實。

「不攻進去，我國的土地就會遭戰火摧毀。可是對方的國土也是有農民在生活的土地。我想盡量避免在這時候開戰。」

這裡不像埃維司特姆是個沒有森林的樹果，只要吃河裡的魚就行了那般富庶的土地。遑論弗拉多卡夫是比這裡環境更嚴峻的北方國家。現在要是不能順利收穫作物，對方就得挨餓一年。

梅沙姆大臣露出不太能接受的表情。

「可是既然對方能操控滿月，就算採取守勢，每天下來也只會增加我國的負擔。而且在對方趁著滿月攻來時，還不知道光靠沒有王的軍隊能不能撐得住。」

「從利利爾塔梅爾募兵如何？那邊總是被我們保護著，還以為這世上沒有戰爭。」

「不，就算帶利利爾塔梅爾的士兵出去，也只會消耗兵糧派不上用場吧。」

大家七嘴八舌討論著，但是沒出現什麼好方案。

王開口了。

「採用弗拉多卡夫用過的作戰方式怎麼樣？讓士兵分別入侵，再在王城前重新聚集起來。這樣兩國的農田都不用擔心受害。」

「原來如此，您說的是。也就是潛入弗拉多卡夫，直接把刀抵到對方王城的喉頭上吧。」

「那麼就趕快著手準備吧。可以從不重要的小兵開始分批送進去吧？考慮到要瞞過敵方的耳目，要把全軍送進去，至少也得花上個十天。」

「貨車和馬該怎麼辦？」

「只能翻越東側的山脈吧。要派大象去開路嗎？」

「這樣做的話，不知道要花上多少天。」

維漢困擾地仰天長嘆。

卡爾卡淡漠地紀錄著大家發言的內容。王大概也在思考潛入的路線吧，一副若有所思的樣子。

這時一位士兵衝了進來。

「報告。根據來自密探的連絡，弗拉多卡夫看起來正準備要開戰。」

「這時候？明明離滿月還有很久啊。」

「是，他們毫無疑問的在準備出兵，而目標除了我國以外應是別無他處。也有人看到敵軍的斥侯！」

利迪爾在頭紗底下對著王點點頭。

對方有操控滿月的能力。不能相信平常的月亮運行日程。

王平靜地下令。

「現在立刻出兵。就依剛剛所說的順序。原本要花十天的事情，在兩天內搞定，貨車也一準備好就出發。」

「明白了。」

大臣們紛紛起身。

「王……」

王的表情很嚴肅。這是相當苦澀的決斷吧。不能讓伊爾・迦納的土地遭戰火侵襲。

但若是情況允許，他也不想踐踏收穫前的弗拉多卡夫。

第一批士兵似乎在王下令後沒多久就出發了。

士兵們騎馬奔馳到國境一帶，躲進森林裡之後等待著下一批的士兵。武器也在這時候分頭運過去。

維漢也已經出陣了。王會在最後一邊觀察滿月的狀況，一邊趕去戰場。

「對方果然是打算發動戰爭。弗拉多卡夫的前鋒方才已經出發了。」

「搞不好兩軍會在哪裡擦肩而過呢。」

王聽了偵察兵的報告後苦笑著。要是真的擦肩而過，敵軍會露出怎樣的表情呢。戰爭早已靜靜地揭開序幕。

除了留下約三分之一的兵力守城外，其他士兵全出發了。而他們也會隨後跟上。只要弗拉多卡夫的王城遭到攻擊，敵軍大概就會掉頭回去。

「好好觀察月亮的動向。利迪爾，月亮有辦法提前運行到什麼程度？」

「只能說端看大魔法師的實力。若是我姊姊，甚至有辦法創造出第三個月亮。」

根據利迪爾的計算，光靠皇妃姊姊的魔力就有辦法創造出第三個月亮。不知道對方大魔法師的名字和實力，便無法做任何預測。

「還真厲害，看來我在姨姊殿下面前是抬不起頭了。」

「實際上距離滿月應該還有七天才對。計算上就算明天出發，也能在那邊待三天。」

若是王率領的軍隊面對弗拉多卡夫，有三天時間應該就能占有優勢了。只要一開始先重創對手，就算王不在，伊爾．迦納軍也能堅強地戰鬥下去。

「我明白了。我出陣去在某種程度上決定勝負。也會謹慎點，考慮早點退下前線。」

「好，請帶著我一起去。」

「帶利迪爾你？」

「這場戰爭的目的是要避免影響敵我雙方的人民生活，阻止敵國的軍隊吧？那麼重點就是要盡量以人數不多——以王為中心的小規模隊伍，阻止對方的行動。既然這樣，王的攻擊力是越高越好。」

利迪爾堅定地抬頭看著王。

「請帶著我一起去。如果是現在——現在魔法圓可以運作。七成——不，或許只有不到一半的程度，但應該多少可以傳送一些魔力給你。」

王一臉困擾的樣子。

「我可沒聽過有哪個王會帶王妃上戰場。」

「你也沒聽過有男的王妃吧？」

他要利用所有不符預期的事。正因為是男人，他可以上戰場。雖然時間有限，但魔法圓也能運作。

「利迪爾。」

「沒事的。我的傷已經癒合，而且也想久違地騎騎馬。」

如此訴求後，王輕嘆了一口氣，握住他戴著寶石戒指的手，珍惜地摟住他的身體閉上眼，將額頭抵上利迪爾的額頭。

「我知道了。試試看吧。我絕對會保護你。你一定要待在我身邊。然後——滿月升起時，拜託別看我的模樣，趕快逃走。」

——今天可能也沒辦法——

利迪爾看著位在遠處的敵軍城堡，心中有些絕望。來到這裡已經過了兩天，仍舊無法突破弗拉多卡夫城的城門。

出發前一刻，王想到一個計策。在城堡旁邊派出誘敵部隊，應該可以分散敵軍的守備吧。

王的預測成真了，約有半數的弗拉多卡夫軍往山邊前去迎擊，打算回來時又被逼進山谷中，就這樣被伊爾．迦納軍的分隊給絆住。

他們想趁對方兵力薄弱時決定戰局。

伊爾．迦納軍雖然士氣高昂勇猛奮戰，可是面對沒有別條路可進攻的山城，狀況並不如想像中順利。

「利迪爾殿下，到這邊來！」

利迪爾位在軍隊中央偏後的位置，在伊多的保護下持續輸送魔力給古辛。

——我幫您挑了匹最輕巧快速的馬。傳令王妃殿下。

他和馬夫相視而笑接過的這匹白馬，的確是匹動作輕巧跑得又快，可以靈活轉換方向的馬。

「——啊……！」

身體又猛然縮緊，有股什麼被吸走的感覺，利迪爾反射性地抱住馬的脖子。背後好燙。他知道魔力透過背後的紋樣連結到了某處。

緊接著閃電便從天而降，在隊伍最前端的更前方傳出爆裂聲。地面劇烈搖晃。在巨響撼動之下，他幾乎要失去意識。不閉上眼睛的話根本承受不住。

「利迪爾殿下！」

「我沒事。再稍微往前移動吧。」

利迪爾要是遭敵軍討伐，就無法供給王魔力了。溫存隨著魔力一同被吸走的體力，同時四處逃竄，就是利迪爾肩負的任務。他也大致習慣了魔法圓運作時那股魂彷彿會連同背脊一起被抽離身體的感覺。

伊爾・迦納國的軍隊從開戰當時就占有優勢，已經一路攻到弗拉多卡夫城腳下，然而遲遲無法攻下城池。

王的雷電在敵軍面前雖然能夠發揮出壓倒性的強大威力，城的周遭卻因為有大魔法師張設的守護，威力只能發揮在雷電直接擊中的位置。地形太差了。城的周圍是山路，沒辦法包圍住整座城，也因為雙方只能用少少的兵力交戰，戰力差距無法反應在戰況上。

「──利迪爾殿下！」

從隊伍前方騎馬繞回來的是卡爾卡。他負責來往於王、維漢、隊長和利迪爾之間，傳遞消息。

「卡爾卡，前面的狀況怎麼樣？」

「大致在掌控下，可是要突破感覺還得花上一些時間。利迪爾王妃的身體狀況還好嗎？王很擔心您。」

「沒問題，我還可以。」

魔力斷斷續續被吸走是很難受，不過果然因為傷快復原了，只能發揮約五成的力量。但是也拜此所賜，感覺還能再撐一段時間。

「我明白了。會轉達給王。可是要請王妃慢慢往後退。」

「後退？在戰況明明對我方有利的狀況下？」

「是的。再繼續往前就沒有退路了。要是接下來突然變成滿月，您會很難逃走的。」

經卡爾卡這麼一說，他仰頭看向天空。

天體之月的滿月是今天。然而到二之月的下一次滿月還有三天。在今晚的月亮升起前要是還不能分出勝負，王便會一度撤退。所以現在這個時間王正在拚命奮戰，希望能將敵軍削弱到僅靠留下的士兵也能攻下的程度。

我軍處在沿著細小道路攻上去，卡在城堡周圍無法動彈的狀態。要是古辛的詛咒這時在此發動，我方的士兵將無處可逃，慘死於古辛的手下。

「先讓士兵們逃走吧。我想盡量延長能夠提供魔力給王的時間。應該說，只有我一個人的話還可以騎馬逃走。」

只有五成的力量，果然只要距離拉遠就無法傳遞給王。可以的話還是想盡量待在王的身邊。

「我也很希望您能這麼做，但這是王的命令。」

利迪爾知道古辛是個深謀遠慮，做事謹慎的人。他自己也會在滿月前一天就提前撤退，並在這前提下要利迪爾早一步逃走。

「只要到今天的太陽下山時就好。拜託你，卡爾卡。」

「可是……」

在他拉著馬的韁繩，無意間抬頭看向天空時，利迪爾在林木間看到難以置信的景象。

「卡爾卡……」

在想要說明的途中，他便張著嘴愣住了。

在樹林較低的位置看到了白光。

——那是二之月。

「卡爾卡！」

卡爾卡沒等他下令，便策馬朝著古辛所在的方向奔去。

這是陷阱。要是古辛在這種深入敵國，出口極為狹窄，士兵密集的地方化為野獸，他周遭的士兵根本無處可逃。

「伊多，你先逃走吧。」

「不，在利迪爾殿下離開這裡之前，我也會待在這裡。」

「可是……」

「這是王的命令。也是您的隨從唯一的請求！」

伊多瞇細的眼睛看向穿過眾多士兵，筆直朝著王身邊前進的卡爾卡的背影。

「雖然您說要過去，可是身體應該已經很疲憊了。如果是真正的王妃，不用一天就倒下了。可是您卻已經持續供給王魔力超過兩天。」

「我不要緊，伊多。儘管我的魔力量不足為道，但只要能成為王的助力——」

「那說不定會成為您撤退時的枷鎖喔？」

「……伊多……」

「期待著不足以突破現狀的魔力，會無法判斷何時該撤退。這樣下去軍隊只會停滯於此消耗戰力，遭到敵人追擊罷了。不上不下的希望只會害人。就算是為了王著想，您也應該就此撤退才對。這樣王也會早點死心。」

「可是把古辛就這樣留在那裡的話，他會有危險的！」

「犧牲兩個人跟犧牲一個人哪邊比較好，這道理您應該也懂吧！所以卡爾卡閣下才會回去啊！」

王已經逃不掉了。要是待在王身邊，連利迪爾都會跟著喪命。伊多想說的就是相較之下，利迪爾應該要逃走。反正說能提供魔力，也不是什麼了不起的量。這樣反而有可能會讓古辛抱持著無謂的希望。

「拜託您。請想想。您就算過去也幫不上忙。去了一定會喪命。應該掉頭回去啊！」

利迪爾張口想要反駁伊多，卻什麼話都說不出口。伊多說的話是明擺在眼前的事實，完全找不到字句能否定。就算想待在古辛身旁直到最後一刻，但那只會害王做出錯誤判斷的話——

「為什麼……為什麼，我……」

就算到這種時候，依然只是個災難呢。

利迪爾把手伸進衣領裡，摸到背上的傷。

再把傷口挖開就好了。只要魔法圓能夠運作，那他絕對不會讓古辛受傷。也說不定就能解開古辛身上的詛咒了——

「……唔……！」

利迪爾順著懊悔的心情，將指甲戳進還緊咬著皮膚的結痂裡。

「利迪爾殿下。」

他知道指尖上傳來溫熱溼滑的感覺。要是傷口就這樣裂開就好了——！

就在這麼想著，試圖將指甲更深地戳入傷口時，眼前突然變得一片白。

「……？」

利迪爾驚訝地抬起頭，想說是陽光照下來了嗎，可是周遭在強烈光線照耀下白得刺眼，根本不是陽光照耀的程度，沒有森林與山路——伊多和士兵們也不見了。沒有凶暴的軍馬，也沒聽到士兵勇猛的吶喊聲。

他也不知道什麼時候下了馬，馬本身也消失了，唯有利迪爾獨自佇立在純白的世界裡。

有微弱的水聲。

美麗的溪流流過腳邊。

溪水很淺，清澈透明，水面上漂著無數的花朵。

桃色、黃色、紅色的花朵。大朵的花像是在嬉戲般地捲起漩渦，白色的小花交錯流過。

水是從哪裡流過來的呢？這些花又會漂到哪裡去呢？

我得趕去王的身邊啊。

心裡如此想著，視線沿著溪水看向上游。不可思議的是這些花朵正朝著溪流的上游流去。

利迪爾試著輕輕地踩進那條溪裡，溪水像埃維司特姆的小河一樣清澈，非常的冰涼。可是泡在水裡的部分又很溫暖。

花朵流逝而去的景象有如時光倒流，卻又自然得令人困惑。

在花朵流去的方向，有扇方才還不存在的門立在那裡。

那是一扇緊緊關上的木門。周遭沒有牆壁，那扇門唐突出現在光的世界裡。花朵流到門邊，被吸了進去。

利迪爾像是受到吸引，走在溪流裡接近那扇門。連腳踝都浸入水中，「嘩啦嘩啦」地往前走。他有耐心地走著，總算抵達遠方的那扇門前。

那扇門有利迪爾的兩倍高。

門上沒有把手，卻像在邀請他開門似地存在於那裡。

利迪爾把手伸向那扇門，花碰觸腳踝流逝而去。

他把掌心貼在門上，用力推了推門。門非常重，利迪爾將體重壓上去，腳上施力推著那扇門。

門稍微打開之後，從裡頭流洩出更為耀眼的光芒。他因此瞇細了雙眼，又繼續用全身的力量推開。雖然只推開一點點，白色的光卻猛然流洩而出，眩目得令他睜不開眼。在想再推開一點的時候，背上竄過一股有如火燒的高溫。這光穿過魔法紋樣，有股魔力劇烈湧現的感覺。

這是什麼？好像可以看見什麼。只要眼睛習慣這些光一定可以——另一頭好像有什麼，有什麼東西——

「——利迪爾殿下！利迪爾殿下！」

突然聽到伊多的大叫聲，恍然回神地睜開眼時，眼前是馬的後腦杓。

「您怎麼了？您果然在勉強自己！」

「我……剛剛……？」

「您一瞬間趴倒在馬上了。要是在這種地方墜馬受重傷，我可沒辦法幫您包紮啊！」

「一瞬間……？」

「是啊，像是突然睡著一樣趴著。幸好我抓住了您。」

他一邊聽著伊多說話一邊環顧周遭，可是身邊和剛才一樣，只有森林構成的牆和滿是塵土的山路。四處都看不到那個光的世界，有花朵流過的溪流，以及那扇門。腳尖明明還殘留著水的觸感，鞋子卻連一點都沒溼。

只有背後燙得發疼。

那是什麼呢？是身體疲累到在這種地方做起白日夢了嗎？血沾溼他的指尖。指甲的縫隙裡全是紅色的。

「不行。我要……到王的身邊——」

「利迪爾殿下！」

「如果我的魔力不能用在戰鬥上，那就用來讓王逃走吧。」

就算魔力不多，應該也能喚來足以讓王逃脫的雷電。自己怎樣都無所謂。他希望能為古辛絞盡最後的一滴魔力。

「不行！利迪爾殿下！」

利迪爾聽著伊多的叫喚聲，策馬朝著前方跑去。

他要振作點才行。

要是詛咒發動，就沒辦法把王帶回去了。化為野獸的古辛會抓起自己的士兵，撕裂、踐踏他們，身中敵國的箭矢，被敵國的繩子捆綁，就像隻野獸一樣悽慘地喪命。

他想要魔力。想要足以解開王的詛咒，足以拯救王的魔力。

策馬往前跑之後，在遠處看見了卡爾卡的背影。

「王！古辛王！」

他馬上就找到古辛的位置。卡爾卡拉著王的手臂。

「古辛！」

利迪爾騎馬奔向他身邊後，只見古辛一臉驚訝。

「你沒從卡爾卡那裡聽到我說的話嗎？」

「我聽到了。可是狀況變了。還來得及，打開一條退路吧。至少退到王能逃得掉的地方。」

就算趕不上詛咒發動的時間，至少可以退到能把王搬上貨車的寬敞空地。只要王的身體沒被對方奪走，就算變成野獸，也能運回王城的地下室。可是要是被敵軍抓走、斬首，那一切就結束了。

「我還可以提供你魔力。請把剩下的雷電用在逃跑上吧。」

「不，已經來不及了。」

王背對著月亮，看著利迪爾搖搖頭。

利迪爾也知道。卡爾卡應該已經下指示要再把更多士兵往前線送，讓王可以撤退，可是──在那之前，滿月就會升起。

「不可以放棄！得想辦法，就算只有古辛也好──」

古辛把手伸向利迪爾的臉頰，靜靜地吻了他。

「……只有你也好，快逃吧。接下來我會下令要大家避難。等到那時候，靠你的馬是逃不掉的。」

古辛打算讓士兵撤退，化為野獸後，在仍有自我意識時在這裡大鬧一場，再讓敵軍

抓住。

「回去路上小心。幫我轉告埃維司特姆國王，多虧他送了你過來，我過得很幸福。」

「我不要。」

「利迪爾——我愛你。」

王瞇細漆黑的雙眼，用拇指撫過利迪爾的臉頰後，讓馬掉頭，彷彿將成群的士兵一分為二，朝著敵陣深處前進。

「我不要……古辛！」

利迪爾從馬上伸出手，但維漢擋到他的眼前。騎著高大馬匹、全副武裝的維漢真的就像一道高牆。

「不行，利迪爾殿下。我們會陪著王的。請您掉頭回去吧。」

「讓我過去！」

「王——王子賭上了性命來守護自己的榮耀。您應該很清楚這點才是。」

維漢留下這句話後便讓馬掉頭。一邊命令周遭的士兵前去避難，一邊追在王的後頭奔向戰場的深處。那是認為將死得其所的戰士會有的表情。也是在叫他不要玷汙崇高的王人生最後的場面。

「走吧，利迪爾殿下。這匹馬要是捲入成群的軍馬當中，會被踩死的。」

利迪爾茫然地目送著他們離去。身下的馬順著伊多的催促，逆著士兵前進的方向前進。

「我不要。伊多，難道——難道就沒有什麼辦法了嗎！」

自己真的什麼都做不到嗎？

就在這樣想的時候，他發現一個可以下往森林裡的平緩斜坡。

「……」

森林的盡頭連著城堡的城牆側邊。

沿著山坡建造的長長石牆。位在石牆後頭的小城堡。

利迪爾認得這樣的城堡。

眼前這只看過一次的城堡景色讓他看傻了眼，聽在埃維司特姆城的最深處研究城堡構造的二姊說過，這是山城慣有的構造，聽到耳朵都快長繭了。

「伊多，往這裡走。」

利迪爾讓馬走下通往森林的斜坡。一邊安撫著不情願地踏著步的馬兒，一邊謹慎地走下斜坡。

「不對，那裡是森林。我們要沿著來時的路回去。」

「不，這裡一定會有用來排水的水道。」

「……您說什麼？」

「那裡一定會連結到城內地勢最低的地方。應該可以從那裡爬上去。」

「您想做什麼？」

「作為王詛咒之源的物品，十之八九在這座城裡。只要破壞那東西，王就能得救了。」

「咦……咦？」

「你看，那邊地勢變低了！果然在那邊。應該可以從那裡進去。」

「您打算潛入敵人的城裡嗎？」

「沒錯。因為本隊在城門前戰鬥，誰想得到會有人從旁邊進去呢？」

「沒人想得到啊，是說您是認真的嗎！」

「是認真的。只有這個辦法。要是大魔法師在別的地方，我們可能會白跑一趟就是了。」

在戰爭期間，他有在城堡附近尋找感覺像是大魔法師住處的地方，可是沒找到。大魔法師一定在弗拉多卡夫城裡。想必帶著詛咒的物品，從城裡操控著二之月。

他們走下森林的斜坡，在山崖下下馬。不出所料，水正從排水用的，僅以大塊岩石組成的石牆裡緩緩流出。為了避免壓垮底下的排水溝，也只有這個地方上頭的石牆很矮。

「你看，感覺爬得上去！」

「我一點都不想爬上去。」

「沒要你爬啊。或許該說永別了，伊多。你要好好過活。要是有見到古辛或父王，記得幫我向他們問好。」

「我去！都來到這裡，哪有可能會拋下您不管啊！」

排水口附近的石頭堆得相當堅固。也打了木樁進去，所以很好爬。

「這個……一次有很多人爬上去的話——會一口氣坍方就是了。」

利迪爾邊說邊伸手抓向頭上凸出的石塊。

這是從姊姊那裡聽來的。雖然很堅固，可是若是在上頭施加超過一定程度以上的力量，就會一口氣坍方。這是為了避免遭遇襲擊而做的設計。

「很、很多人是多少人啊！」

「我想應該是三個人以上吧。」

利迪爾謹慎地攀爬著，比從下面爬上來的伊多更早一步攀上較為低矮的石牆。

他從石牆後探出頭，屏氣觀察城內，不過裡面沒有其他人。利迪爾跳進石牆內，躲在眼前建築物的陰暗處。伊多也立刻來到他身旁。

城堡前院那邊雖然有士兵來回奔走著，不過後面是山，沒有人在。這裡雖然是個難攻不落的城塞，可是構造並不細緻。樣式相當老舊。

利迪爾環視延伸向天空的建築物。

那裡是宮殿，對面是神殿，這裡是讓客人來訪的地方，後面是在城裡工作的人居住的地方——

「嗯，沒問題。」

「什麼東西沒問題啊！」

利迪爾朝著後方跑去。

他不可能在這座廣大的城裡四處尋找。不過來自他國的大魔法師多半會被當成客人來對待，而且魔法師會住的大致上就是那些地方。

「哇——！」

體內的力量突然被吸走，讓利迪爾雙腿一軟，跪倒在地。

「利迪爾殿下！」

在伊多停下腳步的同時，閃電劈里啪啦地撕裂了天空，落下一道轟雷。

「我沒事……王還在使用我的魔力。」

他立刻站起來，跑到建築物的後面。

「您的身體還好吧？」

「我沒事。雖然只是有這種感覺，不過比剛剛好多了。」

他的魔法圓很燙，傷口也很痛。可是身體活動起來很輕鬆。流向王的魔力感覺也變得更強了。方才落下的雷也很大。

「我搆不到。幫幫我，伊多。」

「我不要。」

「呆站在這裡也無濟於事吧。」

試著說服伊多後，伊多雙手交握伸到他面前。

踏上伊多的手，順著伊多把他往上拋的力道，抓住了二樓的扶手。

「真是的，實在想不到這是王妃會做的事。」

「我是……」

「王子也不行。太沒規矩了。」

嘴上雖然這麼說，伊多也用他垂下去的腰帶爬了上來。

「魔法師應該會在這後面。如果他手上有詛咒物品，那多半不會有錯。」

魔法師喜歡東邊。把詛咒物品放在城中心的話，瘴氣會遍及全城，所以應該會選通風良好，在東邊角落的房間。

「要是不在那裡的話怎麼辦！」

「那就完蛋了。我會被殺，王會被抓起來。」

「事情變成那樣不就糟了嗎！」

「所以只能祈——啊！」

又來了。他忍不住攀著牆壁，忍受魔力被抽走的衝擊。接著立刻落下一道雷。

聲音沒有變遠——王沒有逃。

利迪爾揮去絕望的念頭，站了起來。

要是猜錯了，利迪爾跟伊多，還有王都會死。

——只要能破壞詛咒之源——！

畢竟是那麼大片的空白。要是能破壞嵌入那裡的東西，詛咒的咒印本身便無法成立了。

他突然覺得好像看見了那個咒印。雖然試著想深究瞬間閃過腦內的那個圖案，卻化為白光消失了。

自從看過那扇門的幻影之後就不太對勁。可是現在沒空去追究這件事。

一看就認得出什麼東西是詛咒之源了吧。就算藏在布或盒子裡，他也早就記住算式了。而且他應該擁有足以感覺得出那東西是否與王的詛咒一致的魔力。

王的雷又隨著巨響而下。

大地震撼，傳出了尖叫聲。

似乎有哪裡失火了，人不斷離開城內。

「伊多，往這邊。」

建築物依循規矩的樣式打造而成，幾乎可以一路順利抵達目標的房間。

彎過迴廊時，正好有道人影經過。

「喂，你們在這種地方做什麼？那身衣服是怎麼回事？」

他一身不像王子也不像王妃的打扮。而堅持不肯穿伊爾．迦納服飾的伊多，看起來不像伊爾．迦納兵，也不像這裡的士兵。

「喂！站住！」

「讓我過去！」

利迪爾拔出劍。對手有兩個人，其中一個人手上沒有拿劍。

就在他格開對手的劍，打算穿過對方時，那股背脊被抽走的感覺又突然襲來。

「啊——！」

不妙，他舉不起劍——

往前倒下的利迪爾頭上就是對方的劍。就在心想著完蛋的時候，傳來「鏘！」的一聲。

「利迪爾殿下，往這裡。」

伊多抓著利迪爾的手臂，甩開了對手。

「謝謝。這麼說來，我都忘了你的劍術很好。」

「我好歹是文官。一點都不想要劍術變好！這是因為從以前開始，就一直都陪在您身邊！」

「你果然跟卡爾卡很像。」

「您說什麼？」

「沒事。」

在他們邊說邊穿過迴廊時，這次被三位士兵發現了。

「喂——喂！有入侵者！來人啊！」

這次似乎確實曝光了。

「往這裡！」

利迪爾衝進橫向延伸的走廊。伊多邊跑邊抗議。

「這樣果然還是太亂來了，我們快逃吧！」

「不，我不會逃。」

利迪爾猜想的城內構造圖沒有錯。只要彎過那個轉角，應該就能踏進緊鄰大魔法師房間的隔壁房間。

利迪爾跳過放置在迴廊上的椅子，急忙跑向深處。

「我的命本來在來到這裡時就該沒了。就算不行，在死之前也不會放棄。」

不管是王的性命，還是自己的性命。現在就算在途中喪命，也能笑著覺得這是無可奈何的事了，所以直到最後一秒，他都會毫不猶豫地使出全力。

伊多帶著真的非常不情願的表情，拔出一度收回鞘中的劍。

「……我覺得非常煩躁。」

「伊多。」

「反正我阻止您也沒用吧？」

面對點頭回應的利迪爾，伊多不禁低吟。

「不管是溜出城裡的時候，在草原上失手讓馬跑走的時候，在森林裡和大摩亞交戰的時候，去市場的時候，我阻止過無數次了。可是您從來沒有聽過我的話！」

「……對不起。」

他知道給伊多添了很多麻煩。伊多又更痛苦地皺起眉頭。

「我也知道您背上傷口的事。您很高興傷還在。有傷的期間就算不完善，您的魔法圓還是能運作。」

「騙不了伊多呢。」

「我完全無法想像。您竟然會如此心繫著王，為了伊爾．迦納努力至此。」

「你快逃吧，現在還來得及跟隊伍會合。」

利迪爾不知道王怎麼樣了，不過王會讓軍隊逃走吧。他還能和隊伍會合，只要和隊伍會合，伊多就一定能得救。

「——現在說這話太遲了。」

伊多說完後停下腳步，轉過身去。

「伊多！」

「您快走吧。主人的寶物就是隨從的寶物。遑論是與主人為敵的人，我絕不會手下留情！」

方才那些男人們正直直朝這裡跑來。

——伊多很強喔？因為當文官太可惜了，我本來是推薦他當武官的，他卻說無論如何都要保護利迪爾殿下。

埃維司特姆城裡首屈一指的劍士是這樣說的。

利迪爾相信伊多，繼續往前跑。

絕對在這裡，走廊的構造也沒錯。

正當這麼想的時候，忽然有股木質的香氣飄來。是魔法師使用的焚香。在乾燥香木上滴油後以火焚燒，能產生惡魂討厭的味道及增強魔力的香氣。

順著味道前進，又遇到了士兵。

「往那邊去了！是間諜！快抓住他！」

利迪爾一彎過走廊，便正面碰上敵軍。

「你這傢伙，是哪個國家的人！可惡的入侵者！」

被士兵追問的利迪爾脫下斗篷。金髮在肩上躍動。他深吸一口氣。

拔劍出鞘，尖聲大喊。

「我是伊爾．迦納國的王妃！」

利迪爾趁對方愣住時揮劍砍向敵軍。

他暗自祈禱著，拜託別在這時候喚雷，同時穿過擋路的士兵們。

大魔法師的房間就在那裡。

為了使用挪動二之月的魔法，房間門戶大開。

利迪爾持劍衝了進去。

裡頭有個聽到騷動聲，正打算要逃走的男人。

看桌上的圖表以及放在旁邊的藥物，沒錯，這個男人就是挪動二之月的大魔法師。

「你手上有詛咒之源吧？交出來！」

那位看來像高齡魔法師的男性，抱起身邊的杖和盒子站了起來。

身穿一襲紫色異國服裝的男性甩動袖子，瞪著利迪爾。

「你可知我是大魔法師，利茲汪加雷斯！」

男人口沫橫飛地大聲說道，可是利迪爾並未因此動搖。

「不，大魔法師的名字，我只聽過我姊姊，大魔法師羅榭雷緹亞的名字。」

「你……你是……你身上確實也有魔法的氣息……沒想到竟是那位羅榭雷緹亞的弟弟。」

從他話中聽來，姊姊在大魔法師裡感覺也算是相當知名。

「沒錯。」

「我可沒聽說羅榭雷緹亞的弟弟是大魔法師。」

「大魔法師？你誤會什麼了吧。」

「不，你是打開了門的人，我知道！」

——門——雖然對這奇妙的說法心裡有底，不過不知道這話中的含意。

利迪爾拿著劍，靜靜地靠近對方。

「我的魔力雖然不像姊姊那麼強，不過——我知道大魔法師不能直接對人類使用攻擊魔法，也未必擅長劍術。」

魔法師要有伴侶，才能作為魔法師生存下去。沒有伴侶的魔法師，只能像這樣惡作劇地挪動月亮、控管詛咒物品，或是威脅當權者。就算是大魔法師也一樣——

「放下詛咒之源逃走吧。我不會追上去的。」

在利迪爾的催促下，男人一邊觀察利迪爾的表情，一邊把盒子放在腳邊，慢慢往後退。

「這是好不容易才弄來的咒具，可是要為了窮酸的弗拉多卡夫和大魔法師較勁，太不划算了！」

男人拋下這句話，就從房裡的後門逃到外頭去了。追來的士兵們紛紛喊著「利茲汪加雷斯大人！」追著他離去。

利迪爾衝向留下的盒子。

「這，唔——！」

打開前肌膚就刺痛得彷彿快要潰爛，傳出令人難以忍受的腐臭味和邪氣。

利迪爾屏住氣，將打開的盒子在桌上傾斜，倒出內容物。有個風乾的東西就這樣

「叩隆」一聲地滾出來。

他反射性地摀住嘴。彷彿會喚來災厄，令人不禁倒抽一口氣——

那是一團大小和小孩子的頭差不多大，由手指構成的團塊。應該有幾百根手指吧。為了讓這些整根被砍下來，大小不一的手指互相糾纏，手指很明顯被人隨意折往不合理的方向。男人的手指、女人的手指、小孩的、老人的、嬰幼兒的。大大小小的手指被緊密固定在一起，用樹液包覆住。裡頭還混著指甲顏色鮮豔的手指，或是已經化為白骨的手指。實在不是可以徒手觸碰的東西。

這是讓野獸吃掉的人的手指吧。就是這個東西成了強力的觸媒，詛咒著王。

這一瞬間，利迪爾看到了「答案」。

閉上眼時，可以在眼瞼內側看到那扇門打開了——

利迪爾忽然回過神來。又是幻覺。在這種緊要關頭——！

利迪爾把劍打橫，像是要用指尖淨化似地撫過劍身。劍身上纏繞著綠色的治癒之光。

「我以帶有魯達守護的清淨之劍，斷絕巴魯多爾的黑暗與現世之線。解開惡緣吧——！」

利迪爾詠唱著守護魔法師的聖言，往正下方揮下高高舉起的劍。

詛咒之源被斬成兩半，一左一右地落在桌上。

糾纏在一起的手指團塊被一分為二，釋放出紫色的煙和惡臭，發出「咻咻」的聲音開始融化。

「利迪爾殿下！利——唔，噁！」

這時衝進房裡的伊多，由於籠罩整個房間的臭氣，露出彷彿世界末日來臨的表情，咳個不停。

「我破壞詛咒之源了，快逃吧！」

利迪爾用手肘內側摀住口鼻，從背後推著伊多衝出房間。

王——古辛現在怎麼樣了？二之月停下來了嗎？還是就那樣繼續往上升了？

在帶著伊多衝出房間時——聽到了那聲長嚎。

利迪爾茫然地看著持續在交戰的城門方向。

沒趕上嗎？王果然沒有逃走嗎——

「我們回去找王吧！」

在伊多揮劍守護下，打算回到方才來時的迴廊，可是追討的士兵人數變多，堵住了路。

「往這邊！」

他一邊在腦中繪製地圖，一邊思考著要是這裡堵住就往那裡，那邊堵住就往這裡，四處竄逃，可是比起清楚這座城堡構造的他，這些士兵更熟悉這座城堡。

「伊多，往這邊！」

只要穿過這裡，就能來到能下到正面玄關處的走廊。

利迪爾如此心想並轉彎後，突然停下腳步。

前面有一扇門，還被巨大的鎖給鎖上了。

「這裡不行，伊多你朝那裡直直跑過去！」

還來不及叫伊多拋下自己逃跑，伊多就在迴廊入口處接下敵兵的劍。利迪爾也衝了過去。

「喂，是入侵者！在這裡！」

「快抓住他們！」

人漸漸聚集了過來。

「利迪爾殿下——！」

伊多在頭上接下敵人的劍，看向他。

「我會守住這裡，您快沿著柱子滑下去！應該下得去才對。」

「伊多！」

「快點！」

他沒辦法拋下伊多離去。

沒地方可以逃了嗎——！

利迪爾從高樓處環視周遭時，倒抽了一口氣。

有支軍隊正從伊爾·迦納軍的背後攻來。

旗幟上的印記是紅色的——是弗拉多卡夫軍！

是被誘敵部隊引開的部隊回來了嗎？如果是這樣，伊爾·迦納就會腹背受敵，遭到夾擊。

得告訴王才行——告訴詛咒可能已經發動的王——？

「！」

這時候體內的魔力突然被吸走了。

——是王！

「啊——啊！」

力量被與過去簡直無法比擬，彷彿連魂都要與身體分離的強度給吸走了。利迪爾雙腿一軟，趴倒在扶手上。身體好沉重。腳也——不過還撐得住。王就在附近。魔法圓裡有力量在流動。

「利迪爾殿下！」

在伊多回頭看向這裡的瞬間，世界被染成一片白。

充滿光的世界，隨著山崩的聲音逐漸裂開。

在那之後，城門附近傳來了「轟！」的爆炸聲。整座城都在搖晃，正面附近的窗戶都被震破了。利迪爾也差點就被甩了出去，他拚命地抱緊扶手撐住。

和伊多交手的士兵也從迴廊的扶手處探出身體，用驚愕到說不出話的表情看向聲音傳來的方向。

門附近冒出濃厚的煙霧。因為大魔法師逃跑，門的守護已經消失。鬆了一口氣的利迪爾更加驚訝。

門被炸飛，地面看起來被人挖去一塊。剛才的聲音就是這一擊造成的嗎？王擁有這樣的力量嗎？

「利迪爾殿下，動作快！」

伊多趁著追兵動作慢下來，要他趕快下去。利迪爾翻過扶手，下到底下的屋頂處，可是沒有能落腳的地方。太高了——

逃不掉了。

就在這麼想的時候，利迪爾體內的魔力又被吸走。這次一道像絲線一樣細的閃電從天而降，從地面經過利迪爾身旁，炸開樓上的迴廊。

他一邊躲開掉下來的碎瓦礫，一邊窺看屋簷底下，尋找有沒有能下去的地方時，一匹馬跑到他的腳邊。

「利迪爾！你沒事吧！」

「古——古辛！」

趴在屋頂上伸出手，古辛便幫他一把，讓他下到了馬上。

自行落地的伊多則是坐上卡爾卡的馬。

「王，你沒事嗎？」

滿月應該已經升起了。證據就是王的臉上長有黑毛，指甲也變得很長。上半身的衣服也幾乎都撕裂開來。

「是啊。詛咒在途中停下來了。現在幾乎已經變回原樣。雖然還有點難看，你就原諒我吧。」

利迪爾沒空感到慶幸，回頭看向冒出煙塵的城門。

「弗拉多卡夫因為誘敵作戰而離城的軍力從山腰處回來了。這樣下去我軍會遭到夾擊的！」

「什麼！」

「我們不能待在這裡，會被逼入絕境！」

弗拉多卡夫城位在山的盡頭，要是有人從下面攻上來，他們是無處可逃的。然而城內有許多弗拉多卡夫的士兵，追著王過來的伊爾．迦納軍也在入口處附近陷入混戰。沒辦法一口氣讓全軍交換位置。

「你為什麼會跑到這麼深入敵陣的地方來！」

利迪爾快哭了。王總是在隊伍前鋒一帶作戰。為什麼會一個人衝進這麼深入敵陣的地方？為什麼沒有帶著維漢？而王的回應正如同利迪爾的推測。

「我從這裡感覺到你的魔力。是來接你的。」

他希望情勢能夠好轉所做的事，為什麼總是帶來反效果呢。

「我明明希望王可以獲得幸福的！」

可以在身邊撫慰王，與王肌膚相觸，笑著談天。好不容易解開詛咒。但要是在這裡丟了性命，那就本末倒置了。

弗拉多卡夫軍轉眼間便攻了過來。

「沒關係，利迪爾。要是我就這樣失去了你，就算僥倖活下來，也會一生受到比詛咒焚身更強烈的痛苦折磨吧。」

「王……」

他的眼眶裡盈滿淚水。看著王時，眼角餘光看見難以置信的景象。

有人正從高樓上拉著弓，用箭矢指著這裡。

大魔法師利茲汪加雷斯搭在弓上的是，遠看也知道是帶有詛咒的箭。箭鏃前方的空氣扭曲變形，散發出帶來災禍的黑色霧氣。要是射進體內，詛咒便會迅速在體內擴散開來，與心臟糾纏在一起，這次就真的無法解開了。

王也注意到這件事，拉住韁繩。在馬停下腳步的同時，利迪爾跳下了馬。

弓弦被拉到極限。

「利迪爾！」

「我要讓你魂飛魄散！你這野獸之王！」

利茲汪加雷斯高聲說道。

利迪爾衝到馬前，張開雙手大喊。

「住手——！」

在途中就聽不見自己的聲音了。周遭突然變得一片白。

又來了。又是那個世界。

他心想著不行。得救救王，得制止那支詛咒之箭。然而世界卻無情地化為一片白，在悠哉得幾乎殘酷的景色中，唯有門清晰地豎立在那裡。

得回去才行，必須要保護古辛。明明這麼喜歡他，希望能跟他一起活下去。

媽媽，幫幫我。

利迪爾在絕望中祈求著。這時候，這次明明連碰都沒碰，那扇門卻打開了。比之前開得更大，釋放出耀眼的光芒。

在握緊戒指的瞬間，有多到難以置信的魔力流過體內。

地面倒映在眼底。還有馬的腳。

「不要傷害古辛！」

在利迪爾大喊的同時，世界變得一片白，爆裂聲響徹周遭。

「轟隆！」地傳出彷彿山脈碎裂的爆炸聲，世界搖晃起來。有如地震般的聲音和震動非比尋常，利迪爾自己也站不穩腳步，攀著馬匹。

眼前的地面被挖去一大塊，弗拉多卡夫的高樓幾乎全毀。現實──這是現實。他從那個世界回來了。

「你──你果然是大魔法師嘛！」

利茲汪加雷斯攀著快要崩垮的柱子，高聲大喊。

利迪爾瞪大雙眼，還不知道發生什麼事。王一把攔腰摟起他。

城裡一片混亂。

王向著天空高高舉起手中的劍。

動。

背上好溫暖。魔法圓像是用熾熱的血液描繪而成。感覺得到魔力正在體內各處流動。

王揮下溢出雷光的劍。

揮劍的同時有好幾道閃電從天而降，擊潰了敵軍，擊碎了弗拉多卡夫城的左城郭。

「利迪爾……這是怎麼回事？」

「不知道。不知道，不過我的王啊，請使用我的魔力吧。」

「好。」

王明確地點頭回應後，又繼續施放雷電。

弗拉多卡夫兵如一盤散沙般倉皇竄逃，這時伊爾．迦納軍的本隊一湧而上。

「王！」

維漢渾厚的嗓音響徹周遭。

王舉劍回應後，伊爾．迦納軍全都趕到利迪爾他們身邊，守護著他們。

「這裡就交給我們吧！」

維漢隊的精銳們在王的前面形成一道人牆。

方才的一擊打倒許多敵兵，炸飛整座城門，城內四處都開始起火燃燒。

「好，我去和本隊會合。」

王掉轉馬頭，策馬朝著城門的方向跑去。

「王、王啊！」

「我們的王啊！」

在與士兵擦身而過時，眾人不斷對以雷電給予弗拉多卡夫城毀滅性打擊的王投以讚嘆的歡呼。

利迪爾還搞不懂發生什麼事。幾乎是反射性地小心別碰到沒了上半身鎧甲的王的胸膛，觀察背後的狀況時，猛然睜大眼睛。

王胸前的咒印開始變淡了。

原先呈紅黑色潰爛的詛咒線條逐漸萎縮，變成褐色，再轉變為紅桃色，最後逐漸變成穩定的桃色。

「古辛，古辛，詛咒的紋樣……！」

「消失了嗎？」

王察覺到利迪爾正用指尖撫摸著他的胸口，手握著韁繩，笑瞇了眼。

「沒錯……！」

王憐愛地用手摟住利迪爾的下腹部。利迪爾拚命按捺住想要轉身緊抱住王的心情。

詛咒的氣息消失了。看到原先出現在王臉上的野獸模樣逐漸消失，利迪爾不禁落淚。

王回到中央的隊列後，士兵們高聲歡呼。

「王、王啊！我們的王！」

士兵們吶喊著。遭受夾擊而四散各處的士兵們聚集了回來。

雖然攻入王城，可是依然處在敵軍的前後夾擊下。從城裡冒出了弗拉多卡夫保留的兵力。要是被敵軍從背後一路攻上來，又會被逼入險境。

古辛下了馬，牽起利迪爾的手，吻了他。

「再給我一次魔力吧。」

古辛這樣說完後，轉身面對正從山腳往上攻來的弗拉多卡夫軍。

「嗯——！」

王用比剛才更為強大的力道，吸走利迪爾的魔力。徹底引出利迪爾的魔力，到了利迪爾的極限。

王大吼一聲。世界被光染成一片白，被巨響震碎。

遠比方才更為強大的力量。

——原來是這樣。

利迪爾在閉上眼睛緊抓著馬，避免眼睛被電光閃到看不見時想到了。

詛咒消失後的，王的力量。這才是王真正的力量。

而且利迪爾的魔法圓在運作。正常地——不，更強，以簡直像是大魔法師一樣的強大力量在運作。

伊爾・迦納的士兵們從被開出一個大洞的城牆湧入城內。正要攻上山坡的弗拉多卡夫兵也手腳並用地爬著逃跑了。

戰爭在那之後一下子就結束了。

弗拉多卡夫舉起白旗投降。我方要求對方約定再也不會攻打伊爾・迦納，饒了弗拉多卡夫王一命。

從戰爭的隔天開始辦起了宴會。

與長年紛爭不斷的弗拉多卡夫之間的戰爭劃下句點。作為重建王室，使弗拉多卡夫轉變為友國的暗樁，伊爾・迦納派遣大臣到弗拉多卡夫。

庭院裡整整兩天都在慶祝戰爭獲勝，王宮裡也舉辦了簡單的慰勞宴。

「薩奇哈大臣還很傷腦筋，不知道該怎麼對民眾說明。」

王從浴殿回來後，笑著對正在寢室的窗邊和居里玩的利迪爾這麼說。

「不是已經告訴民眾，王的詛咒解開了嗎？」

戰爭告一段落後，古辛好像立刻把王的詛咒已經解開的事，告訴過去賭上性命帶回王的那些士兵們。有人感動落淚，也有人高興地跳進池子裡，還有握著王的手說不出話的人，大家都紛紛為煩惱十幾年的王得到解脫而感到開心。

「是啊，只是還沒人知道到底是怎麼解開的。」

「告訴他們就好了啊。說是破壞詛咒的核心後解開的。」

這是個簡單好懂、開朗明快的故事。也是碰巧找到，很是幸運的故事。而這是成功制壓弗拉多卡夫的契機，以及傳說級的王戰鬥的理由，那就更是如此了。

「這裡沒有好的吟遊詩人嗎？如果要寫故事的話，伊多很擅長，可以寫出不錯的作品……啊，不，這工作讓給卡爾卡會比較好吧。這樣能在往後為卡爾卡加分。」

再過個十年，卡爾卡應該會就任大臣吧。到那時候有多一點著作會比較好。而且利迪爾認為，這是發生在王身上的戲劇性變化。出自活下來的側近之手會顯得更有格調。

「這點子不錯，我也打算這麼做，只是——」

古辛走到利迪爾身邊後，窗邊的居里飛入月夜之中。

古辛輕輕摟住利迪爾。憐愛地用指腹撫過利迪爾額上的髮際線。

「問題就在於，要怎樣描寫那位破壞了王的詛咒根基的勇者的事。」

「那寫我就好了。物品本身不是什麼了不起的東西。雖然的確受了詛咒。」

他向王說過。那是光看到怒氣就會一湧而上，將人自私的殘酷精製、固定後製成的物品。把那模樣詳細地敘述給王聽，讓他痛苦得受不了，可是也不能不讓王知道。

照利迪爾的想法，那個原先應該是為了用在其他方面才弄到手，知名的詛咒品吧。因為東西本身很古老了，不是急就章就能造出的東西，只是碰巧在那個可恨的命運之時，出現在施咒者的手邊罷了。

「不，這可是個大問題。該寫那位勇者是我國來自埃維司特姆的王妃，還是埃維司特姆的大王子？」

「啊……」

不管寫哪個都會有問題。

「那寫王妃好了。」

「寫王妃強行闖入弗拉多卡夫城內，擊退大魔法師，用劍斬斷詛咒物品？」

「這……會有問題呢。」

「立下了超越野丫頭程度的英雄傳說呢。」

「那就寫埃維司特姆的大王子……」

「那問題就變成嫁給我的到底是誰了。」

「……啊……」

真是個大問題。

「那就把功勞讓給伊多吧。沒有伊多在，是沒辦法到達那裡的。」

「你真的一點都不留戀名聲呢。」

「我只是想避免引來更多麻煩而已。」

他並不懷疑古辛的愛，但也正因為如此有些愧對古辛。大多數的國民都不知道利迪爾是男兒身，魔法圓也很快就無法運作的事情。他只是仰賴著說這樣也無所謂的古辛的好意。所以要是能悄悄地待在古辛身旁，那也就夠了。

「有你得救了的這個事實存在，就已經足夠了。」

低聲呢喃後，古辛捧著利迪爾的臉頰吻了他。

「又有祕密要瞞著國民了。」

因為古辛帶著開玩笑的感覺笑了笑，利迪爾也壓低聲音笑著回應他。

「不過你要讓我看見你所有的祕密。」

第二次的吻中明顯地夾雜著熱情，而兩人一旁便是被油燈的光溫暖著，奢侈的床鋪。

利迪爾心想，自己大概非常喜歡王的身體吧。不管是肌膚、鼻梁高挺的五官、濃眉，還有形狀明確的嘴唇。

王脫下衣服後，背脊上有著黑色的毛。

「詛咒……」

利迪爾用指尖撫摸浮現在古辛胸口的淡桃色紋樣。

「這是詛咒留下的印記，你不喜歡？」

利迪爾想這應該過幾個月就能治好吧。畢竟那是古辛背負超過十年的詛咒。會有殘留在體內的毒素也是理所當然。

「不，對象是古辛的話，我不討厭。」

今天是真正的滿月。天體之月和躲過大魔法師扭轉的二之月，同時高掛在天空中。就算沐浴在這月光下也不過是這種程度。完全不用擔心。

利迪爾解開衣服後，被古辛推倒在床上。

兩人一再相吻，逗弄著彼此。

「啊……嗯……」

在變換角度，深深地吸吮彼此時，不時會撞到古辛的牙齒。牙齒有點長。利迪爾知道古辛總是小心不要傷到他，所以主動吻上古辛的唇。

身體上下被仔細撫摸過之後，利迪爾興奮地喘息著。

古辛一副很不可思議的樣子，用手指梳著利迪爾的頭髮，利迪爾陶醉地任他擺布，同時伸出手臂，解開在王後頸處的髮飾。

「再咬著這個止痛幾次吧。」

古辛說著，把將葉子捲起來製成的東西放入他的嘴裡。利迪爾沒有拒絕。古辛的欲望非常大。而且在仍殘留些詛咒影響的今晚，比利迪爾記憶中的還要更長、更加紅黑色。

只要嚼那團葉子，裡頭便會滲出甜蜜的汁液。連同唾液一同飲下，頭就會天旋地轉起來。

在試著這樣做之前他都不知道，不過在新婚初夜，幫助利迪爾放鬆身體的不是酒，而是這個藥。

舌頭麻痺，只留下敏感的感觸。接著全身上下的黏膜開始不安分起來，唾液也增加了。

王用小瓶子熄燈的同時，在利迪爾的下腹部倒上大量的油。

就算古辛沾著油，把手指插進體內，利迪爾也已經知道該怎麼讓自己別那麼難受了。

「啊……啊，古辛……！」

每當古辛用手指責弄體內較淺的那個位置，利迪爾就會輕易地興奮起來。不知道是油還是嘴裡的葉子造成的，古辛手指抽插的地方癢癢的。

「啊，啊——嗯。」

好想要磨蹭，想要他摩擦那個地方，想要得受不了。

「利迪爾。」

古辛很心急。

他倒油塗抹在自己身上，挺入利迪爾的私處。

「啊——啊！再……慢一點……！」

儘管有油的協助，有葉子的止痛效果，利迪爾的身體仍未習慣交合。沒辦法一口氣吞下古辛比平常更長、更凶猛的男性象徵。

「哈……啊……！」

古辛忍耐著，一邊慢慢地反覆抽插，一邊進入利迪爾的體內。比平常更粗、更長。緊緊地擠壓著黏膜，同時撐開利迪爾的內部。

「唔……咕……呼。」

就算利迪爾盡量短促地呼吸，但光是吞下全部就已經用盡全力。他「呼、呼」地挺起胸膛喘息時，古辛的唇湊近利迪爾的乳頭。

「啊啊……等，一下……」

乳頭被輕咬著，又用慢慢拖著的方式摩擦那個地方，讓他瞬間便達到高潮。利迪爾的擔憂成真了。

「嗯……！啊，啊……！」

瘦小的下腹部噴出帶著花香的蜜汁。古辛看著這模樣，又緩緩地摩擦利迪爾正抽搐著的黏膜。

「討……討厭，啊……又要，出來……啊……！」

王的手一直溫柔撫摸著利迪爾盡情被快感給擄獲，心癢難耐的身體。

他忍耐著快感，表情很痛苦的樣子。古辛任汗水滴落，一心凝視著利迪爾。

「很難受嗎？」

「沒……事。」

「稍微受到詛咒的影響了嗎……？」

「一點點。」

古辛的性器上有著細長的血管，一直闖進利迪爾的深處，甚至令他感到難受。當那長長的性器大幅摩擦體內，便會帶來幾近痛苦的歡愉。

「啊——」

古辛抓起他的左腳踝，高高往上抬起。

才剛高潮過的身體挺起了腰，讓古辛挺進到幾乎陷入利迪爾體內的程度。

「已經……不行了。」

利迪爾一邊撫摸著下腹部，一邊向古辛哭訴。感覺得到有個巨大的東西在腰骨裡作亂。痛苦地被撐開的同時闖入深處，尾椎骨感覺快掉了。

每當古辛長長的性器進出時，便會反覆摩擦過敏感的那一點，彷彿要升天的快感竄過全身。

「啊，啊，哈……啊——！」

古辛非常地仔細。

他用堅硬的性器仔細摩擦利迪爾因藥和油而蕩漾的黏膜每一個角落。挺進最深處，用大大脹起的前端搓揉、頂弄腫脹的入口一帶，讓利迪爾只能像魚一樣挺起腰部，發出甜美的叫聲。古辛緊抱住利迪爾的身體，或是由利迪爾主動伸手環住古辛的脖子，兩人相吻。撫過彼此身上的汗水，摩擦著彼此的身體。

這是非常仔細的交合時間。以兩人的身體進行，健康又誠實的行為。

他的呼吸聲，衣料摩擦的聲音。

兩人漫長的相吻，吐出的氣息交融。古辛長長的黑髮，沾附在利迪爾汗溼的腿上。

「咿啊……啊，啊唔，啊啊！」

儘管咬牙忍耐著，他還是猛烈地解放了。

凸出的神經被摩擦的快感之強烈，讓利迪爾不禁哭喊著，被古辛教會的，滴滴答答吐出精液的同時高潮的強烈快感給吞沒。

每當古辛在利迪爾的體內進出，利迪爾的黏膜便會歡喜地抽搐。每當響起黏稠的水聲，眼底便會綻放出如星星般的白色火花。那景象實在太美，在覺得內心快被期待與恐懼壓垮時，利迪爾向古辛伸出手。

「利迪爾……？」

喜歡這個人一流汗就會散發出光澤的肌膚。流出的每一滴汗都那麼惹人憐愛，讓利迪爾想用麻痺的舌尖為他舐去。

「古辛……」

好喜歡他，喜歡到快瘋了。想要觸碰他，指尖便會熱起來，忍不住湧出小小的花朵。

古辛難以忍受地瞇細眼睛。仍在被古辛進出的身體深處湧上的浪潮，也讓利迪爾期待著。

「啊……」

利迪爾因高潮的預感而顫抖著，同時有如在祈禱般，用唇抵上古辛的胸口。

就算接觸到咒印，嘴唇也不會痛了。

† † †

伊多臉上帶著擔心的神情，幫忙打理著利迪爾的儀容。

戰後的處理工作也已經大致穩定下來。在收穫時期順利結束後，也舉辦了盛大的收穫祭。

利迪爾和王偷偷溜到鎮上，享受剛釀好的利利卡酒和燻製肉片，以及新鮮的水果。

城裡的餐點也變得豐富起來，古辛出色地完成了感謝收穫的祈禱儀式的祭主工作。

恢復平靜的伊爾·迦納城今天將有客人來訪。

「您真的要用王妃的打扮去見父王陛下嗎？」

「是啊，畢竟平常就做這打扮，只在父王面前裝模作樣又有什麼意義？」

「可是陛下已經知道您是王子的事情曝光了。古辛王也說您可以毫無顧忌地和父王見面。」

「我沒顧忌什麼啊。能讓父王看看我平常的生活，還有充滿活力的樣子就行了。」

婚禮後四個月。

埃維司特姆國王馬斯克拉蒂前來拜訪伊爾・迦納王國。

一是為了讓假冒公主的利迪爾嫁過來一事道歉，二是為了替古辛王做診斷。

埃維司特姆王室精通魔法學。所以不時會有人委託診斷王族的魔力水準或是屬性。古辛原本就多少有些魔力，雖然可以肯定是雷屬性，不過在詛咒消失後，有必要再重新判定魔力量。

根據利迪爾的感覺，王的魔力至少往上翻了五倍。不過王只要使用魔力，利迪爾的魔力就會自動去填補欠缺的部分，所以利迪爾自己無法做出正確的判斷。

要是沒有事先仔細認清王的力量，可能會引發嚴重意外。比方說想用雷打下山上凸出的岩石，卻炸飛整座山。想打破城門的門扉，卻直接轟垮整座城門。

而且王在十歲左右就中了詛咒，因此至今從未正確測量過他真正的力量。

魔法機構的人一早開始就在忙東忙西，調查古辛的魔力適性。埃維司特姆國王和利迪爾會一同出席，見證午後的最終判斷，測量古辛王單獨的魔力和利迪爾的魔力可以運用到何種程度。

魔力的測量如果不是在沒有月亮的日子，並且在一天之內完成，就無法得出正確的數值。

父親一行人由於河水高漲，晚了一天才抵達，簡單打過招呼後便為了檢查進入大廳。題外話是雖然立刻測量王的魔力，可是古辛王的魔力超出檢查紙的容忍數值，把紙全燒光了。

檢查結束後，利迪爾才總算可以悠哉地與父王重逢。

他們以客人的身分迎接父王進入謁見廳。

父王身穿一襲威風堂堂，然而色彩謹慎低調的服裝。眼前放著裝在薄薄的金色盒子裡的文件——那是記載檢查結果的文件。

父王開口宣告古辛最終的魔力判斷結果。

「古辛王是擁有成為大王資質之人。以血統來看，過去也曾出現過一位雷電使，也有一位自我國嫁入的魔法師，所以並不是什麼不可思議的事。」

所謂的大王，是有能力統治複合民族國家——也就是帝國的王。在診斷出王一個人——包含成為王伴侶的王妃所擁有的力量，相當於超過三萬士兵的力量時，是用來判斷王是否有大王資質的基準。

「就算沒有利迪爾的力量，您也充分擁有作為魔法王的力量。利迪爾的傷若是維持現狀，您要自稱大王也沒有問題……」

「父王，真的沒辦法保留這個傷嗎？我不介意受詛咒。」

「利迪爾。」

古辛制止了他。古辛似乎看不下去利迪爾想盡量保留這個傷，問了父王好幾次都被搖頭否決，最後甚至連詛咒這話都說出口的行為。

接受了檢查結果的古辛輕鬆地改變話題。

「這麼說來，聽說利迪爾的姊姊嫁給了大王。」

超大國愛迪斯帝國皇妃羅榭雷緹亞。是知名大魔法師，利迪爾的姊姊——原本說不定會嫁來這個國家的前埃維司特姆大公主。

「這——」

父王帶著不知所措的表情，躊躇不語。雖然聽說父王打算趁這個機會，把所有祕密都說出來，不過這確實是令人不敢輕易說出口，埃維司特姆衝擊性的巨大祕密。

利迪爾開口問父王。

「可以由我來說嗎？」

看到父王點了點頭，利迪爾面對古辛。

「我們其實全是男孩，是四兄弟。」

「……你說什麼？」

敏銳的古辛也有猜想過排行第二的公主說不定也是王子，可是似乎沒想過竟然全是男孩。

「大哥以大魔法師的身分嫁到愛迪斯。因為是大王子，所以本來應該是要當繼承人的，可是哥哥的力量太強，要當一國之君太危險了。所以才會被當成公主養育成人。然後因為愛迪斯王說就算是男人也無所謂，求我們將年紀輕輕就得到大魔法師稱號的哥哥交給他，才嫁給了愛迪斯王。雖然知道有和伊爾·迦納的婚約在先，受到威脅也是事實，可是之所以會讓哥哥先嫁去愛迪斯，是因為哥哥年紀比你大，還有——他其實是王子。」

伊爾·迦納想要的是**公主**。可是愛迪斯想要的是「羅榭雷緹亞」。最重要的是羅榭雷緹亞自己說想要嫁去那裡，成了決定的關鍵。

「連出生一事都未對外公開的二哥，真的體弱多病，無法離開打造在王宮內的蛋殼裡。哥哥沒有能力將魔力留在體內，就像是蛋的內容物，沒有生命和魔力的外殼，一旦外出便會灑出一切就此喪命。」

「魔力會源源不絕往外流出嗎？」

「沒錯，正是如此。改天再跟你說他曾經一度外出時的事情。差點就毀滅了整個國家。」

連同他被那時看見的城堡之美所俘虜，成為城塞建築狂熱分子，這次救了利迪爾一命的事情一起。

「這樣的二哥無法繼承王位，所以他也在對外保密的情況下，以公主的身分被養大。然後三男是魔法圓無法運作的我。四男才四歲，不過現在正健康平安成長著。」

「是下任國王陛下吧？」

「是啊。雖然因為同父異母的緣故沒什麼機會見到，不過是個非常適合繼承我國王位，有著穩固魔法圓，個性溫和的王子。」

古辛傷腦筋地抱著頭，大嘆了一口氣。

「——所以說埃維司特姆連一位公主都沒有啊。」

「很遺憾，的確是如此。所以說要來送命的話，只能派我來了吧？」

自己選擇生存之道的大哥，無法離開城裡的二哥，沒有資格繼承王位的利迪爾，年幼但應當繼承王位的弟弟。若要從這之中選出一個活祭品交給伊爾·迦納，那除了利迪爾之外，也別無選擇了。

古辛用哀傷的眼神看了利迪爾之後，緩緩將視線移向埃維司特姆王。

「埃維司特姆王，您明知會死卻還將利迪爾送來。我原本認為您才是應該接受我的雷電制裁的對象。」

儘管事前已經知道這消息了，但是確認利迪爾平安無事後，父王仍抓著王的手痛哭失聲。看著現在仍帶著哭腫的雙眼，身材瘦弱的父王，古辛皺起眉頭。

「看在利迪爾的面子上，我就原諒您。往後作為有親密關係的兩國，會將您視為我的父親，希望能加深彼此間的情誼。」

聽到古辛寬容的話語，利迪爾心想著太好了，總算是鬆了一口氣。和來這裡時的利迪爾一樣，父王也是犯下就算被古辛一劍砍死也不為過的罪。然而自己現在成了真正的王妃，他相信如果是古辛，一定會接受父王的道歉。埃維司特姆的罪不會因此消失，可是利迪爾認為他往後盡心盡力為伊爾·迦納付出，並讓伊爾·迦納與埃維司特姆建立親交，將會是最好的贖罪方式。

「衷心感謝王的寬容。」

之後得再好好向古辛道謝才行。在利迪爾這麼想著並看向父王後，卻困惑了起來。父王臉上的陰霾完全沒有減輕，在腿上握緊的雙手顫抖著。

「我現在有件事情必須要告訴利迪爾。還請古辛王您也一起聽。」

「父王……？」

「這是關於我的妃子阿芙菈——也就是前王妃，利迪爾的生母與利迪爾之間的事。」

父王努力擠出這段話的聲音顫抖著。

這是在利迪爾剛出生時的事。

在王妃生產時，前來進行驅魔的祈禱及祝福儀式的「魔導之谷」的魔女們愕然地看著利迪爾的背。

——容我僭越，您似乎生下了第二位大魔法師。

所謂的魔導之谷，是具有王家血脈，擁有一定程度以上魔力的人聚集的村落。以前有王的私生子會被關在這裡的傳聞，不過現在是讓魔力只比一般民眾稍微強一點，背上沒有魔法紋，王弟的女兒及其親屬居住的地方。

目的是為了保護他們，以及安全地控管魔法。魔導之谷中有個被稱為魔法機構，也有在進行研究的小小高塔。在隔著一座森林的安全山谷裡，被王城派遣過來的騎士們守護著。城裡的人也會去這裡學習魔法學，指導利迪爾魔法學的老師也是從魔導之谷來的。

光看魔法紋樣就能察覺利迪爾的強大力量，而且他出生時，明明季節不對，全國的花卻一口氣全部盛開，也是一目了然的證據。

治癒之力、生命力，以及無窮無盡的魔力。

看到魔女們害怕的樣子，利迪爾的母親哭了。那時候大哥羅榭雷緹亞已經作為未來的大魔法師，過著半被幽禁的生活，二哥司特拉迪雅斯無法止住溢出的魔力，被關在像繭一樣的搖籃裡，安排魔法師和醫師隨侍在側，過著不知能否活下來的療養生活。

這時母親又生出了擁有足以成為大魔法師力量的孩子。

——唯有利迪爾，拜託別從我身邊奪走利迪爾。我不想讓這孩子也成為大魔法師——！

已經有兩個孩子被奪走的王妃痛哭失聲，緊抱著利迪爾，絕不肯放開。

大魔法師雖然由於魔力而被世間視為珍寶，可是卻也因為那份魔力，本人絕對無法獲得幸福。就算放眼這漫長的歷史——實際上，光看幾乎都被關在石塔裡生活的大哥，就可以理解了。

「阿芙菈把你當成公主扶養，在整面牆上畫滿不會讓魔力洩露出去的紋樣，才硬是爭取到能親自養育的許可。畢竟你只要一哭花就會盛開後枯萎，一打嗝國裡的水便會濺起水花。其他國家根本不用送斥侯過來，傳聞立刻就傳開了。說埃維司特姆王家的嬰兒似乎生來就是大魔法師——」

「我……？」

就算這樣說，還是覺得難以置信。

他確實覺得自從將寶石從傷口裡取出來之後，力量便與日俱增，就算只是從指尖變出花朵，也會像雪崩般一湧而出，想讓泉水湧起喝點水，卻像是要把地面的水都抽乾一樣，變成直達天際的高大水柱。最重要的是，雖然傳送給古辛的魔力就那麼一次，但幾乎一擊就毀掉半座弗拉多卡夫城。就算古辛的詛咒解除，這也太奇怪了。

「沒錯。在利迪爾迎來第二次的春天時，已經沒辦法將你當成普通的孩子扶養了。這時王妃把你帶出城裡。」

「要帶去哪裡？」

「帶往魔導之谷。」

存在於利迪爾記憶中的森林——儘管知道危險，母親仍抱著還小的王子，僅帶著一位隨從，打算穿過的那片森林——原來是通往魔導之谷的森林。

「想不開的阿芙菈似乎想去魔導之谷，拜託他們烙毀你的魔法紋。或是去問問看有沒有方法能在盡量不傷到你的情況下，抑制不斷溢出的魔法。不管是哪國的斥候，都不會放過這個機會吧？」

抱著年幼的王子，連個騎士也不帶溜出城裡，避人耳目在森林奔走的王妃。要是抓來當人質——奪走會成為大魔法師的王子，將帶來多少財富與權力啊。

「王妃在途中遇到盜賊……某國的斥侯襲擊。在不知道該逃往何處時，利迪爾掉進森林裡的凹陷處，受了重傷。這時候注意到王妃和你不見的騎士們從城裡趕了過去。」

父王一臉憔悴地用指尖觸碰放在碟子，嵌有深綠色寶石的戒指。

「這毫無疑問是阿芙菈戴著的戒指上的寶石。我也以為就像王妃哭著道歉時所說的，可能掉在路上，或是被盜賊給搶走了。誰想得到居然埋在你的傷口裡呢。聽說王妃丟掉的戒指臺座變了形。或許是用牙齒咬下來的吧。不管怎樣，如果寶石埋在利迪爾的體內，就只會是那時發生的事。」

王妃在魔法圓中斷的位置，把本身擁有魔力的摩爾寶石用手指推了進去。

幼小的利迪爾體內生出像珍珠一樣薄膜，裹住入侵體內的異物，變成一塊肉瘤，讓人沒能發現那是寶石。

「王妃的心願實現了。可是讓自己的孩子受重傷，魔法圓也再也無法運作了。我說了就算這樣也無所謂。考慮到阿芙菈的心情，確實太難受了。我也知道她很在意盟約的事。就算失去魔力，依然是我可愛的孩子。這樣就夠了——明明就說，這樣就夠了。」

王靜靜地啜泣著。

母親死亡的真相，帶著悲壯的愛與覺悟。

於是母親最後留下當利迪爾遇到值得撕裂傷痕取出這顆寶石，給予魔力的人，魔法圓就會再度運作起來的遺書，跳下了山崖。

†
†
†

那天夜裡舉辦了晚宴，隔天埃維司特姆王就要踏上歸途。現在玄關跟外頭正熱鬧地在準備出發。

久違的奧萊大臣也是，原本明明有著像水煮蛋一樣的身材，卻因為自責而瘦一大圈。

「已經沒事了。我久違地飽餐了一頓呢。」

「看來是這樣呢。不過下次可得注意，別讓瑪爾又罵你吃太多了。」

「哈哈哈，您說得沒錯。」

聽說雅尼卡也平安返鄉，讓利迪爾鬆了一口氣。正在確認土產目錄的奧萊大臣，接下來也要搭上歸國的馬車。

「父王真的不要緊嗎？我信上明明就寫了，就算不用現在前來道歉也沒關係。」

就算有伊爾・迦納的護衛隨行，回程的旅途還是很艱辛吧。

既然事情演變成這樣，考慮到往後的國交，埃維司特姆王還是認為務必要前來道歉。這也是說出寶石一事的絕佳機會。

然而首先，這次光是派遣大臣和魔法師們前來進行王的診斷，以及代替國王表達謝意就已經足夠，更何況父王原本身體就很虛弱。就算有戒指的事情，明明就不用勉強拖著瘦弱的身體，挑這時候前來道歉。

「國王陛下說他無論如何都要來。」

「雖然願意這樣來一趟，確實是能一口氣解決所有問題。司特拉迪雅斯哥哥呢？」

「殿下整天嘆息，都快打破蛋殼了。我們請了城裡和谷裡所有魔法師來補強，但司特拉迪雅斯殿下也瘦弱得感覺隨時都會枯萎消逝，直到收到您的信才好不容易振作起來。」

「抱歉沒有馬上寫信回去。因為沒想到能活下來。」

二哥相當溫柔，為利迪爾的教育煞費苦心，跟他感情非常好。他本來就覺得二哥應該會哭吧，但聽到果然如此時，心還是很痛。

「我寫的信請務必要轉交給司特拉哥哥。拜託你了。」

奧萊大臣答了聲「是」。

「看到利迪爾殿下這麼有精神，真是太好了。」大臣這麼說。

「嗯，這裡的東西很好吃，陽光也很舒服。」

習慣香料後才發現那都是些非常營養的東西，也富含穀物，吃起來很有飽足感。日照時間長，氣候乾爽。卡爾卡雖然還是老樣子，講話很不留情，不過比任何人都更敬重地對待他，更何況卡爾卡相當地優秀。

古辛很體貼，疼愛他到令人傷腦筋的程度，給了更勝於他在出閣路上感受到的溫柔，他也用愛和掌心中滿溢而出的花朵回應古辛的感情。

「這話是也沒錯。」

奧萊大臣的側臉上帶著感慨的神色，望著走廊的尾端。

「不過我是指您在王身邊的時候。已經很久沒有看見利迪爾殿下那樣活蹦亂跳的模樣了——從利迪爾殿下小時候，一直到踏上出閣旅程，始終都擔心著。畢竟前王妃那樣之後，利迪爾殿下雖然過得很開心——但不管您怎麼笑著——也有某處彷彿缺少什麼。」

大臣抖著聲音說完這段話，用手指揉了揉眼角。

† † †

伊爾・迦納國開滿了花。

小小的白色花朵開遍各處，人們都拿著酒走出家門。鎮上擺起市集，雜耍藝人在聚集觀眾。小孩子也變多了，布匹在空中飛舞，四處都在慶祝春之祭。

利迪爾從陽臺眺望著這景象，總覺得很是開心，也試著從自己的手裡創造出花瓣來。

白色、桃色、橘色，明亮又可愛的花瓣不斷落下，乘風飛去。

在身旁看著這景象的王，把視線移到利迪爾身上。

利迪爾的心情之所以這麼好，除了春之祭和好天氣之外，還有一個原因。

「從埃維司特姆的魔法師們那裡，收到關於我的魔法圓的詳細檢查結果。畢竟堵住魔法圓的寶石已經取出來，以傷痕為觸媒，動手術埋入帶有魔力色素的線，或許能夠重新連起魔法圓。」

利迪爾身上的魔法圓原先據說就算使用刺青的手法，也無法重新連結，不過現在好像有可能復原了。阻斷魔力循環的寶石被取出來。而且不知該說是幸還是不幸，在受傷時，最深的地方殘留了毒物的色素，只要利用這點用魔法色素進行刺青，補足到皮膚表面為止的部分，或許就能重新連起魔法圓。

學者們認為，要是魔法圓確實連結起來，應該能發揮出近似於與生俱來就擁有的魔法圓的力量。而且利迪爾說不定接觸到了「世界的記憶」。

擁有配得上大魔法師這稱呼的魔力的人，似乎可以打開門。那扇門被稱為世界的書庫或真理之門，只要打開這扇門，得到門後廣大的知識，便能獲得足以成為大魔法師的強大魔力。比方說解讀王詛咒的空白之處，或是從門後抽出非比尋常的魔力。

這也是利迪爾的魔力之所以會爆發性增加的答案。他確實看到，而且也稍微推開了門。

門沉重得像是鐵製的，只能推開一點點。

關於這現象的原因，魔法機構的推測是因為利迪爾的魔法圓沒有完全連接在一起。又或者是因為長時間被封印起來，仍有一半的魔力還在沉睡。

而且也幸好利迪爾的魔力由於長時間被封印，照預測來看，只要魔法圓恢復連結，魔力便會漸漸以理想的形式回到利迪爾的體內。

學者們也認為要是魔法圓的手術成功，利迪爾應該可以再另行透過儀式，得到大魔法師的地位吧。

私下也有消息認為，利迪爾身為魔法王的王妃，在現在這個恢復階段就已經有充足的魔力，若是完全復原，有可能會成為凌駕於羅榭雷緹亞的大魔法師。

「雖然是很困難的手術，不過我的老師說只要有大哥的魔力應該就沒問題。不管怎樣，首先都得等大哥從祈禱中回來——王？你有在聽嗎？」

「你繼續說。」

王輕柔地摟住利迪爾，吻了他的臉頰和額頭。

「啊……不，我要說的就是這些了。」

「是嗎？那我也有事想告訴你。」

王吸了一下利迪爾的嘴唇後，繼續說道。

「利利爾塔梅爾王國那裡好像生了個男孩。根據盟約，可以迎接那孩子來當養子的喔？」

「真——真的嗎！」

若真是這樣，那會是多麼美妙的事情啊。

解開王的詛咒之後，自己生不出孩子這件事，成了利迪爾與日俱增的擔憂。

這個強健的國家、值得信賴的王、規矩的城裡卻沒有繼承人，實在太令人遺憾了。

然而若是王所言為真，就能接回一位王子。現在就算領養孩子，也不用害怕詛咒。

可以在這座城裡養育王的孩子。

「什麼時候？」

「就算可以，也沒辦法現在就接來。」

「這我知道。小嬰兒要喝一年奶，這段期間得待在母親身邊才行。」

古辛皺起眉頭，用手按住開心地不停踮腳的利迪爾。

「暫時不行，因為我現在知道你很喜歡小孩子了。」

「那又怎麼了？就算是沒有血緣關係的孩子也不要緊。我會教他很多事情。不管是騎馬還是劍術。」

「已經可以預想到你整天都只顧著小孩子的模樣了。」

王把利迪爾抱入懷裡，吻了他之後低聲說道。

「你只要顧著我就好了。」

從利迪爾愣愣地垂在身側的手中，溢出了帶有戀愛色彩的小小花朵。

——全書完

高寶書版集團
gobooks.com.tw

CRS037
落花王子的婚禮
花降る王子の婚礼

作　　者　尾上与一
繪　　者　yoco
譯　　者　Demi
編　　輯　薛怡冠
校　　對　賴芯葳
美術編輯　彭裕芳
排　　版　彭立瑋
版　　權　張莎凌、劉昱昕
企　　劃　黃子晏

發 行 人　朱凱蕾
出　　版　朧月書版股份有限公司
　　　　　Hazy Moon Publishing Co., Ltd.
地　　址　臺北市內湖區洲子街 88 號 3 樓
網　　址　www.gobooks.com.tw
電　　話　(02) 27992788
電　　郵　readers@gobooks.com.tw（讀者服務部）
傳　　真　出版部　(02) 27990909　行銷部 (02) 27993088
郵政劃撥　19394552
戶　　名　英屬維京群島商高寶國際有限公司臺灣分公司
發　　行　英屬維京群島商高寶國際有限公司臺灣分公司 / Printed in Taiwan
　　　　　Global Group Holdings, Ltd.
初版日期　2023 年 11 月

國家圖書館出版品預行編目 (CIP) 資料

落花王子的婚禮 / 尾上与一作；Demi 譯 . -- 初版 . --
臺北市：朧月書版股份有限公司出版：英屬維京群島
商高寶國際有限公司台灣分公司發行 , 2023.11
　面；　公分 . --

譯自：花降る王子の婚礼

ISBN 978-626-7362-04-4 (平裝)

861.57　　112012195